Die Perfektion der Technik

Friedrich Georg Jünger

技術の完成

フリードリヒ・ゲオルク・ユンガー

F・G・ユンガー研究会＝訳

今井敦・桐原隆弘・中島邦雄＝監訳

人文書院

技術の完成　目次

※ドイツ語原書に目次はないが、巻末に章ごとの梗概が付されている。当翻訳においては目次を置き、各章番号下の〔　〕内に章ごとのタイトルを付した。このタイトルは原書の梗概をもとに、重要と思われるキーワードを用いて翻訳者が作ったものである。

凡例

一　本書は、一九四六年に初版が刊行され、四九年および五三年に増補されたフリードリヒ・ゲオルク・ユンガーの著書『技術の完成』〔Die Perfektion der Technik〕を、五三年版を底本として訳出したものである。この五三年版には、四九年に別途刊行されていた『機械と財産』〔Maschine und Eigentum〕が、『技術の完成』第二書としてつけ加えられているが、以降、まったく同じ組版で第七版まで達し、改訂版である第八版（二〇一〇年）でも、解説文が新たに付加されたとはいえ、本文そのものは五三年版と同一である。当翻訳はその中から第一書、すなわち本来の『技術の完成』のみを訳出したものである。Die Grundlage der vorliegenden Übersetzung: Friedrich Georg Jünger: *Die Perfektion der Technik*, Vittorio Klostermann, Frankfurt am Main 1953.

二　（　）は、ドイツ語原文そのものに付された括弧による説明をそのまま訳した。

三　〔　〕は、ドイツ語原文に引用された語句（主にギリシア語・ラテン語等）を示す場合と、翻訳者による簡単な説明を挟む場合に用いた。

四　原注は丸数字で、訳注は〔　〕で番号を振り、訳注は巻末にまとめた。

五　本書のキーワードとなっているいくつかの語について、原語と訳語を左に示す。〔　〕内は場合により付け加えた。

Organisation：〔人間〕組織

Apparatur：機械〔機構〕

Mechanik：機械システム

mechanisch：機械的な／力学的な

Reichtum：富

Arbeit：労働、作業、仕事

Arbeiter：労働者

Muße：ゆとり

die totale Mobilmachung：総動員

Funktionalismus：機能主義

elementare Kräfte：根源的諸力

Elementarisierung：根源化

Regreß：退行、反発

Nivellierung：平準化

技術の完成

緒言

この一巻には、『技術の完成』と『機械と財産』という二つの著作が収められている。これらはあい前後して発表されたものであり、考察の出発点を異にしてはいるけれども、緊密に結びついている。『技術の完成』は、一九三九年春に書き始め、同じ年の夏に完成したものであるが、一九四六年になってようやく公刊することができた。出版は、戦時中は考えられないことだった。難しい状況にもかかわらず、この原稿が二度活字に組まれたことを、ここに記しておきたい。請け負ってくれたのは、私の本の出版人であるハンブルクのベノー・ツィーグラーと、フランクフルトのヴィットーリオ・クロースタマンだった。ハンブルクにあった組版も、フライブルクで完成していた初版も、わずか数部を除き空襲で破壊された。同じころ、合衆国のケンタッキー州レキシントンの印刷業者ヴィクトル・ハマーは、持っていた原稿をもとに、息子と二人で手刷りで九部の製作を手がけ、時間のかかるこの細かな作業を六〇ページまで進めていた。原稿は失われずに済んだ。彼と彼の息子、私の二人の出版人には、その労に感謝している。何でも目標に達するというわけではない。だが、人生の教えによれば、苦労して試みたことには、それがうまく行かなかったとしても、難なく成功した場合よりも多くの力、好意、配慮がつぎ込まれていることがある。

そうしたことを考えるにつけ、率直に次のことを指摘してくれた読者にも感謝したい。『技術の完成』や『機械と財産』のような本を印刷することは許されまい、印刷は妨害され、禁じられるに違いない、という指摘である。彼らは検閲の力を過大視しているし、印刷された言葉の力も過大視している。思想とは、どんな性質のものであれ、触れ合うことから生まれるのであり、触れ合いは抵抗を前提とする。本を禁止することはできるが、本になる前に必要な動き、触れ合い、抵抗、経験は、禁ずることができない。

改めて上梓されたこの本の根底には、長く、再三にわたる苦しい経験がある。この本を注意深く読む者には、それがはっきり分かるであろう。こんな本など書く必要がなかった方が、私にはありがたかった。一方で、この対決は少しも偶然のものではないし、これが公となった時点もまた、任意に、偶然に選ばれたのではない。機械の限界についての問い、自動化された工業技術の限界についての問いは、もはや無視することはできまい。どんな技術者であってもこれを妨げることはできない。禁止しても何にもならない。既に禁じられている場合でも、それで何が変わるわけでもない。労働者が機械と組織に絡め取られている事実は、覆うべくもない。第二次大戦後の今日、あらゆる国々の状況は、非常によく機能する申し分ない機関を持った船が、見知らぬ氷の山に向って進んでいるようなものである。

技術者の教条主義《ドグマティズム》については、次のように言うことができる。彼らの教条主義は、神学者のそれと同じくらい硬直したものであり、神学者のそれと同じくらいの成功を収めている。機械や組織を発展させようとする技術者の知には、こうした教条主義は感じられない。なぜなら、ここでは休みなく発明が発明を押しのけ、新しい発明が、先行するすべての発明を古臭いものにしてしまうからである。技術者がドグマに囚われているのは知においてではなく、この知に対する彼らの信仰においてである。自らの知識が知るに値するかどうかを、彼らは考えてみることがないし、疑うこともない。それどころか、この知識が知るに値するものかどうかを他人が考えたり疑ったりすることに、我慢ならないのである。『技術の完成』と『機械と財産』に対して技術者の側からなされた批判は、露骨な教条主義《ドグマティズム》によって初め私を驚かせた。根拠のない反論、単なる断言、機械によって克服されるべき未来への無条件の信頼、反論のすべてはそうした類のもので、巨大な新しい施設を描いて見せたり、太陽エネルギーや海洋エネルギーを利用して連鎖反応を生む工場の話であったりした。資源の濫用はかなり進んでおり、これを利用し尽くすためのどんな新しい方法があるのか、待ち望まれているのだ。月にも採掘すべき資源があるだろう。

確かに月には、少なからぬものがある。そのことはしかし、熱狂的技術者が耐え難い存在であることを和らげはしない。可能なもの、達成しうるものさえ、そうした技術者の熱狂によってくだらぬものに変わってしまう。機械的に開始されるすべての作用と反作用、すなわち連鎖反応の経過もまた、人間にかかわりつづけ、間違いなく人間に跳ね返って来るのだ。それをすっかり忘れた彼らの計算は粗暴なまでに偏っていて、耐え難い。

それから、現在進行している多くの計画のために雇われた人々、そうした計画の代理人たちと、私は話をしたくない。こうした四ヶ年ないし五ヶ年計画には、科学者や技術者、そして詩人たちも参加しているが、彼らは精錬コンビナートやボールベアリング工場に、お定まりの讃歌を捧げるのだ。そのような人たちとは話ができない。というのは、彼らはもはや話し相手ではなく、技術を誇示するだけなのだから。話し相手が誇示するだけの人に変ってしまうところに、機械に対する信仰基盤がドグマ化している事実がはっきりと表れている。

意見の一致を見ることは困難である。しかし、どんな点でも不可能というわけではない。たとえば、みんなとは言えないが、大抵の人は、バターは新鮮な方が腐ったものよりよいことに同意してくれるであろう。また、乳牛から得た新鮮なバターの方がマーガリンよりもよいということに、大抵の人は同意してくれるだろう。それが、今日よく見られるようなビタミン入りのマーガリンだったとしても。反論は、マーガリン工場やビタミン剤工場の所有者に任せるとしよう。技術上の問題についても意見を一致させることはできるが、技術の領域そのものに限界を設定し、自動化された機械が人間に及ぼす影響を考える、という問題設定については、賛成を得るのは難しい。そうした企ては大きな利害に触れてしまい、同意を得ることができない。せいぜい厄介な印象を振り撒くだけである。こうした企てに出くわすと、仲の悪い人たちも防衛のために結束する。資本主義者、社会主義者、インド人、中国人、政治家、科学者、技術者たちの意見は、次の点で一致している。技術の領域、とりわけ自動化された機械の領域は容赦なく拡大すべきであり、この慌しい拡張に我々すべての将来がかかっている、というのだ。だが、どのような将来がかかっているというのだろうか？　技術の拡張に我々がどれほど依存してしまうのか、その程度と度合いを明確にしようというのが、この本の試みである。同時に別のことも示唆される。機械の領域を拡大させることは、我々にとってもはや少しも困難ではない。これについての根本的諸問題は解決されており、広い範囲で、機械を用いる際にぶつかる障害は減る一方である。この点に、最終的な状況が表れている。我々は、飽和と表現されうる状態に近づいているのだ。飽和という概念は、化学においてのみ意味を持つのではない。他の領域にも及ぶ。この飽和ということを理解すれば、技術上の問題を解決しようと考えるのではなく、この解決の結果を問題として考えることができるようになる。

梃子の原理については知られているが、この原理を使うことが人間の共同生活に何をもたらすかについては、探究する必要がある。そしてこの探究は、あらゆる技術的問題を越えるものなのである。『技術の完成』は、米国イリノイ州ヒンズデールに住むヘンリー・レグネリーによって英訳され、一九四九年に公刊された。アメリカの読者と手紙をやり取りしながら、私は、彼らが偏見を持ち合わせないことに気づいた。賛成するにせよ拒絶するにせよ、偏見に囚われていない点で、彼らは同じであったこの偏見のなさは、妬《ねた》みというものを知らないアメリカ人独特の性質に関係したものであって、個人的功績ではないだろう。というのは、大陸がもたらす様々な恩恵に浴している人々は、妬みではなく別の悪徳に陥る危険があるからである。ドイツの読者なら、大雑把ではなく、もっと丹念に読むかもしれない。我々は狭い空間にすし詰めにされており、その結果、多くの由々しき問題が生じている。たとえば、「対人論証」〔Argumentum ad hominem〕[1]が、ごく頻繁に繰り返され、作者と読者の関係が揺るがされている。民主的公開性の時代には、作者に対して難しい注文がなされる。作者は自分の感受性を傷つけることなく、面の皮を象並みに厚くしなくてはならない。だが、注文の多い読者がいつも最良の読者とは限らない。自分が直面している問題を一気に解決してくれる方法を作者から期待するような読者はせっかちであり、機械仕掛けの神がギリシア悲劇の中で成し遂げたことを作者に求めているのである。彼らは、目の前で新しい関連性が明らかにされるだけでは満足しない。完成された素早い解決法を他人に調達してもらいたがっているのだ。一挙にすべてを解決する革命的解決策は、技術畑の発明家の得意とするところであり、今日では珍しくない。だが、人との交わり、人間との共同生活において、こうした理想的解決法など存在しないのである。

一　〔技術とユートピア〕

〔モットー〕すべてのものに場所を用意せよ。ただし、すべてをしかるべき場所に。（ある工具小屋の銘文）

技術のユートピアは、文学を見れば分かるが、稀なものではない。むしろ、そうしたユートピアを描く作品は好んで読まれており、世間にこの種の本を求める需要があることが推定される。それゆえ次のように問うことができるだろう。なぜ、ほかならぬ技術が、ユートピアを空想する際にこれほど多くの素材を提供するのか、と。昔なら、こうした素材をもたらしたのは国家であった。ユートピア文学のジャンルにその名を与えたトマス・モアの書『理想的政体について。あるいはユートピア、新しき島について』[2]は、国家小説である。対象の選択、その変遷は、そこに向けられた関心の変遷を映し出している。関心を刺激するのは出来上がったもの、完結したもの、概観できるものではない。関心は、過去にも現在にも満足せず、将来できそうなものへと向かい、未来がほのめかすチャンスをむさぼる。ユートピアは、合理的に展開することによって理解できるような型《シェーマ》を必要とし、技術はこの種のシェーマのうち、現在見つかるうちの最も利用しやすいものである。技術的シェーマと張り合うことのできるシェーマはほかにはない。というのは、社会的ユートピアでさえ、技術の進歩に基づかなければ、輝きを失ってしまうからである。技術的進歩を欠いた社会的ユートピアは、信憑性のないものにならざるをえない。技術的進歩の時代は終っていない。今がその時代であり、すこぶる活発に動いている。この動きは急速に拡大している。それは、技術以外の領域を含んだ広い歴史の動きと同一とは言えないが、一種の鍛冶工場として、歴史の流れに寄与している。

　ユートピアンは預言者でもなければ幻視者でもない。彼の予知が当たり、予告したことが真実となった場合でも、ユートピアンは預言者や幻視者ではない。ジュール・ヴェルヌ[3]やベラミー[4]のような人に預言者の力があると言う者はいないだろう。彼らは預言者の資格をほとんど持っていない。第一に職位が欠けている。神の召命を受けておらず、それゆえ預言者に必要な知識もないし、それを伝える言葉もない。せいぜい、これから起こることを言い当てるだけ、未来と戯れるだけなのだが、彼らにとっての未来とは、宗教的に生きまた考えている人々にとって預言された未来ほど、確実なものではありえない。ユートピアンが未来に投影しているのは、現在に現れた可能性であり、彼らはそれを論理的、合理的に展開させているだけなのだ。それ以上を求めるのは無理であろう。預言や幻視に我々が求めるのは、間違いなく確実に当たるということだが、ユートピアに対しては、悟性を満足させる少しばかりの信憑性と本当らしさ以上を求めはしない。まるで信憑性がなく本当らしくないものは、不快感と退屈を生むだけで、付き合うに値しないからである。つまり、空想によって我々の注意や関心を引こうというのなら、悟性のうちにその手段を求めるのが得策なのだ。空想は、意味の繋がり、論理、論証の冷徹さによって心を魅了しなければならない。本当らしからぬものを本当らしく見せるには、それを飾り気なく、冷静な口調で表現しなければならない。これが、読者を月旅行に連れてゆくのであれ、地球の中心に誘うのであれ、ほかの場所に行くのであれ、読む者を魅了する際にユートピア文学の書き手が用いる一般的手段なのである。作者は、おとぎ話のおとぎ話らしさを隠すため、科学を援用するのだ。

だが、ユートピアにおける本来のユートピアらしさとは何であろうか？　それは、結びつかないものを結びつけること、境界を越え出ること、あい矛盾する前提から導き出された、ありえない推量のことである。ここではあの、「可能から存在への推論は妥当ではない」〔a posse ad esse non valet consequentia〕という格言はあてはまらない。ユートピア的なものとは、作者が発展させた技術的シェーマのように思われがちであるが、ユートピア文学、たとえば技術小説を眺めて見た場合、そうではないことが分かる。技術小説の中に次のような都市が描かれているとしよう。自ら動く道路があり、どの家も完璧な居住装置であり、どの屋根にも自前の飛行場があり、キッチンにいる主婦の手にすべての注文が完全な配管システムによって届けられ、食事はおのずと出来上がるか、ロボットによって運ばれてくる。都市自体、暗くなると微光を放つ材料で出来ており、人々が身に纏う衣装は塵や腐った牛乳から作られている。こうした都市が描かれ、こうした未来が断言されたとしても、作者はまだ本当のユートピアンとは言えない。なぜならこれらすべては、実現するか否かはともかく、技術的組織とその可能性の領域内にあるからである。我々は、こうした設備が考えうるものであることを認めることで満足してしまい、そうした状態が実現したらそれで何を得たことになるのか、問うことをさしあたり忘れてしまう。作者が技術の領域から離れ、次のことを読者に納得させせようとしたとき、初めてこの物語はユートピア的となるだろう。すなわち、こうした都市、こうした家々には、より善い人間が住んでおり、そこでは妬みや殺人、姦通というものがなく、法律も警察も必要ないという場合である。なぜなら作者はここで、空想を紡いでいた技術的シェーマの領域を出て、ユートピア的な手法によってこのシェーマを他のものに、技術的シェーマからは導き出すことのできない、技術の領域には存在しないものに結びつけたからである。ベラミーはそれゆえ、ジュール・ヴェルヌよりもユートピアンである。ヴェルヌの方がより正確に技術的シェーマに従っているからだ。社会的ユートピアンであるフーリエ(5)は、自分の理論が受け入れられ、実行されれば、海水さえ甘いレモネードに変わるに違いなく、鯨は喜んで船を引いてくれるだろうと、大真面目に信じていた。つまりフーリエは、自分の思想にオルフェウスの歌以上の効力があると信じ、彼の共産的自治共同体「ラ・レユニオン(6)」が崩壊したあともまだ、このことを疑わなかった。少し考えてみれば、代用品ではなく本物のレモンで作られた上等のレモネードの中では海洋動物は生きられないことに彼自身気づいたであろうに。この空想の味は不快に甘い。これほど放埓な理性は笑うほかない。もっとも笑えるのは、自分が理性によって滅ぼされる側に属していないときの話ではあるが。とはいえ、人々の関心を引くほどに完成されたシステムであれば、どんなものであれ少々のユートピア的薬味が効いているということは、認めねばならない。一例はコント(7)の理論である。この例は、実証主義がいたるところで後退し、個別科学においてもその遺産が省みられなくなった今日、以前よりもはっきりしている。コントが自らと自らの理論のために到達したと主張した、人類の発達の第三にして最高の段階、すなわち実証的段階が、既に越えられてしまったのは明らかである。彼のモットー「先入観よりも予測、予測よりも見ること」〔Voir pour prévoir, prévoir pour prévenir〕は、彼が設定した諸科学の自然ヒエラルヒーすべてと同様、今では妥当性をほぼ失っている。コントの理論は分離主義的側面を持っている。加えてこの理論は、現代では失われた安全性を土台としている。生命が新しい危険な領域に踏み入るとき、すべては変わる。観察者も、また観察も変わる。実証主義とは常に、平穏な時代の仕事なのである。

二　〔労働とゆとり《ムーセ》〕

たとえばウェルズやハクスリーの本の中で、現代のユートピアの描写がどのように展開されているかを見たとき、そこには十九世紀の描写とのどのような違いが見出されるだろうか？　現代の描写では想像力があらゆる技術的なものを超えている。未来はもはや楽園とは見られていない。予想はより陰鬱に、いや、あまりにも陰鬱になったと言うべきだろう。信頼は消えうせ、それに代わって苦悩する懐疑が現れた。タイムマシンを使って未来を探索したウェルズ〔8〕が見出したのは、誰もが恩恵を被るような考え抜かれた技術的組織ではなく、野蛮であからさまなカニバリズムだった。タイムマシンとは確かに馬鹿げた話だ。それは二つの時間、すなわち戻ることのできない自分の時間（生の時間）と、戻ることのできる時間（タイムマシンの時間）を前提とすることになろう。私はタイムマシンの時間を使って生の時間を旅する。しかしタイムマシンに乗って一年さかのぼれば、私は、ウェルズが見逃していたもの、すなわち、私自身を目の当たりにして、二人で歩き回ることになる。その一年前の自分をタイムマシンに乗せてさらに一年昔に旅すれば、私は三人になる。それが無限に繰り返されるのだ。カニバリズムはもちろん必要である。これなしに人間の生活は立ち行かない。人間が他の人間を糧にして生きるということ、つまり我々が常に互いの食料でありつづけるということは、議論の余地のない真実だから。しかし、我々が逆戻りするのがポリネシア型のカニバリズムなのか、それともウェルズが描く、はるかに剣呑なタイプのカニバリズムなのかは、別問題である。原子爆弾の投下を前提とするハクスリーの未来[9]も、それに劣らず陰鬱だ。脆弱化して子供っぽくなり、暗い呪物的なものに隷属した人類が終末にいる。これ以上は立ち入らないが、こうしたイメージは、いかに懐疑が増してきているかを示している。

さしあたり、ユートピアのことは無視しよう。ここではユートピアではなく、技術の領域から始めることにしよう。技術の領域とそれに結びついたイメージ、今日、平均的な人々が抱いているイメージから始めよう。ここでも、ユートピア的なものにはこと欠かない。というのも、人間の最も古い希望も、最も新しい希望も技術的な進歩と結びついているのだから。技術に希望を抱く者がはっきりと認識しておかねばならないのは（希望はそれ自身のうちに未来の先取りを含むものであるから）、技術に期待できることは技術的に可能なものだけであり、それ以上ではないということである。また、キメラのように技術に貼り付いている、技術の目的と何の関係もないものは、技術とは区別しなければならない。でないと、悟性がこしらえた神話へと、機械とともに旅することになってしまう。そうしたことはどのようにして起こるのか、以下で明らかにしよう。

今日、技術によって人間は労働《アルバイト》から解放されると広く一般に信じられているばかりでなく、人間はこの労働の減少によってゆとり《ムーセ》[10]と自由な活動を手に入れるとも信じられている。こういった信仰は多くの人々にとって揺るがし難いもの、自明なものとなっている。その信仰が浸透したところでは、それが技術的進歩を支え、それを正当化し、未来へのバラ色の理解を保証する土台の一部になっていることが感じられる。人間のためにならないような機械技術は誰にもあまり理解されないということ、またそこでは信頼が人の心を支配している必要があるというのは当然である。けれども、上述の主張はその確実性を検証できないし、どんなにこの主張を繰り返したとしても、その信頼性が増すわけではない。ゆとりと自由な活動という状況は誰にでも開かれているわけではなく、前もって与えられているわけでもない、またそれ自身技術と何の関係もない。労働から解放された人間は、それだけではまだゆとりを楽しむようにはなれず、自分の時間を自由な活動へと振り向ける能力を得ることもない。ゆとり《ムーセ》とは単なる無為ではない、つまり否定的に規定されうるような状態ではない。ゆとり《ムーセ》とはゆったり《ミユーシッヒ》としていて、芸術的《ムージッシュ》で、精神的な生活を前提とする。そういった生活によってゆとりは実りあるものとなり、意味と品位を獲得するのだ。「品格なき無為」〔Otium sine dignitate〕とは空虚で中身のない自堕落な生活の謂であり、ドイツ語の古い諺「怠惰《ミユーシヒガング》は諸悪の始まり」はこの事情をよく物語っている。ゆとりとはまた、多くの人が思っているような、休憩時間、一つの区切られた時間でもない。それはむしろ、その概念からすると無限定であり、分割できないものである。あらゆる有意な労働はゆとりから生み出される。ゆとりとはあらゆる自由な思考とあらゆる自由な活動の前提条件である。それゆえ、ゆとりを活用することができるのは、ごくわずかな人々である。時間を多く獲得した者たちは大抵、その時間を無駄に使うことしかできない。誰もが自由な活動のために生まれついているわけではない。というのも、もしそうであれば、世界はもっと違った風に作られているであろうし、もっと違った様相を呈しているであろうから。たとえ技術によって我々が労働から解放されたとしても、勝ち取られた時間がゆとりとなって我々のためになり、それがゆったりと、芸術的に、精神的に利用される保証はどこにもない。ゆとりを有意義に利用する能力を持たない、失業した労働者は、自分が何もする必要がなく、その上、生活するための糧（パンやニラ）を買うために国家から失業者扶助がもらえることを知らされたとしても、犬儒《けんじゅ》派の哲学者[11]のように自分の樽の前で小躍りすることはない。むしろ彼は、自分へと流れ込む空虚な時間に何をしたらよいのか分からず、堕落してしまう。この労働者は、空いた時間の利用法を知らないばかりでなく、余暇が害にもなるのだ。彼は意気阻喪して、自分が零落したのを感じる。というのもこの人は、もはや自分の使命を果たしていないからである。彼には自由に行動する力も意欲もない。そして空虚な時間しか獲得していないので、あらゆるゆとりや、思考が授ける充実した自由な活動から締め出されている。労働が減ることと、ゆとりや自由な活動とは互いに何の関係もない。それはより速い運動と道徳の高揚が関係なく、電信の導入と明瞭な思考の増大が何の関係もないのと同じである。

しかし、技術的処理によって労働量が増えるのか、減るのかといった問いを投げかけることにはそれなりの意味があろう。それはまず機械労働と手仕事の量だけにかかわる大まかな問いである。機械労働と手仕事はここでは分けて考えねばならない。というのも、よくあるこの種の問いは、手仕事は機械の導入によって減少するという主張に至るのがおちだからである。また次のことも度外視しなければならない。つまり、労働はその概念からして限定されないもの、限定の困難なものであること、人間がこなすことができるよりも多くの労働が常に存在すること、どの程度まで労力を高めねばならないかは歴史的状況が決定する、ということである。また、本書の第二部[12]で論じられる強制的な労働と自由な労働との重要な区別について、ここでは検討しないが、それでも以下のことは述べておこう。つまり、自由な労働はますます減少し、ごく限られた範囲の中でしか存在しないこと、一方で強制的な労働はいくらでも膨張し、死んだときや破滅したときにようやく終息するということである。一人の人間が機械設備のただ中で働く際に傾注しなければならない実際の労力の程度を突き止めておく必要がある。それは正確な時間測定だけではできない難しい仕事である。つまるところ、機械労働と手仕事のために設定される労働時間の法的な取り決めや限定から性急な結論を引き出してはならない。というのも、この法的な限定は実際に成し遂げられる労働の成果について、まだいかなる言質も与えないし、また技術的組織によって労働時間のほかにどんな追加的要求が労働者になされるかといった情報を何ら提供することがないからである。たとえば、労働時間の短縮を求める鉱山労働者の要求は正当である。そうした要求に対して、手仕事が少なくなっているとか、福利厚生が充実したといった反論は通らない。より深い、より暑い立坑での労働は以前より楽になったわけではないからである。また、エアー・ピックでの仕事は手とシャベルでする作業より容易なわけではない。坑内で働く労働者は、太陽の下で働く労働者に比べて、より短い労働時間を要求する権利がある。

以前の労働は今日よりも多かった、つまりより長くより厳しかった、というのが一般的見解である。そして、これに関する専門的な報告をよく吟味してみると、このような見方は往々にして、特に機械の仕事が手仕事に取って代わったところで、根拠のあることが分かる。だが、そういった報告は誤解を招く。個別的なものはさておいて、技術的組織を一つの全体的なもの、相関的なものと見なければならない。そうすれば、労働量が減少したなどとは言えず、むしろ、まさに技術の進歩によって労働量が絶えず増えていること、それゆえ、技術的労働過程が危機にさらされるとき、失業が増大することが認識できる。しかし、この増大部分を誰も計算に入れないのはどういうわけか。個々の機械を見る者は素朴な錯覚に囚われている。瓶製造機が、今まで苦労して瓶を吹いてきたガラス職人とは比較にならないほど多くの瓶を製造することは間違いない。自動織機は、手動の織機を使う織子とは比べようもないほど多くの仕事をする。織物工場の作業員は、同時に二、三台の機械に目を配っておくだけでよい。脱穀機は、農夫が殻棹を使って手でしていたときよりもスムーズに、より迅速に脱穀の仕事をこなす。しかし、そうした比較は子供じみており、思索する人間にふさわしくない。瓶製造機や自動織機、脱穀機は、膨大な量の仕事を含む技術的な過程全体の最終的産物に過ぎないのだ。特殊な機械の仕事と職人の仕事を比較することなどできはしない。こんな比較には意味がなく、何ももたらすものがないのだから。技術的組織の総体とかかわりをもたない工業製品などはなく、そういった組織を前提としないビール瓶や衣服はない。それゆえまた、この組織から分離・独立しうるような、孤島のロビンソンのように独自に存在する労働過程はない。完成した工業製品に属する労働量は広範囲に及んでいる。仕事量とは単に生産量だけのことではない。それは技術的組織が惑星全体に伸ばしているベルトコンベアの総延長に匹敵する。

機械によって労働量が爆発的な勢いで増えたことは疑うべくもない。しかし、手仕事による労働量も増大しなければ、どうして全体の労働量が増えるなどということがあろうか。人間の手は道具の中の道具なのだから。つまり、技術的な道具の一式を創造し、保持する道具である。総じて機械労働は、それに従事する労働者の数がどれほど多くなろうとも、手仕事を減少させることはない。機械労働は、労働が機械によって行われるところでのみ、手仕事の労働者を押しのける。だが、ここで軽減された労働者の負担は、技術という魔法使いの命令で消えたのではない。機械にはできない仕事をするようにと、労働者への負担のかかり方が変わっただけなのだ。機械による労働量が増大するのに応じて労働者の負担は増える。だがそれは、独立した手仕事としての労働ではなく、機械を補助する労働なのである。これを認識するのに複雑な計算など必要ない。技術的組織と個々の労働過程の関係を注意して見るだけで充分である。よく観察してみれば、機械化におけるどんな発展も、結果として機械に従属する手仕事を増大させることが見てとれる。それを疑う者は以下のことを考えてもらいたい。我々の仕事のやり方は一つの国民、一つの大陸に限定されておらず、世界のあらゆる国の人々を利用しようとしていること、辛く、汚い仕事の大半は、技術的組織を考え出すことのなかった人々の肩に押しつけられているということを。

三〔富と貧困〕

技術の進歩と結びついたあらゆる観念のうちでも、おそらく最も我々の心の奥深く根付いているのは、この進歩が呼び起こす豊かさという観念であろう。産業が福祉を行き届かせることを、しかも、技術の進歩によって産業化が広がってゆけばゆくほど、福祉が行き届くことを疑うような人間がいるだろうか。いない。もしいるとすれば、その人間は、産業によって福祉が行き届くと信じていたのに、まさに不況によってそれが首根っこから断ち切られてしまった状況に置かれているとしか考えられない。進歩が豊かさを呼び起こすという考えを後押しする歴史的・経済的な諸状況や、この発想を支え、確証するように見える好景気がいくつもあることは誰の目にも明らかである。こうした好景気の一つ、しかもその最大のものは、いくつかのヨーロッパ民族が苦労して手に入れた、技術化における有利な地位に基づいていた。つまり、この好景気は独占的地位のおかげで得られたものであったが、しかしこの地位も長くはもたず、技術的思考が世界中に広まっていくにつれて、どんどん消滅していった。これらの好景気すべてに共通する特徴は、有利な状況を自らが利用し尽くしてしまっている点である。

景気の概念、つまり、広範囲にわたる経済的なデータと事実の結びつきは、十九世紀になって初めて急速に人々の関心を集めることとなった。この経済的な結びつきが変化すると需要と供給および価格と労働条件も変化するのである。好況と不況をうまく「乗りこなす」ことを心得た人々が、このころ広く現れるようになり、「景気の騎士」〔オポチュニスト〕と呼ばれた。社会主義者たちは資本主義における景気の不安定さを攻撃したのであったが、実質的にはその矛先は不景気に向けられていた。というのも、好景気を非難する人はいないからである。不景気によって、景気に支配されない計画経済という思想が育まれた。好景気を考慮に入れても、おそらくその考えは正しいだろう。なぜなら、経済活動には歴史的リスクがつきものだが、それは北の天候が悪化すれば南の地域にも被害が及ぶことに比せられるからである。不安定な景気変動は、技術的には、分配可能な最小限の製品が存在し、価格が一定に保たれ、誰もが働くことを義務づけられているという状況が、より多く満たされることによって消滅する。経済計画がお粗末であればあるほど、そこでは景気変動は目立たないものとなるが、計画のまわりに肥大するブラック・マーケットでは景気変動は著しいものとなる。確かなことは、すべてのものが充分に行き渡っているところではどんな計画も必要ないが、しかしそれは現在我々がいる状況ではないということである。このことについては後ほど述べよう[13]。

富とは何だろうか——これは事柄の根本に至るためにどうしても問わねばならないことである。富という言葉に結びついた様々な観念には何か混乱したところがあって、その混乱は概念のもつれや混同から生じている。すべての存在論をナンセンスと見なす人々は、富がその概念に従えば存在《ザイン》であるか、さもなくば所有《ハーベン》であることに[14]何の関心も示さないだろう。しかしそこから始めなければならない。私が富を存在として把握する場合には、おそらく私は、沢山の物を所有しているから豊かなのではない。むしろすべての所有は豊かであるという私の存在に依存している。そうすると富とは、人のところにやってきたり、人から離れていくものではなく、それは生まれたときから与えられていて、意志や努力にはほとんど左右されないものである。これは根源的な富であり、自由の過剰であって、その過剰さはある種の人間にあってほのかに輝いている。富と自由とは互いに分かちがたく結びついており、その緊密さゆえに、私があらゆる種類の富を富に内在する自由さの度合いに応じて見積もることができるほどである。この意味において富は貧しさと同一のものとなりうる、つまり、豊かな存在とは何も所有しないこと、所有物のないことと結びつく。乞食を王と呼んだとき、ホメロスはまさにこのことを考えていた。そして、私の存在に応じて私に割り当てられているこの富のみが、私が完全に自由に使うことができ、また完全に享受することのできる富である。なぜなら、富が所有である限りは、この所有物を享受する能力はまだいっしょに与えられてはおらず、その能力が欠けているのが、よく見られるケースだからである。富が位階であるところでは、富は変化や偶然に支配されない堅固さをも持っている。富は宝物がそうであるように耐久性が強く、非常に安定しており、その特徴は攻撃されることなく時間による浸食を免れていることである。富が所有に基づいているところでは、富はいつでも私から奪い去られる可能性がある。多くの人は、富は財産を殖やすことによって生じると信じているが、それではこの世のすべての考えの乏しい人たちと同じ誤りを犯している。金持ちになれるのは貧しい人だけである。富の概念と同様、貧しさの本質も非存在かまたは非所有にある。貧しさの本質が非存在であるところでは、貧しさは、本質が存在にある富と同一のものとしては把握されえない。貧しさが非所有であるところでは、非所有が豊かな存在と合致する地点で、貧しさは富と同一でありうる。

インド・ゲルマン語において富は存在として捉えられている。ドイツ語では「豊かな」〔reich〕と「国」〔Reich〕は同じ起原を持っている。「豊かな」はここでは、ラテン語の regius から見てとられるように、「強大な」、「高貴な」、「王のような」という意味にほかならない。「国」〔Reich〕はしかし、ラテン語の rex と同一であり、王を意味するサンスクリット語の rajan と同じである。富〔Reichtum〕はしたがって、人間に備わった統治する王の権力と力以外の何ものでもない。このもともとの意味はしかし霧散し、失われてしまい、富を経済的な所有と同一視する経済学者の言語使用においてはもはや見出すことはできない。とはいえ、より深く把握しようと努めて本当の意味内容がもれ出てくるのを目にした人ならば、経済学のこの通俗的な把握に与することは決してない。金銭を持っていること、現金の所有は、それが非存在として捉えられる貧しさの手に帰するところでは常に軽蔑すべきものであるし、いずれ軽蔑すべきものとなる。富の本当の徴は、それがナイル川のように過剰を贈与することである。それは人間における王侯的なあり方であって、このあり方の中には金脈が広がっている。飲食するためにだけ生まれてきた人たち、単なる消費者からは富が創造されることは決してない。

以上述べたすべては、人の耳に入れるまでもなく、空腹な人たちのお腹をみたすことのない話として脇に取りのけてしまおう。今日でも空腹な人たちにこと欠くことはない。仕事によってであれ、それ以外の何かによってであれ、私は豊かになれるのだろうか。仕事によって豊かになるのは難しいが、しかし何がしかの幸運が付け加わるならば不可能ではない。富を所有として把握するならば、私は豊かになることができる。私が現在持ってないものも、将来持つかもしれない。そして私が持ってないものもかつては持っていたかもしれない。富の本質を所有ということに見る富の定義のうち、最も洞察力があるのは、アリストテレスの定義である。アリストテレスはそれを、道具を沢山持っていることと規定している。[15] 富の規定がこのように彼においては経済的ではなく技術的であることは、注目すべきである。

ここで我々のテーマに戻るが、技術とは道具が沢山あることと同義であろうか。技術が道具にこと欠くことはない。アリストテレスが前述のように規定したとき考えていたこととは異なる意味においてではあるが。というのも、彼の規定は技術的な装置や機械のことを言っているのではないのだから。アリストテレスの規定は手仕事に由来し手工業的に考えられている。しかし最も合目的的な自動制御システムでさえも人間の手なしには考えることができないから、彼の規定が役に立つことに変わりはない。技術とは、かつて職人の手や道具が必要であった仕事のやり方の合理化以外の何であろうか。しかし合理化によってこれまでに富が生み出されたことがあっただろうか。合理化が富の徴だろうか？　合理化が生まれたのは過剰からだろうか、合理化の目指すところは過剰だろうか、それとも欠乏が感じられ、困窮に苦しむところならどこでも行われるのが合理化なのだろうか。働く人間はいつ、労働過程を合理化することを思い付くのだろうか。当人が仕事を節約したいと欲し、節約しなければならず、より短縮され、簡単で安い方法で自分の労働の産物を作り上げることができると気づくときである。しかし何かをもっと安く作ろうとする努力から、どうやって富を生み出すことができるのだろうか？　作業能率が高められ、より多くの製品が生産されることによってであるというのが、答えである。しかしどうしてそれが必要なのだろうか？　すべてが充分沢山あるから必要なのだろうか、それともあまりにも少な過ぎるからなのだろうか。もし産み出された物が確かなもので安いのであれば、既にいくつかの世代が我々に先駆けて働いてきたのだから、我々はありとあらゆる種類の富の中を泳いでいる筈ではないだろうか。労働方法の合理化、生産性の上昇、作業能率の向上によって豊かになることができるのであれば、我々はとっくに豊かになっている筈ではないか。なぜなら、我々が達成する機械的および職人的な労働の量は、ずっと昔から増えつづけてきたからである。そうして富の徴は人々に広くみてとられるだろう。しかし誰一人そんなことを口にするものはいない。確かに、全過程を主導している消費の成長が考慮に入れられないならば、合理化と生産についての話はたんなるおしゃべりに過ぎないものにとどまる。使われると推測されないものが経済の中で生産されることはない。それでもあえて生産する場合は、その結果に責任を持たなければならない。技術の進歩が工場経営者や社長、発明家や役員たちからなる、必ずしも好ましいとは言えない狭い階層を富裕にしたことが事実だからといって、そこから技術の進歩によって富が生み出されたという結論を引き出すことはできない。高貴な種族である人間だからこそ技術を産み出せたとあえて推測したり、科学者や識者や発明家たちを惜しみなく善行を施す人たちと見なしたりするならば、事の本質を見誤ってしまうだろう。彼らはそんな人間ではない。彼らの知識は富とは何の関係もない。いや実際、科学自体が新しい査定を受ける必要がある。というのも、どの程度まで科学の諸分野が、進行する労働の分業に単に追随するだけのものなのか、つまり、科学分野自体がどの程度まで合理化の結果であるのかが、考慮されなければならないからである。

生産性と作業能率の増大が、充足されることを強く促す欠乏の結果であり、成長する消費を前提としているところでは、それらの増大によって富が産み出されることはない。あらゆる合理化の行為は欠乏の充足を強く求めたことの結果である。技術的な装置の建設と完成は、単に技術の権力欲の成果であるだけでなく、同時にそれは困窮の解消を追求したことの結果でもある。それゆえ我々の技術に必然的にあてがわれた人間の状況とは、持続的な社会的貧困なのである。この貧困はどんな技術的な努力によっても克服することができない。それは事柄そのものに付着しており、技術の時代にずっと付き従ってきたし、技術の時代の終わりまで付き従うだろう。その脇について歩くのは、プロレタリア、つまり、お金も土地もなく、裸の労働力以外の何も持たず、技術的進歩と自らの存亡をともにしている男の姿をした社会的貧困である。したがって、技術的な装置が資本家の手にあるかそれともプロレタリアの手にあるか、あるいはそれが国によって直接操作されているかといった違いは無意味である。社会的貧困はなくならない。というのも、それは事柄に則しているからであり、合理的である技術的思考に端を発する不可避なものだからである。好景気は社会的貧困を和らげ、不景気はそれを重苦しいものにするだろう。貧困はもちろん常に存在してきたし、これからも常に存在しつづけるだろう。なぜなら、その概念に従えば非存在である貧困は常にあり、取り除くことができないからである。しかし技術的進歩と結びついた貧困は、ほかのものから区別される独特な何かを持っている。合理的思考の展開によってもこの貧困に太刀打ちできないし、すべての労働組織のうちの最も合理的な組織もまた貧困を解消することはできない。

四　〔技術的組織と損失経済〕

技術的な〔人間の〕組織が、技術的規定の外にあるもの、これを凌駕するものを生み出すことができるという信仰は、一度吟味しておく必要がある。技術的諸規定が人間に影響を及ぼし、人間を作り変えてしまうこと、それも、人間がこれらの規定に奉仕すべく訓練されているという事態は、いたるところに見受けられる。しかし、これがどの程度幻想に依るものなのかは、見定めておかねばならない。今日、技術的組織の奇跡的とも言うべき力には、かつてないほど広範な地域で信頼が寄せられ、それゆえこの技術的組織を「秘密の中の秘密」〔Arcanum arcanorum〕として称える称賛者にもこと欠かない。しかし、どんな秩序化の過程にも二つの側面がある。秩序化のために支払われる代償を見極めようとする者は、この両方の刃についてあらかじめ理解しておかねばならない。組織が提供してくれる利点や組織によってもたらされる権力の増大については、いまさら議論の余地はないが、その効力の限界をわきまえておくことは有益であろう。ここで言う組織《オルガニザツイオーン》とは、特定の限定的な意味、すなわち、技術的進歩の語彙の中でこの語が持つのと同じ意味での組織である。ここで言う組織とは、機械の精密化が人間に及ぼすあらゆる影響をうちに含んでいる。一つの巨大な自動制御装置、たとえばディーゼルエンジンを装備した三万トンの船を眺めるならば、その乗員が一組織に支配されていること、船のメカニズムと機能的な関係にあり、このメカニズムの規模、設備、技術装備によって規定された組織に服従していることが分かるであろう。そして、機械装置と人間の労働組織とのあいだのこのような対応関係は、いたるところで繰り返し見出されるが、これについては少しあとでまた立ち戻ることにしよう〔五、一六、一七、一八、二二章を参照。〕。

組織の限界を規定しようとする者は、組織の対象が何であるかを問わねばならない。この問いに対し、人間と人間が自由に使えるあらゆる補助手段がその対象である、と答えたのでは充分ではない。まず区別しなければならないのは、組織化されたものと組織化されていないもの、すなわち技術的組織によってまだ捉えられていない、あるいはまだ充分には捉えられていないものとの違いである。当然のことながら、組織の対象は組織化されたものではありえず、組織はむしろ、組織化されていないものを征服しなければならない。というのは、組織を維持する手段を提供できるのは、組織化されていないものだけなのだから。私が釘やネジを作りたいと思えば、そのための材料として私が用いるのは、既に出来上がった釘やネジではなくて、まだ形を与えられていない鉱石から取り出した鉄である。古い釘やネジを使うなら、つまり注意深くゴミを集め始めるなら、それは欠乏の徴である。ここでは独特の、法則的関係が支配している。組織化されていないものが多く存在しているところでは、組織はわずかである。組織化されていないものが消滅したり、減少したりするところでは、組織が成長し、先鋭化し始める。大洋で魚を取ることを禁止できないことは、容易に理解できる。海はあまりに広大で、またそこにいる魚の数も大変多いので、漁を何らかの規則に服させようとする組織には、ほとんど意味がない。しかし、クジラやアザラシの捕獲について国際協約が結ばれたように、そのような規則が見られるところには、欠乏のイメージが、つまり、配慮のない法外な捕獲が動物の現存数を減少させ、場合によっては絶滅させかねないという危惧が、そうした規則の根底にあるのである。鱒《マス》が生息する小川では、所有権者か、その人から権利を借りている人以外、魚を取ってはならない。彼らは鱒の世話をし、稚魚を放流し、生存数を確保する。誰にでも漁を許可したりすれば、間もなく鱒はいなくなってしまうであろう。

　組織の目的は容易に理解できるが、組織の最も際立った特徴は、富の増加ではなく、貧困の分配である。貧困が分配されることにより、避けがたいことが起きる。すなわち、貧困の拡散である。それゆえまた貧困は繰り返し、継続的に分配されなければならず、これにより貧困はまた繰り返し、継続的に拡散される。これに比例して組織化されていないものは減少してゆき、もはや分配できるものがなくなると、その時点でついに組織は崩壊に至る。クジラの乱獲により現存するクジラの数がもはや利益をもたらさないほどまで減少してしまったら、捕鯨業は終わりとなる。そのようなクジラの絶滅が将来起こるかどうかは定かではないが、そのような事態にならなくても、それは捕鯨業組織の功績ではない。クジラの頭数が減少していくのに完全に比例して、組織の装備は技術的完成度を高めていく。このような関係は、クジラであれ、鉱物であれ、石油であれ、グアノ[16]であれ、その他どんなものにかかわる組織であれ、その組織の目的が搾取を前提にしているのであれば、すべての組織にあてはまる。例として捕鯨業を取り上げたのは、それが特に不快な事例であるという、ただそれだけの理由からだ。というのは、クジラを煮詰めて石鹸や鯨油を作るということだけを考えて、人間が、根源的なものの力と豊穣と晴朗さを体現する巨大な海の哺乳類を狩り立てるというのは、何かしら不快なのである。

　数や量が多いものを配給制にしようなどとは誰も思わないが、逆に、欠乏や貧困は対策を迫る。このような欠乏組織の特徴は、それが何も生み出さず、何も増やさないということである。欠乏組織は現存している富を取り崩すばかりなのだ。そしてこれらの組織は、合理性の高いものであればあるほど、見事にこの課題を果たす。それゆえ、組織がより目的に適ったものへと進展していくこと、この目的のため特別に訓練された専門家からなる官僚機構が人間を徹底的に管理統制すること、これ以上に確かで見誤りようのない貧困の特徴は、ほかにない。技術的に見れば、最も合理的な組織が最良の組織、つまり最大の消費を可能にする組織なのである。というのは、組織が合理的であればあるほど、ますます仮借なく現存するものを片づけてしまうからだ。損失経済では、組織こそが最後の無傷で損なわれないものである。貧困が増大すればするほど、組織は強大になる。これは相反関係である。組織化されていないものが消えていくほどに、ますます組織は膨張する。貧困が蔓延するほど、つまり人間から最後のものを絞り取ることが重要になればなるほど、組織が人間に及ぼす強制力はますます過酷になる。組織の仮借のなさは、人間の逼迫状況を示す一般的指標なのである。占領された都市、包囲された国々、食料と飲料水が尽きていく船、今日行われているような戦争、こういったものは、これらの関係を先鋭化した形で示している。

技術の進歩は——この問題にはあとで立ち戻ることにするが——その概念からして組織の増加と結びついており、絶えず増大する官僚主義と結びついている。官僚主義は途方もない人員を必要とするが、それは何も作り出さず、何も生み出さない人員であって、作り出されたものや生み出されたものが少ないほど、それだけ人員の数は増大する。組織の進展につれて増えるのは、農民や手工業者、労働者ではなく、役員であり役人であり、サラリーマンなのである。

五 〔技術による収奪と合理性〕

産業とは貧困の産物《フィーユ》である。

リヴァロール〔17〕

私は機械を愛する。機械はより高い次元の生物のようだ。知性は、人間が活動し疲労するとき体について回るあらゆる苦楽から、この生物を解放した！ 大理石の台座に置かれた機械はまるで、永遠の蓮の葉に座して瞑想する仏陀のようではないか。それは、より美しく、より完全な機械が生まれれば、姿を消していくのだ。

アンリ・ヴァン・デ・ヴェルデ〔18〕

ヴァン・デ・ヴェルデのこの文章は、明らかに、深い精神的混乱の瞬間に生まれたものだろう。人間ではなく機械を愛する者は怪物である。人が愛することができるのは、苦や楽、活動や疲れを知る生き物だけなのだから。機械は次々に姿を消し、より完全なものに取り替えられるということからして既に、仏陀には似ていない。それに機械を大理石の台座に置くのは適切ではない。セメントで充分だ。

なぜ機械を眺めるのはそんなに楽しいのか？ 機械には人間の知性の原型が表れているからであり、建設し合成するこの知性が我々の目の前で力を奪い取り、力を蓄えるからであり、自然の根源的諸力に対して絶えざる勝利を収め、根源的諸力は知性によって打たれ、圧され、鍛えられるからである。それでは工房に入って、そこで何が起こっているのか見てみることにしよう。

何らかの技術的工程を眺める際に我々が感じるのは、決して豊かさではない。豊かさとか充溢とは、それに気づいたときに朗らかな気分にしてくれるものだ。それは豊穣の徴《しるし》である。芽を出し、葉をつけ、つぼみを結び、花を咲かせ、実をつけ、熟すさまを見ていると、自分自身が清々しく、生き生きした気分になる。人間の精神と体、男と女は、惜しみなく与える力を持っている。だが、技術は何も与えることはせず、需要を組織化する。葡萄畑や、果樹園、花盛りの風景を眺めて朗らかな気分になるのは、それらが利益をもたらすからではない。豊穣や余剰、目的のない富の感覚が、自らのうちに呼び覚まされるからである。工業地域はこの豊穣さを失い、機械による生産の場と化してしまった。これは大きな違いである。工業地域に入ったとき捉えられるのは、まず飢餓の感覚である。とりわけ、技術的進歩がメタファーを用いて、工業が「花咲いている」、と称するような工業都市や工業地域では、飢餓感に襲われる。機械は飢えた印象を与える。技術の集積されたあらゆる場所で飢えの印象が強く、この印象は次第に高まり、我慢できなくなる。どこかの工場に、たとえば機械化された紡績工場や鋳鉄工場、製材所、紙工場、あるいは発電所に足を踏み入れると、どこでも同じ光景を目にする。休みなく、飽くことなくずっとつづく機械の活動は、むさぼり、呑み込み、平らげているように見える。それは、これまで決して満たされたことはなかったし、今後も満たされることはないであろう機械の飢えを示しているのだ。この飢えははっきりと表れているので、重工業の中心地域で抱かれる、集中された力の印象ですら、これに打ち勝つことはない。そうした地域では力は最も貪欲であるがゆえに、飢えの印象はそこでこそ、最も強いのである。機械の背後にひかえ、モーターや装置の動きを監督している合理的思考もまた飢えており、どこへ行っても飢えに見舞われる。合理的思考が飢えを免れることはなく、飢えから解放されることはありえない。どれほど頑張っても満足感は得られない。どうして得られようか！ 合理的思考というもの自体、むさぼり費やす性質のものであって、富に至る術を知らず、余剰を生む魔法を心得ていないのだ。鋭利な思考を働かせて色々努力はしてみても、あらゆる発明力を動員してみても、余剰を生むことなどできっこない。なぜなら、合理化は飢えをいっそう深刻にし、消費もより大きくするだけなのだから。だが、消費の増大とは豊かさではなく貧しさの徴《しるし》なのである。それは、不安や窮乏、骨の折れる作業と結びつく。技術的労働工程を完成しようとする方法上の、秩序だった努力こそが、この工程に幾つかの方面から寄せられている希望を打ち砕く。進歩や、進歩が示している速い動きは、視覚的な錯覚を引き起こしてまったく存在しないものを観察者の目の前に映し出している。技術から期待できるのは、技術によって克服し解決することのできるすべての問題に対する答えであって、技術上可能な領域の外にある事柄については、技術から何も期待することはできない。技術が余剰を生み出してくれるということはありえない。どんなに小さな技術的労働工程も、消費するエネルギーの方が生むエネルギーよりも多いのだから。こうした労働工程の総体が余剰を生むなどということがどうして起こりえようか。[①]

技術は富を生んだりはしない。だが、技術の仲介により、我々のもとに富が運ばれ、加工され、消費される。そこで起こっているのは絶えず増大し、力強くなるばかりの、とどまることのない消費であり、地球上にこれまでなかった規模の収奪である。仮借ない、次第にエスカレートする収奪こそが、現代技

① 熱力学の第二法則であるエントロピーの法則によれば、熱量は常に限られた程度しか仕事量に変換することができない。機械の製作者はつまり、カルノー・サイクルの効率を越えることはないのである。[19]

術の特徴なのだ。そしてこの収奪のみが技術を可能にし、技術を開花させる。この事実を無視するすべての理論はゆがんでいる。なぜならそうした理論は、現在の労働や経済活動の前提条件を隠しているからである。

すべての秩序ある経済活動の特徴の一つは、経済活動の対象となる原資が維持され、保護されるということ、どんな消費もこの原資自体が危険にさらされ根絶される限界に達する前に止まり、この限度を越えることがないということである。戦争や略奪、収奪は例外として、これまではこうした前提の下に経済が営まれてきた。例外は例外のままであった。ところが技術はいたるところで収奪を前提とし、技術の発展は収奪に拠っているがゆえに、技術を何らかの経済システムに組み込み、これを経済的観点から眺めるのは不可能である。どれほど合理的に採掘されているとしても、石油や石炭、鉱石を徹底的に採掘することは、経済活動と呼ぶことはできない。工業技術の労働方式が持つこうした厳しい合理性は、原資の維持とか保護ということには何ら関心を寄せない思想から来ている。ここで生産と呼ばれているのは実際には消費である。技術的思考が無理にも経済的シェーマに組み込まれ、技術的進歩の破壊力が停止させられたとしたら、人知の傑作ともいうべき巨大な技術機械は完成には至らないであろう。技術の進歩に採掘を委ねられた資源の埋蔵量が多いほど、また、その採掘が強力に進められれば進められるほど、技術の進歩は急激なものとなる。それは、大きな採掘現場にいる沢山の人と機械を見れば分かる。そこでは労働の機械化と人間の組織化が最も進んでいるのだ。

収奪の始まるところ、荒廃が始まる。そして、技術というものが蒸気技術であった時代、すなわち技術の曙の時代からして既に、荒廃の光景を見せている。その光景は、並外れた醜さと、こうした光景に特有の巨大な力によって見る者を驚かす。工業技術は風景の中に侵入し、荒廃させ、作り変えていく。

何もなかったところに工場を建て、工業都市を、ゾッとするほど醜い町を生み出す。人間の悲惨がむき出しにされた都市、マンチェスターのような、技術の一時代を特徴づけ、あらゆる絶望と悲惨の象徴となった町々である。しかしこうした都市ですら、砂漠の中に置かれ、鉄条網と光電池とアラーム設備によって保護された原子力都市よりはましである。原子力都市はなるほど実験室のように清潔ではあるが、実験室と同じく死んでいる。マンチェスターでさえ、ロス・アラモス〔20〕やそれに似た都市に比べたら楽しいものである。マンチェスターを歩くのは、ハンフォード・プルトニウム工場のそばのリッチランドを歩くよりも危険度が低い。そうした工場は煤煙にではなく、アルファ粒子やベータ粒子、ガンマ線や中性子に汚染されている。ウラン鉱石がプルトニウムに作り変えられる現場に入るには、ゴム長靴をはき、ゴム手袋とマスクをし、イオン化箱と放射線感応フィルム、ガイガー管とアルファ線カウンターを持たなければならない。そしてマイクとスピーカーと警告サインによって行程の安全を確保しなければならない。放射線はすべてを汚染する。この汚染は、今日明日のみならず、何千年もつづく。放射性廃棄物が置かれたところは、人間が住むことのできない土地となったのである。[②]

収奪という作業には、醜さと新しい危険地帯が分かちがたく結びついている。大気は煙で充満し、水は汚染され、森や動物や植物は根絶される。こうしたことすべてにより、自然を「保護」しなければならない状態が招来される。大きな範囲の土地を囲い、柵を設け、博物館的な禁忌を掲げることによって、搾取や技術的介入から自然を、「保護」しなければならないのである。すべての博物館的なものの意味は、急激な破壊が進んだ結果「保護すべきだ」という印象が生まれたとき初めて明らかとなる。それゆえ、

---

② ローベルト・ユンクの著書『未来は既に始まった』に書かれた著者の優れた報告を参照いただきたい。

希少なもの、保護すべきものの数が増えることは、破壊の過程が進んでいる証しなのである。

組織的収奪の中心地は、何よりもまず採掘現場である。そこでは地球の宝が濫掘され消費されている。人間の搾取は、大衆がプロレタリア化されたときに始まる。彼らは工場労働を強いられ、貧しい食事しか与えられない。社会主義者たちは（野党として批判する側にいるときにだけ）、技術労働者が搾取されていると言って憤るが、この搾取は、技術者が地球のあらゆる領域で行っている普遍的搾取の随伴現象の一つに過ぎない。地中の宝のみならず人間もまた、技術によって消費されるがままになっている在庫の一つなのである。労働者は、団結し、組合や政党を作ることによって搾取を免れようとするが、こうした手法は、労働者を技術的進歩に結びつけ、これを切り離し難いものにしていくやり方、労働者を機械仕事や技術的組織に服従させるやり方とまったく同じである。なぜなら、労働者組織は機械システムの拡大に伴って生まれるのだから。

収奪がますます厳しく実行されていくことは、技術の裏面であり、技術の進歩が話題にされるとき、無視してはならないことである。過度に疲弊した耕地や牧草地が人工肥料によって絶えず収穫をあげる状態にされるのであれば、それは技術的進歩である。だが同時にこの進歩は、欠乏の結果、逼迫状態の結果でもある。なぜなら、人工肥料なくしてもはや食料を得ることができないからである。これは収奪なのだ。技術的進歩は、昔の人々が持っていた食物摂取の自由を我々から奪ってしまった。旧来モデルの三倍の性能を持つ機械は、旧来モデル以上に合理的に組み立てられた成果であるがゆえに、技術的進歩である。したがってこの機械は、平らげ、呑み込む力、空腹感もまた旧来のモデルより大きく、比較にならないほど多くを消費する。このように機械というもの全体が、満足させることの不可能な、落ち着きのない貪欲な力に満ちているのである。

これと関連するのが、あっという間に消耗してしまい、すぐに使えなくなってしまう機械の宿命である。この種の造形物がすべて脆いのは、その目的、用途ゆえである。機械の持続性、耐久性、使用期間は、技術がその限界に近づけば近づくほど限定され、短くなっていく。技術による消費は、技術そのものの装置の上に及ぶ。機械は、その修理や保全、清掃のために、途方もない量の人間による労働を必要とする。そして速いスピードで、現今あらゆるところで目にするようなあのポンコツ状態に陥ってしまう。絶えず進歩をつづける技術は、地球を機械や工作物で満たすばかりでなく、技術的ガラクタや廃品で満たしていくのだ。この錆びついた金属板や金属棒、壊れてへこんだ機械部品や機械製品は、思慮深い観察者に、物事の経過の無常とはかなさを思い起こさせ、彼はその証人となる。ひょっとしたらそうしたガラクタは、ことの成り行きを過大視することから観察者を守ってくれて、現実の出来事を正しく見極める手助けをしてくれるかもしれない。消耗は消費の一形式なのである。つまり消耗は、収奪が行われるところでよりはっきりしたものとなり、それゆえ技術が働いているところにこそ、特によく消耗が見られるのだ。本当らしくないことではあるが、二千年後にもまだ考古学者というものがいて、この考古学者たちがたとえばマンチェスターやエッセンで発掘を行ったとしても、彼らはごくわずかなものしか見つけることはないだろう。彼らはエジプトの墓室も古代ギリシャ・ローマの寺院も発掘できない。工場が加工している材料は、「いくらでもそこにある鉱石」〔aere perennius〕ではないのだ。ひょっとすると考古学者たちは発見物の少なさに驚くかもしれない。しかし、地球全体に及ぶ技術の力は、すり抜けるようなところを持っており、携わる者はそれを容易に見逃してしまう。技術の力はあらゆるところで没落に脅かされ、消耗にさらされている。技術が消耗をのがれようとしてスピードを上げれば上げるほど、ますますしつこく、速度を高め、消耗が追いかけてくる。

技術は新しい富を創造するということはなく、現存する富を切り崩していくばかりである。それも収奪という手段によって。すなわち、どんな合理性も持たないにもかかわらず、労働方式としては合理的な手段によって。技術は、進歩していくことによって自らが拠りどころとする資源を食べ尽くしてしまう。絶えず資源が消えていくことに技術は寄与しているが、それゆえに繰り返し、自らの労働方式を単純化せざるをえない状況に至る。これを否定し、沢山新しい発明がなされることによって古い機械が無用になるのだと主張する人は、原因と結果を取り違えている。発明は必要性を前提とするのであって、さもなければ発明されることはない。技術的労働工程によって失われるものが多くなれば、常に新しい危機と障害が生まれるが、技術者がこうした損失の増大を政治的組織のせいにするなら、それもまた正しくはない。地球上の敵対する政治勢力は、政治的組織によって、技術的には正当化できないようなコストを労働工程に担わせている。実際、すべての競争は政治と経済にもかかわっているから、これは確かである。けれども技術は、たった一つの国しかなかったとしても、合理化の過程を最大限まで推し進めずにはおかないだろう。自由経済においても、技術とともにあろうとするどのような計画経済においても、合理化の過程は同じように現れるであろう。技術者が自由経済を——すなわち経済人によって決められる経済を——排除するなら、技術者は自分たちが考案した労働計画を経済に課すことになる。だが、この計画については、組織について述べたことが当てはまる。

経済的な危機がもはや経済的措置によっては克服しえないように見えるとき、技術の持つ、より厳格な計画性に助けが期待される。そういうとき、テクノクラシー[21]の思想が現れるのだ。けれどもまず確かめねばならないのは、この危機はほかならぬ技術によってもたらされたのではなかったか、経済に秩序をもたらす能力が技術にあるのか、そうした仕事がそもそも技術の任務に含まれるのか、ということである。テクノクラシーとはどういう意味であろう？　この語に何らかの意味があるとすれば、それは、技術者が支配するということ、技術者が国家の指導を引き受けるという意味でしかありえない。しかし技術者とは政治家ではなく、政治的仕事に関する能力をこれまで示したことはない。技術者の知識とは、機械的、機能的諸連関の経過を包括するものであり、彼の知識には、非個人性という特徴がつきまとっている。言い換えれば、認識の「厳密な客観性《ザッハリヒカイト》」という特徴である。この非個人性は、技術者が国政を引き受ける能力があるのかどうかを疑うのに、充分な根拠となる。

六〔経済的思考の技術的思考への敗北〕

技術的思考が合理的であり、技術的労働方法が合理的な考えによって規定され導かれていることに、反論の余地はない。今やあらゆる労働工程が合理化の要請に従っており、そこから抜け出すことはできない。諸々の技術的設備を改良しようとするこの絶え間ない努力のうちに、労働工程を完全化させんとする志向を見てとることができる。この労働工程によって目指されているものを正確に成し遂げるには、それに付きものの不完全性から労働工程を解放しなければならない。労働工程が不完全なのは、労働工程をコスト高にするものによってではなく――この不完全性は経済的なものだ――それが不完全なのは、技術的な概念によればその目的に適っていないからであり、それがまだ完璧な技術性《テヒニツィテート》にまで達していないからである。この完璧な技術性こそ、労働工程が希求しているものなのだ。熱を仕事に変える機械が不完全なのは、値段が高いからではなく、その仕事率が相変わらずカルノー・サイクルの効率をはるかに下回っているからなのである。

技術的な理性《ラティオ》と経済的な理性《ラティオ》が一致せず、それぞれの目的と目標を異にしていることは、これまでほとんど考慮されなかったし、評価もされなかった。個人によるものであれ、集団によるものであれ、すべての経済行為の目的と目標は、それが生み出す利潤である。経済人は労働工程の採算性《レンタビリテート》を第一に考える。技術者にとっては経済行為、すべての労働は、技術的な思考の支配下におかれるべき営みである。この異なる権力志向から技術的思考と経済的思考とのあいだに争いが生まれる。技術者は、経済的思考が自分の側に自律を要求することに無関心ではいられない。彼は技術的な進歩が経済に従属し、経済に依存しつづけることに我慢できない。こうしたところではどこでも争いが起きるが、技術者の優位は、この戦いをイデオロギー的にではなく諸々の発明を通して進めていく点にある。技術的発明の特許を買って大型金庫に保管する経済人はそれだけでもう戦いに負けている。というのも、彼は遅延策を用いるのだが、それによって彼の劣勢が明らかになるからである。経済人は技術に新しい資金を提供せざるをえない。技術者にとってはある設備の経済性《ヴィルトシャフトリヒカイト》は、完全性への努力を放棄する理由にはならない。利潤のあがる企画であっても、それが技術者の考えや要請に従うことを拒むならば、技術者はそれを台無しにしてしまう。予想もしなかった発明を通じて、彼は工場主を破滅させてしまう。しかし新しい産業や技術的な施設を魔法のようにあっという間に産み出すのも、技術者なのである。技術者が携わるのは機械化の過程自体であり、この過程に注意を向けるが、それによって人間が被る反作用には注意を向けない。資本家の幸不幸は労働者のそれと同様、彼にはどうでもいいことである。技術者として思考する限り、彼には年金も利子も、それによって可能となる生計も関係ない。「理想家肌」と呼んでもいい、経済的有用性に対するこの無関心は、経済人に対する彼の優位性の表れであり、経済人の諸々の計画を情け容赦なくご破算にしてしまう。職人が自分の織機から追い出され、労働者として工場内の紡績機械を動かすよう強いられたのは、紡績機械を発明した技術者のせいである。工場労働者の犠牲の上に資本家を富ませるためにそれをやったわけではないが、しかし技術者は良心の呵責を感じることなしにこの不可避の帰結を受け入れる。彼にとって重要なことは、技術的な装置を発展させることであり、この装置で誰が得をするかということではない。資本家とは反対に、それによって損をすることもしばしばである。腹を空かせた発明家たちにこと欠くことはない。さらには無私の行為の例も少なくない。政治的力関係へのセンスもなくはなかったが、レントゲンのような厳格な真の科学者が、自分の発明から何らかの利益を引き出すのを拒否したことは有名である。科学者や技術者がまず利益を考えるようなところでは、彼らは経済的思考に隷属してしまう。

経済へのこの依存は、経済が技術的合理化に従い、技術者の及ぼす影響に経済の方が左右される度合いが大きくなるのに応じて弱まる。経済人は技術者の提供する諸々のプランなしではもはやますますことはできない。なぜなら、彼がそうしようとしたところでいつも、彼に対してふるわれる強制的な介入に服さざるをえないからである。技術者は労働工程が行われる形式を定め、それによって物質的な労働工程自体に影響力を及ぼすようになる。技術者が維持する優位性は充分に根拠づけられているのだ。その優位性は、経済人がもはや意のままにできない合理性に技術者が達していることに基づき、また、技術者が機能的に考えることによっている。宗教的、政治的、社会的、経済的考慮は機能的な思考からは閉め出されており、また、これらの考慮と機能的な思考とのあいだには強制的な関連がないので、この機能的な思考からは閉め出すことが可能である。ここに働いているのは、その貧しさゆえに大きな成果をあげ、重大な影響力を及ぼしている、仕事における権力志向である。

経済的諸法則に技術が仕えているのではなく、経済の方が高度化する技術性に身を屈しているのである。我々はある状態に向かって進路を進めている――そして我々は既にあちこちでそこに達している――その状態とは、労働工程のもたらすどんな利潤よりも労働工程の技術性の方が重要な、そんな状態である。つまり、労働工程は、それを追求することで損失が生じる場合にもなお、実現されなければならないのである。経済的な苦境というこの徴は同時に、技術の完成度が高まっていることの指標でもある。全体としてみるならば技術は採算に合わないものであり、また採算を取ることができないものである。技術は経済の犠牲の上に展開し、経済的苦境を先鋭化し、そして損失経済へと導く。技術的完成への努力が実れば実るほど、この損失経済がますますはっきりと姿を現すのだ。

七〔エコノミーと大地の掟〕

経済《ヴィルトシャフト》は前提条件として家の主《ヴィルト》を必要としている。エコノミーは、ある意味において、その意味は今日ではほとんど注目されないのであるが、家庭の経済原則、すなわち家計のやりくりである。エコノミーとは人間がこの地上に住まうことなのである。経営者は家計《オイコス》のやりくりの秩序《ノモス》に従う家父長である。もしそれに従わなければ、彼の経営は乱脈経営となる。そしてこの乱脈経営の最もひどい形態が収奪である。技術的組織の中で生きている人間が大地に対して行うのはこの収奪なのである。この種の人間は欲しいものは何でも生産し、過剰であるとの印象が生まれるほど多くの物を生み出しているのかもしれない。だが実際は、彼は経営管理された資源を使い果たして、秩序あるすべての経済の基盤を危うくする。それゆえに彼は最後にはもはや太刀打ちできないような、それにぶつかって彼の思考が砕け散るような困難に陥らざるをえない。この種の人間の鋭い洞察力による発明は技術的に組織された労働の枠内での絶え間ない消耗と浪費である。発明家とは容赦なくさまざまな浪費の可能性を開拓する人のことである。このことから、発明家がなぜ尊敬され称えられるのかという理由が充分に理解される。

ところで、ここではとても単純な原則が度外視されている。その原則を我々は思い出す必要がある。

植物を植え付け、育て、栽培する人間、または動物の世話をする人間は、彼の保護に委ねられているものたちの成長に心を配るときだけ、この仕事を首尾よく行うことができる。彼が世話をし、ふやす人である場合にのみ、彼の活動は効果的に継続されるのである。彼は必要以上に森の樹木を伐採したり、家畜を殺したりしてはならない。彼は一面的で乱暴なやり方で自分の利益や得をはかってはならない。なぜならここには実に深くて親密な相互関係があるからだ。大地は、大地を利用し浪費することしか頭にない人間には耐えられない。それでたちどころに人間に対して協力を拒むのだ。これは誠実な農夫なら誰でも知っている女神デメーテルの神秘の一つである。人間は自分の手で育てた動植物で利益を得てもよいが、同時にいつも女神に犠牲を捧げる義務がある。このことはまぎれのないことである。これらのことによって初めて、人間の仕事や活動はただ損なうだけのものではなく、いつも人間の役に立つということが保障されるのである。横暴な侵害に対する大地の回答は、無法なやり方で自分の生活の中に乱入された人間が行うものと同様である。私が畑を作ろうと思って森の木を伐採して木がなくなれば、畑の収穫もかなり少なくなるだろう。私が山の樹木を切り払うならば、浸食作用により山はカルスト化して不毛になるだろう。私が湿原の水を排水し、河川を壁でふさぎ、まっすぐにすると、水利システムは混乱に陥るだろう。私が樹木の生えていない広大な草原を掘り返せば、砂漠化する。私が原生林をすっかりだめにしてしまえば、すべての原生植物と原生動物がいなくなってしまうばかりでなく、原生林から得られていた有益な土地も損なわれるだろう。自然の中ではすべてのものが緊密に結びついていることはよく知られているが、そのことに注意を払われることがない。この結びつきを気まま勝手に断ち切ってはならないということが忘れ去られている。十九世紀や二十世紀に見られるような大規模な単一栽培《モノカルチャー》、そしてこの単一栽培と分かちがたく結びついているトラクターを使った農業は、技術的組織の中で生きている人間に適合した、土地活用の形態である。これらの農業は諸々の力のバランスを乱すものである。それで自然はこのような農業に対して害虫を発生させ、土地をやせ衰えさせることにより応答する。人間によって無理やりに押し付けられた労働方法に対して、自然は単に受動的に受け入れるだけだと考えるとすれば、それは工作人《ホモ・ファーベル》としての人間の誤りである。自然は破壊に対して応答し、自然を傷つけたのと同じ力で張本人に打撃を与えるからである。

このような諸々の関係は、我々の生きる現代においては明確なはっきりとした形では納得してもらうことができないので、それが状況がどういうものであるのかを、別の例によって示すことにしよう。最も重要な家畜として牛が飼育されている広大な牧草地では、その牧草地もまた牛の生活原理の下にあることが分かる。牛を利用する人間はこの原理から逃れることはできない、仕事においても、思考においても、生涯繰り返される日々のなりわいにおいても。人間は牛を屈服させるが、その牛もまた人間を屈服させる。牛はその固有の、反芻する温和さや安らぎの力によって人間をおだやかに、しかし有無を言わさず屈服させるのだ。人間は牛をきれいにし、世話をし、ミルクを絞り、放牧し、牛の番をしなければならない。人間は動物の世話係・同伴者として動物と常に一緒にいる。牛が人間から離れることができないように、人間もまた牛から自由になることはできない。ここに一つの苦労がある。そしておそらくこの苦労から、この動物と生活を共にすることはやりがいのあることだという認識が生まれるのである。やりがいがあるのは、動物が消費されるからではなくて、思いやりのある、注意深い付き合いによって動物がより美しく、より強く、より生産的になり、動物を世話し手入れしたことにより人間が求めることを許される収益をより自発的に生み出してくれるからである。世話を伴わない利用は搾取に他ならない。牛とのつきあいは、これはこの章の結論であるが、人間にとって経済的に有益であるばかりでなく、あらゆる礼節の源でもある。

しかし技術者はこのことをほとんど理解していない。もしかすると彼は、牛飼いが牛に行うのと同様に自分も機械をていねいに手入れし、きれいにしていると反論するかもしれない。確かにその通りではあるが、しかしそれは人が歯を磨いたり、あるいは、治療したり、入れ歯に取り替えてもらうというような意味においてだけのことである。農家が工場になると、それがうまくいったところでは、人間と動物の関係は純粋に機械的な関係へと進んでいかざるをえない。動物は完全に有益性や使い捨てといったメカニズムの視点からながめられる。人工授精あるいは胚移植といったやり方は、それがどこへ行き着くのかをはっきり示している。

八　〔自動化の増大と時間〕

技術特有の完璧指向を最も明瞭に表しているのはどのような特徴であろうか？　原始的で不文明なところから出発した技術の進歩は、どのような現象によって最も的確に測ることができるだろうか？　蒸気機関から電気や原子力を用いた技術へと転換したことは、間違いなくそうした進歩の一つである。技術と生物学のあいだに密接な労働共同体が築かれ、生物工学《ビオテヒニーク》という領域を生み出して、機械の法則を生命に応用するに至ったのもまた、そうした進歩の別の一つである。技術の労働工程を眺めていると、とりわけ一つのことが目に付く。工程がどんどん自動化されていくということである。技術の進歩とは、あらゆる種類の自動機械《アウトマート》が増えることと同義である。工業製品が生み出される全工程が自動メカニズムによって進められ、寸分たがわぬ形で機械的に繰り返されるならば、工場そのものが自動機械となる。労働者はもはや自動機械の仕事に手出しをせず、機械工としてその機能を点検するのである。工業製品を生み出す労働工程が自動機械によって担われているのと同様、生産された製品自体も、同じ工程を機械的に繰り返す自動機械となる。この任務こそが、絶えず人の手を必要とするすべての道具と自動機械との違いである。自動機械の定義は、自動的で休むことのない機械的機能である。我々は休むことなく進む自動化の過程に囲まれており、技術の全領域はこの自動化を志向している。工場の機械の大部分は自動的に働いている。鉄道、内燃機船、自動車、飛行機の形でそこら中に出現しているのは、交通自動機械《アウトマート》である。照明、水道、暖房設備は自動的に働いている。大砲や銃も自動である。品物や食品の自動販売機《アウトマート》、ラジオ放送や映画の自動機器《アウトマート》がある。それらの役割は要するに、レコード盤がいつも同じ曲を再現するのと同様、要求された労働工程を機械的に、寸分違わぬ形で繰り返すということである。現代の技術はこの自動化によって初めて独自の特徴を得、他のすべての時代の技術から区別される。そしてこの自動化によって初めて技術は完成の域に達するのであるが、このことは次第に認識されつつある。自律的に、寸分違わぬ形で繰り返される機能、これが、現代技術の主たる特徴である。

機械的労働工程は、その数と規模を計り知れぬほど増大させた。それらはしかし、必然的に別のものの増大を伴うのではないか？　つまり、自動機械《アウトマート》に人間が依存する度合いが、否応なく増大するのではないか？　然りである。当然のことながら、人間が支配し操っている自動機械化の影響は、人間へと跳ね返ってくる。自動機械化によって人間が獲得する力は、逆に人間を支配する力を獲得する。人間は自分の動き、注意力、思考を自動機械の方に向けるよう強いられる。機械と結びついた人間の仕事は機械的なものになり、機械的に、寸分違わぬ形で繰り返される。自動化は今や人間自身をもとらえ、もはや解放することがない。そこから生まれる結果については、今後繰り返し述べることになろう。

アルキュタスの鳩〔22〕やプトレマイオス＝フィラデルフォス〔23〕の人造人間《アンドロイド》から分かるように、自動機械《アウトマート》が発明されたのは古典古代である。しばしば賛美の的とされるこれらの作品は、アルベルトゥス・マグヌス〔24〕やベーコン〔25〕、レギオモンタヌス〔26〕の自動機械と同じく、機知に富んだ玩具ではあるが、つづくものがなかった。これら自動機械は賛嘆のみならず恐怖も生んだ。来客にドアを開けて挨拶するアルベルトゥス・

マグヌスの人造人間《アンドロイド》は、何十年もかけて開発されたロボットであったが、恐怖にかられたトマス・アクィナスに杖で敲かれ、破壊された。精神的人間が機械的存在に初めの瞬間から示す関心は、不吉なものの予感と、釈明の難しい恐怖を伴っている。この恐怖は、工場機械の進出について述べたゲーテの言葉に感じ取られるし、ホフマン〔27〕が十八世紀の芸術自動機械やからくり人形に対して戦慄を覚えたことにも表れている。そうした自動機械やからくり人形のうちで特に目立つのは、笛吹き人形や太鼓叩き、ヴォーカンソンの鴨〔28〕である。こうした恐怖は、人間が昔から時計や製粉機や車輪といった、命がないのに振動したり動いたりするすべての道具や機械に感じてきたのと同じ恐怖である。ここで観察者は、機械を仔細に調べることで満足することもなければ、機械の活動を追って安心することもない。なぜなら、機械的な活動こそが、観察者のうちに不安を呼び起こしているからである。ここでは、動いていることで生きているという錯覚が生み出される。そしてこの錯覚は、錯覚であることが分かると不快感を生む。命なきものが命の中に入り込み、中で拡大するのだ。それゆえ観察者は、老化や冷たさ、死のイメージに結びついた感情に襲われるし、この感情は、機械的に繰り返される死んだ時間、時計によって測られる死んだ時間の意識と結びついているのである。決定的成功を収めた最初の自動機械《アウトマート》が時計だったのは偶然ではない。デカルト〔29〕の哲学体系の中で自動機械として扱われる動物は、その動作が機械的法則性に即しているという意味で、時計なのである。

　動作の自動性に携わるときにぶつかり、避けて通ることができないのは、時間の問題である。このあたりでひとまず、技術に影響を及ぼした時間概念の認識論的規定について考察し、時間を測定するという措置がどんな意味を持つのか、検証してみることにしよう。

九　〔技術的搾取過程の基盤としてのデカルト理論〕

まず初めに注意しなければならないのは、デカルトの二元論によって精神と物体のあいだに橋渡しすることのできない裂け目ができてしまったことであり、両者のあいだの結合と統一を想定する古い「自然の流入システム」〔systema influxus physici〕を無効にしてしまったことである。「思惟するもの」〔res cogitans〕と「広がりを持つもの」〔res extensa〕とがどのように協力し、了解しあっているかという問いに対して、デカルトは、人間と人間の精神的な活動に関して次のような答え方をしている。すなわち、彼は神の直接的な介入を仮定し、神は精神的な活動に呼応する動きを身体の中に作り出すのと同様に、魂にも身体的な物質についての表象を伝達するというのである。デカルトにとって、「魂と物体との交流」〔commercium amini et corporis〕は神の仲介なしには存在しなかったのである。さてデカルトは、動物を時計仕掛けのような機械と見なし、人間の身体も同様に人工的な時計仕掛けの機械と考えたのであるから、彼のもとでは自動的な運動の数や範囲が途方もなく大きくなっていることが容易に見てとれよう。彼が増やしたのは、それ自身で働く機械的な運動の関与する領分だけではなかった。彼はまた、神が――どうやってかは分からないが――精神と身体のあいだの仲介者として働く、機械的な運動とは別の精神的な活動をも機械の運動を手本にしてモデル化したのである。そのように介入してくる神は、まさに時計職人のような神としか言いようがないが、この神は自分の造った作品を、その働きを保全する職人的なやり方で調整するのである。このような仲介がまさに偶然的な接触によってしか起こりえないことを、デカルトの継承者であり、機会原因論を基礎づけたゲーリンクス[30]は示した。というのも、彼によれば神は、諸々の肉体的な事象と諸々の精神的な事象とが相互に対応しあうように、不可解なやり方で作用を及ぼしているのであり、この事象においては人間は、神が自分の中で引き起こしていることを、ただ単に眺めているだけで何もできない観客になってしまう。

既に自動的な運動の増加のうちに力学的なものが見てとれるが、デカルト的な思考が次の時代に及ぼした圧倒的な影響は、とりわけ彼が、スコラ学[31]によって抑圧され、まどろみの状態にあった動力学を束縛から自由にし、解放した点に求めることができる。諸々の力についての、また力によって生じる運動についての体系である動力学は、現在形作られつつあり、いずれ完成するかもしれない力学の一分野である。この発展にデカルトがどう関与しているのかと問うならば、その答えはまさに、生命を持たないと仮定される領域をことのほか広げた彼の学説のあり方そのものにあるのだ。というのも、「広がりを持つもの」は生命を持たないからである。それは完全に記述され規定されうるし、言い換えるならば、力学的に説明されうるのである。ところでこの「広がりを持つもの」は死んでいるのであるから、それに介入していくことを躊躇する必要はないし、抵抗があっても、それは生命も精神もない抵抗に過ぎないのだから、考慮するには及ばない。「思惟するもの」が厚かましくも世界のプロセスのたった一人の主人にして親方であると僭称すること、「思惟するもの」が大胆向こう見ずに、抗議をものともせずそんなことをやってのけること、こういったことがデカルトの思考の中には準備されていたのである。なぜなら、今や広汎に広がっている死んだ自然、自動機械としての自然、自動装置と化した風景の方からそのような介入を要求してくるのだ。デカルトの思考の中では既に精密な自然科学のプラン、つまりとてつもない射程距離と生産性、収穫性を持つプランが立てられていた。彼は既にこのプラン全体を隅々まで見わたしていた。一六三七年に公刊された『方法序説』初版では、本のタイトルの下に次のような説明を読むことができる。「理性を正しく導き、諸々の学問において真理を求めるために」。しかし彼が考えていた、それより前の総タイトルは、「我々の自然を最高度の完全さに至るまで高めることのできる普遍的な科学の企画」となっていた。彼の思考の中には既に精神と物体、有機的自然と非有機的自然、自然科学と精神科学とのあいだの人工的な区別が備わっていたのである。というのも、それらの区別はことごとく、思惟するものと広がりを持つものとのあいだにもうけた彼の区分にさかのぼるからである。「思惟するもの」は今や思想家、研究者、科学者、技術者となることができ、これらの人々は「広がりを持つもの」として表明される所産的自然〔natura naturata〕[32]の始まる領域へと乗り込み、介入するのである。ここに諸発見と意味深い諸々の発明の王国が始まり、この王国では自然を意のままに処理するために自然が模範としてまねられる。そしてここにその後数世紀にわたって、鋭い悟性を持った人々にその生計を保証する糧、搾取や略奪の手段が与えられたのである。

さて、デカルトの合理主義とベーコン[33]のまったく経験論的な考察方法とが協力して作用する様は注目に値する。なぜなら、そこにこの運動の抗いがたい力[34]が見てとれるからである。意志と理性のどちらが優位に立つかをめぐって展開された、トマス説の信奉者とスコトゥス学派[35]の学者たちのあいだの争いは、最初イギリスから始まり、それから大陸へともたらされた。そこには、後の時代にイギリスが産業化の指導国となるという事情が潜んでいる。既にドゥンス・スコトゥス学派に属するオッカムのウィリアム[36]

はこの争いに勝利者となって決着をつけた。というのも彼の『論理学大全』も彼の『三段論法論』も、実在論[37]を打ち負かして唯名論[38]に勝利を得させるのを助けるものだったからであり、したがって彼が「唯名論の頭領」として称えられたのには充分な理由があったのである。彼はそれゆえ経験論の父たちの一人であり、そんなわけで帰納法という実に唯名論的な方法も準備したのだった。彼なくして、三段論法から離れ帰納法へと向かったベーコンのような男の存在は考えられない。その帰納法というのは、排除と否定を通して事実をふるいにかけ、個別的な命題から「最大限の普遍性と明証性の原理」へとのぼっていこうとするような類の方法である。結末からその始まりを見るならば、お互い面識もないまま異なる国で活動した彼ら二人の人物の仕事を通じて、我々がすべての科学的な方法や、さらにまた何かの機械を観察するたびに見出すことになる労働共同体が準備されていたことが分かる。デカルトの合理主義とベーコンの経験論は、あるゆる力学分野の拡張とともに増大してゆく筈の因果論へと向かっている。両者とも目的論を鋭く攻撃し、それが非科学的であると公言し、目的論に代えて諸原因の作用による説明を据えた。しかし彼らの言う作用原因とは、関連と協働という観点から見た場合、目的論的な考慮からほとんど自由でいられないことは、ある機械が機械論的な合目的性からほとんど自由でないのと同様である。

そのような視点から眺めると、スピノザ[39]の教えは、こうした事態を引き延ばす契機となっているに過ぎない。つまり正確に言うなら、デカルトの考えがもたらす実践に関して、彼の教えは影響力を持たないのである。なぜなら、歴史的な運動の趨勢は、力学的メカニズムが完全に作り上げられ、動力論が自由に発展できることに向かっているからである。ここから明らかとなるのは、なぜこの時代の思想家たちが同時にすぐれた数学者でもあり物理学者でもあったかということである。これについてはパスカル[40]

が特に印象的な証拠となっている。力学的メカニズムについて彼ほど粘り強く集中的に考え抜いた人間はそれまでいなかった。この運動の圧力はすべてのものに明らかに見てとれる。先取りして例を挙げれば〔二七章参照〕、完全に動力学の影響を受け、それに支配されている貨幣経済がそれにあたる。資本主義自体が、その最終局面に至るまで力学的な法則性を貨幣経済に応用したものにほかならないのである。そのようなやり方だと人間が貧乏くじをひくという苦情の声が上がるとすれば、その苦情にはそれなりの正当性がある。

しかし、完璧となった技術の領域において資本主義を否定しながら、他方で技術を肯定することは馬鹿げたことである。むしろ技術には、個人的なものであれ国家的なものであれ、資本主義が最後まで伴っていくであろう。というのも、資本主義の展開する貨幣制度の力学的メカニズムは技術に依存しているからである。技術的な領域では、機械的に同時進行する貨幣経済と通貨技術のみが許される。分配を調整しようとする社会主義的あるいは集産主義的な貨幣経済は、少なくとも私的資本主義と同じくらいに機械的である。それらはむしろ、さらに高度に機械的であり、このことが、技術の完成に向けて協力する人々の立場からすれば、それらの貨幣経済を正当化できる唯一の根拠なのである。資本という言葉は中世のラテン語 Capitale から来ている。それは利子に対する元本（至当な主要部分〔capitalis pars debiti〕）、つまり元金であり、利子を生む元手となるものである。既に言葉のこの意味から明らかなように、資本主義経済と貨幣経済とは即同じというわけではなく、たとえば、現金の流通はほんどない物々交換経済のもとでは両者は一致しない。さて、資本は労働に対立するという、あの後の時代の規定を採用するならば、この分離に、デカルトが「広がりを持つもの」と「思惟するもの」と名づけた対立を、再び見出すことは難しくはないだろう。労働工程としての労働はここでは、生産の補助手段となっている経済財、したがって労働工程がそこで完了するところの経済財すべてと対立するものである。貨幣経済が資本主義的な特徴を帯びるのと、貨幣経済が動力学的《ダイナミック》な法則性の支配下に置かれるのとは、どちらも同じ動勢のもとでの出来事である。固定資本と流動資本の関係は流動資本に有利なように変わり、経営資本に対する設備資本の割合は消失し、譲渡制限資本は流動資本に対して身を引く。ここで思い出されなければならないのは手形（為替〔cambium〕）である。手形は、一定の硬貨による支払いを楽にし、輸送の危険を避けるために、イタリアで遠隔地払いとして発達したものである。手形はしかしその後、十六世紀から十九世紀半ばまでのあいだにフランスで、手形裏書きが発明されたことで、その送金機能が強化された。決済の手段を整えたのは、これら機械的な輸送機能であった。そして、この輸送機能の合理化を目指す努力によって、手形交換所や現金を用いない決済手段が用いられるようになったのである。流通、循環は自動的な技術の支配下にある貨幣経済の特徴となった。というのも、ここでは貨幣はすべて機械的な方法でいつでも使える流動的なものとならざるをえないからである。そのような経済のもとではすべてが否応なく利用可能なものとならなければならない。なぜならすべての経済的な権力手段が技術的な全発展の進行に役立てられるからである。この発展の動力学的《ダイナミズム》なものが貨幣制度を規定し、資本経済を規定し、同様にして、同じように動力学的なものとなった信用経済を規定しているのである。

　非具体的な思想や抽象的な思考を死んだもののように感じる人々に対して、このような動力学的なものの持つ、生命の髄にまで切り込んでいく力を示すには、こうした例で充分だろう。この思考の部屋の中に、つまり、それらの人々自身は規定することができないけれども、シチリアの漁師が網で捕らえたマグロを中においこむ「部屋」〔camera〕[41]のような場所に、彼らもまた捕らえられているのである。あるいは別の言葉で言うならば、彼らは不吉な土星の領域で生活していながらそのことを知らずにいるのである。このような例からも、スピノザの教えがヨーロッパの思想の総体的な流れの中で孤島のようなところがあることは、明らかだろう。すべての第一級の思想家たちが数学や物理の法則に取り組んでいた時代に、彼はそれをしなかった。歴史的な動向の内部にあって彼は静止していた。彼の教えが鎮静剤と言われるのもいわれのないことではない。というのも、実際、彼の教えはそのようなものとして作用しているからである。しかしそれにもかかわらず、スピノザのもとで気を静めようと思えば、我々は彼を誤解することになる。なぜなら、彼の哲学では停止したもの、いや本来死んでいるものは実体概念とともに既に始まり、彼の言う「もし存在しないならば、まったく思惟することもできないもの」としての実体規定とともに、彼が「自己原因」として設定した、目を持たない、盲目的な必然性にほかならない神とともに始まっているからである。デカルトから受け継いだ、「思惟するもの」と「広がりを持つもの」とが彼にとって同一であり、神が彼自身にとっては無限の思推と無限の広がりの統一体であるとしても、彼がデカルトに反対して持ち出すこの実体の統一はすべての属性と、さらにそれらの二元論を閉め出してしまい、「広がりを持つもの」は彼にとって、デカルトにとってと同様、死んだものとなる。それどころか、死んだ世界は彼においてはさらに大きな規模で現れるのである。デカルトは文字通り歴史的人物であり、あらゆる点で偶運《シックザール》の人であるのに対し、スピノザは宿命《ファートゥム》の人である。ニュートンの『自然哲学の数学的諸原理』巻末の最後の文をスピノザにも当てはめることができる。「支配も、摂理も、目的因もない神は、宿命と自然以外の何ものでもない。」

一〇　〔ガリレイ＝ニュートン力学が時間概念に及ぼす影響〕

絶対時間は一様に流れる〔Tempus absolutum, quod aequabiliter fluit.〕

ニュートン

ガリレイ＝ニュートン力学は、絶対的時間を仮定する。ニュートンによれば、時間とは一般的、普遍的な世界時間である。カントによれば、時間は絶対的実在性を持たず、自存するものとしての実在性も、内属するものとしての実在性も持たない。時間が自存するものとしての実在性を持つのは、クロノスがダイヤモンドの鎌で父ウラノスの陰部を切り落とした神話の中や、あるいは物ではない時間を物に変えてしまう人々の頭の中だけである。時間はまた、事物に内属するものとしての実在性も持たない、すなわち事物の内部に隠れているわけでもない。時間の概念がアプリオリなものとされることによって、時間と事物との関係は断ち切られ、経験の入り込む余地はなくなる。カントは、時間概念はアプリオリに与えられているという彼の仮説によって、自存するものとしての時間であれ、内属するものとしての時間であれ、時間の絶対的実在性を否定しているのである。③

この、カントの時間は、そこからすべての対象物を取り除いたときにそれ自体として現れるわけではなく、事物の中に在るというわけでもない、要するに表象の仕方であり、内容のない形式、シェーマである。この秩序づけシェーマは既に述べたように、空っぽの箱や居住者のない集合住宅に似たものではない。似ているのはむしろ箱の空虚さであるが、ただし、そこに箱は与えられていない。もし時間が事物に内属しないのであれば、すべての生長、開花、成熟や、あらゆる老化、衰微、死滅は、結局のところ時間とは何の関係もないということになるし、あらゆる民族の言語が、おびただしい数の語や熟語、文、ことわざの中で、対象に時間が内属することを表現しているのは、誤りということになる。カントに従うなら、祭事は時間の中にあるが、時間は祭事の中に存在しないのであり、リズムは時間の中にあるが、時間はリズムの中にはないということになる。時間が、生成や衰退といったすべての運動の中に

③ カントは、空間と時間は純粋な直観形式として与えられているという彼のテーゼの拠りどころとして、幾何学の諸定理はアプリオリに、反論の余地のない確実さで認識されるという主張をしている。彼によれば必然性と絶対的普遍性が幾何学のすべての定理の特徴である。幾何学のこの反論を許さない確実さは、非ユークリッド幾何学の可能性を考慮に入れないカントが考えたように、ユークリッド幾何学が唯一考えられうる幾何学であるという仮定とともにあり、この仮定が崩れれば、その確実さも終わる。彼の認識論の全構造は、この理論が基礎としている彼の超越論的感性論から既に分かるように、ユークリッド幾何学とガリレイの運動学に基づいているのである。しかし、ご存知のように、ボーヤイ、ロバチェフスキーそしてリーマン以来、非ユークリッド幾何学というものが存在し、この幾何学はユークリッド幾何学のモデルに従って内的に矛盾をはらむことなく論理的に基礎づけられうるのである。特にリーマンが示したのは、すべての可能な空間を包括する三次元空間の中では、ユークリッド幾何学は無限に小さなものにおいてしか、あてはまらないということである。つまりユークリッド幾何学は微分法則としてしか妥当せず、任意の数の三次元幾何学を許容するのである。もっとも、これらの三次元幾何学は我々の直観に逆らう。いずれにせよ、ユークリッド幾何学の反論の余地のない確かさは、崩れ去る。というのも、所与の場合において、どの幾何学が妥当であるかをまず決めなければならないからである。それらの定理はアプリオリかつ総合的には妥当せず、その時々の規定に基づいて妥当する。そしてこれらの規定はそれぞれの可能な幾何学においてまずは確認されねばならないのである。

潜んでいるのでないならば、時間とは表象の仕方に過ぎず、事物とは何のかかわりもないシェーマに過ぎないことになる。だが、そうであるなら、生成や衰退など、あらゆる運動は、時間と何の関係があるのだろうか？　カントは、ニュートンが主張した時間の絶対的実在性を否定しているものの、その他の時間規定においてはニュートンと意見を一致させている。カントに見出される時間の観念も、たった一つの、普遍的な、終わりのない、無限に分割可能な時間であり、不可逆的に進み、それ自体が測定されるのでなく、時間・空間内の物体の運動によってのみ測定可能な時間である。時間はここでは常に同一の時間である。時間の諸部分は、その相互関係を量的に測定することはできるが、すべて質的に均一、一様である。時間の諸部分は、同時的でないのであるから、水路を流れる分子のように、ただし分子の性質は持たずに、絶えず連続して流れていく。別の言い方をすれば、時間の諸部分は、無限に源を発し無限に向けて進行するいわばコンベアーベルトを形成するのであり、ベルトの速度は変わることなく、一様なのである。物体の運動は時間に影響を与えない。カントの時間概念の規定を読めば、それがガリレイ＝ニュートン力学の影響を受けて形成されたこと、機械的な面を持っていることが分かる。なぜなら、明らかに時間はここで、硬直した、死んだものとなっているからである。

　ニュートンは、時間が不変的に遂行する、あの線的な、コンベアーベルトのような運動に、絶対的実在性を認めている。一方、カントによれば、時間は我々の表象の仕方によって構成されたものでしかなく、この表象の仕方にのみ根拠づけられている。時間のこの線的性質は、時間の円環的運動を想定する如何なる観念とも相容れない。時間は、「我々の内的状態における諸表象の関係を」規定する、とカントは述べている。「そしてこの内的直観がいかなる形象ももたらさないというまさにその理由から我々は、この欠如をも類推《アナロジー》によって補い、時間の連続を無限へと進む線によってイメージしようと試みる。この線においては、多数のものが一次元だけで構成された一つの連なりとなるのであり、このような線の特性から、時間のあらゆる特性が導き出されるのであるが、一つの点だけは、すなわち、線の諸部分は同時的であるのに対し、時間の諸部分は常に相前後しているという点だけは異なる。[42]」一方、時間がこのように線としてイメージされることには、さらに別の理由がある。それは、空間と時間がここではそれぞれ互いにいかなる関係も持たぬものとして考えられていたことと関連している。詳しく言えば、空間と結びついた時間も、時間と結びついた空間も存在しないと考えられていたことと関連しているのだ。線的な時間は空間を貫いて進むが、空間に触れることはない。同様に空間は時間を貫いて広がるが、時間に触れることはない。時間と空間とを厳密に分けたとき、時間の線的なイメージは最も把握しやすいものとして残る。それは、時間の均一で触れることのできない流れが、まさに線としてしか想像できないからである。さて、こうしたことを述べるのも、現代の物理学理論を鑑みてのことである。そこには時間と空間を分離して考える代わりに、時間と空間の解きがたい結びつきが登場しており、世界の事象について、これまでとは別の観念に導いてくれるのだ。

ただ一つの、無限な、そして際限なく分割できる時間があるのみだということは、多くの人には納得しやすいようである。それは、このような時間が一つの、無限な、そして際限なく分割できる空間に類似しているためかもしれないし、この観念がすべてを極めて単純な定式にまとめてくれるからかもしれない。いったい二つの時間というものが、あるいはいくつかの時間というものが、あるいは無限に多くの時間というものがありえるだろうか。時間が事物に内属しているのだとすれば、しかも、事物の性質が時間に影響を与えたり、時間の性質が事物に影響を与えたり、あるいは両者がともに影響を与えあうとすれば、無限に多くの時間が存在するということにならないだろうか。事物の相互関係のほかに、測定によって量的に区別されるだけでなく、その性質によって質的にも区別されるような、時間の諸関係というものも存在することにならないだろうか。認識論を数理物理科学の一部門として考察する限りでは、時間概念の力学的規定に満足することができるだろう。しかし、この立場を離れたときにもまだ、この力学的規定に満足できるだろうか。つまり、時間はアプリオリに、一本の線のイメージで直観できるとか、速度は、同一の空間〔距離〕では時間に反比例するといった命題に、我々は満足するだろうか？

ここでまず湧き上がってくるのは、時間の測定方法にはどんな役割があるのか、という問いである。我々は、時間を測定するために時計を使うのみならず、時計の方が、我々の時間をもまた秩序付けるからである。これは、二つの異なる測定過程である。この互いの関係を考察すると、次のことが明らかとなる。すなわち、時間の力学的経過を示すのが時計であるが、この時計を用いて時間およびその部分を測定するのは、それ自体のためになされるのではなく、別の測定、つまり、時計が我々の時間を測定する過程と緊密に結びついているのだ。しかし、この二つの過程において測定されるのは、同一の時間ではない。

時計による時間の測定で常に前提とされているのは、総じて同じ時間が存在するという仮定である。そのような時間が本当に存在するのかどうかは、依然として不確かなままである。この問いの答えは時間の測定方法では突き止めることができない。というのも、我々は地球の回転を基準にした時計を用いて時間を測定しているが、その際、地球の回転は均一な運動であることを前提としているからである。つまり時間は、均一だと仮定された運動によって測定され、この運動もまた時計によって測定される。これが循環論法〔Circulus vitiosus〕であることは、自然界の一事象が反復する場合には同じ時間を要する、と仮定する場合も変わらない。クオーツ時計〔水晶の振動によって時間を測る時計〕のように、運動の反復が時計として用いられる場合、時間の測定法は、地球の回転——この回転運動が均一だというのはあまり確からしくない——からはなるほど切り離されるが、しかし次のような問いは依然として残るのだ。すなわち、均一な反復が存在するかどうか、自然界には、まったく同じ事象でありながら、経過する時間のみが異なる二つの事象が存在するかどうか、という問いである。

この問いにはこだわるまい。この問いを持ち出したのは、ひとえに、時計によって時間を測るということが何に拠っているのかを示すためである。すなわち、時計による時間の測定が依拠しているのは、一つの事象が機械的に正確に同じ反復をするということである。その際、時間はいつも同一ということが前提となる。この前提が採られるなら、時間の諸部分の相互関係を突き止めるのは、測定法を改善し、いかに精度を増すか次第となる。時間が絶対的なものであるか、観念的なものであるかという問題は、こうした測定方法においては何ら意味をなさない。ガリレイ＝ニュートン力学の意味での絶対的時間の想定、特にニュートンの時間規定から判明するのは、時間はなるほど動かされてはいるが、しかし自ら動いたり変化したりするものではないということである。時間は機械のように動き、自動機械のように働く。仮に時間が自ら動き変化するとすれば、ニュートンが述べたように時間が一様に流れることはないであろう。

時間の測定法はいずれも、時間が一様に流れるという仮定に基づいている。もしこの仮定がなければ、事象の同様な反復という現象に基づいて作られた時計は、存在しないであろう。時間測定の実践においては、時間に絶対的実在性を認めるか、それとも超越論的観念性ならびに経験的実在性を認めるかという問題は、どちらでもいいことである。時間測定法を完全なものにする作業は、このような論争を顧慮せずに進んでいく。

一一〔自然科学と機械化された時間概念〕

自然のメカニズムを認識することなくして自然科学は考えられない。そして、カントが言うような、「それなくしては自然科学がどうにも成り立たない自然のメカニズムの原理」は、見つけ出され、規定されねばならない。そこから自然科学の仕事が始まるのだ。なぜ、このメカニズムなくして自然科学はありえないのか？　このメカニズムがなければ、反復して、予測が可能となる確定性がないからであり、正確さ《エクサクトハイト》が生じえないからである。ここで言う正確さとは、同じ原因からは同じ結果が繰り返されるという機械的信頼性にほかならない。したがって自然科学者を機械工と呼んだとしてもあながち誤りではない。実験に従事するにしろ理論的研究を行うにしろ、自然科学者は、自然のメカニズムを自らの思考のうちで再現する限りにおいてのみ、科学者としてまともに受け入れられる。自然のメカニズムを超え出るものは、自然科学には属さない。メカニズムにきちんと還元されないすべての分野がこれに当たる。それゆえ、科学的美学とか科学的観相学というものはありえないし、そうしたものを科学として基礎づけようとする試みは当然のことながら、いつも不審の目で見られ、拒絶されるのだ。ラヴァーターの観相学に対するリヒテンベルクの異議は、反駁しがたいものである[43]。優れた観相学者というものは存在するが、観相学を科学的なシステムにするためのいかなる方法もない。

自然科学者には、いつも、自らの科学の境界線をできるだけ明確に、できるだけ狭く引こうとする努力が見受けられる。自らの科学をすっかり方法論的なものにしよう、方法に還元してしまおうとする努力である。このようにして自然科学は、数学が関与している部分、因果性の法則、またはあからさまな機能主義に限定される。こうした努力はしばしば人を不安な気持ちにさせるが、これが安全性への欲求から生まれたものであるという点で、すべての厳密な境界の画定と同じである。

機械的な時間概念こそは、精密な自然科学に発見や発明の能力を与えるものであり、すべての精密な自然科学をそもそも可能ならしめる。自然科学の精密さという概念は、時間を機械的に把握することと分かちがたく結びついており、決して切り離すことができない。時計なくして自動機械は存在しないし、科学もまた存在しない。それというのも、科学が拠って立つところの時間の測定法なくして、科学とは一体何であろうか？　科学の作業のやり方は、時間の測定によって絶えず制御されることなくしてはまったく考えられない。時間の測定法が信頼性と精確さ《ゲナオイヒカイト》を勝ち得たところに初めて機械が生まれ、産業主義が始まり、技術が始まるのだ。それ以前にはたとえば、線路を走る鉄道の建設などまったく不可能であっただろう。鉄道の運営や保全には時計のごとき正確さ《エクサクトハイト》が必要だからであり、機械的に単調に繰り返される時間を精確に算定することが前提となるからである。時刻表通り、つまり一分一秒違わずに正確に運行されることが求められる鉄道は、実際、それ自体が時計のようなものではあるまいか？

技術によって同時に生み出されたものである機械機構や人間の組織を眺めるとき、機械的な時間概念なくしてそれらが決して存在しないであろうということ、この概念があってこそ、技術の進歩が保証されるのだということが、認識される。ここではあらゆるものが、時計のごとく正確に整序されているのだ！　技術の進歩は、どれほど容赦なく、人間の仕事も睡眠も休息も娯楽も、要するにすべてをこの時計のごとき秩序に従えようとすることか！　因果性の考え方は――これについてはまたあとで触れるが〔一二章、三一章参照〕――原因と結果の時間的経過が機械的に計算可能で反復可能となったとき、すなわちあい前後して働く一連の機能となったときに初めて、専制的支配者となる。因果性の考え方が支配的となったところでは、この考え方が同様に機械的な秩序を生み出し、時計製作者的思考が支配する。この思考の限界はどこにあるのか？　地球を大きな時計と考え、地球に属する想定可能なあらゆる動きを機械的に測定可能で計算可能なものと考えるなら、この中心的メカニズムを認識することが、科学的・技術的思考の目標ということになるだろう。だが、この認識を応用することは、人間を丸ごと機械化することにほかならないのではないか。

一二〔死んだ時間〕

時計上の時間は、死んだ時間、テンプス・モルトゥウムであり、そこでは一秒一秒が同じ様に繰り返される。時計によって測定されるこの死んだ時間は、人間が生きている時間とともに、またその傍らで、それに構うことなく経過してゆく。生の時間では、どのような瞬間も決してほかの瞬間と同じではないが、そのような生の時間における浮き沈みに関与することなく、死んだ時間は経過してゆくのである。考え深い人たちの心に、時計はたやすく死のイメージを呼び起こす。死期の迫った皇帝カール五世[44]が、自身の時計コレクションのあいだをさまよい歩き、時計の打鐘装置を制御しようとする姿からは、死の冷たさがにじみ出ている。彼は、否応なく死へと繋がる時の経過を監視し、聞き耳を立てているのである。我々は時計を、その見慣れた外見から単なる時間測定器と見なすことに慣れているが、遠くからも見える公共の時計が貴重な芸術品であった時代に、時計は紛うかたなきメメント・モリ〔死を想へ〕を告げるものであった。時計が死のシンボルとして使われている表現を調べるならば、豊富な材料が見つかるであろう。このような関連性がいかに自然に思い浮かぶものであるかは、木材の中でコツコツという規則的な音を出す死番虫を民衆が「死の時計《トーテンウーア》」と呼ぶことからも分かる。

時計を見ている観察者には、時間は時間としての質を何ら持たない状態で意識される。このようにして人の意識に入り込む時間はすべて死んだ時間である。自動機械もまた、機械的に繰り返される死んだ時間と同様の感覚を呼び覚ます。というのも自動機械《アウトマート》とは、その作動が死んだ時刻《ウーアツアイト》の中で単調に進行するタイムスイッチ《ツァイトウーア》にほかならないからである。時計なくして自動機械は存在しない。だから、ジュネーヴにカルヴァン主義が浸透したことと、同地に一五八七年に誕生した時計産業とのあいだには、実際に関連性があるのだ。カルヴァンは予定説の教えを呵責なき結論へと導いたが、これはカトリック教会内の予定説ではアウグスティヌスやゴットシャルク[45]、ウィクリフ[46]、そしてジャンセニスト[47]たちによってさえ到達しえなかった結論であった。より厳格な堕罪前予定論者によってアダムの堕罪よりも前にまで引き戻された神の恩寵による選別という教理《ドグマ》は、これを断固として擁護する者たちのもとでは機械的な厳格さを持っている。カルヴァン主義の神学者の書いたものを読むと、彼らが神を偉大な時計職人と見なしているという印象、そして因果論的考え方の出発点はルター主義よりもカルヴァン主義なのではないかという印象から決して逃れることができない。というのも、ルターの厳格な予定説は、ルター派和協信条[48]の中で回避され弱められた結果、カルヴァン主義の神学における、あの時計のような精密さを欠いているからである。ルソーがカルヴィニストであると同時に時計職人の息子であったことを思い出していただきたい。ルソーはカトリックに改宗した後再びカルヴァン派に戻り、彼の二つめの懸賞論文『人間不平等起源論』をジュネーヴの議会に献呈している。

　時計誕生の歴史、そして時計がその完成度を増してゆく歴史は、時間の流れを管理する測定法が絶えず精巧となり、より精確なものになってきたことを教えてくれる。時間の測定器機と測定法におけるこのような精密化は、時とともにこの両者に益々大きな意味が与えられていることを物語っている。ホイヘンスとヘヴェリウス〔49〕がほぼ同時期にガリレイの自由落下に関する研究に基づき振子時計を発明したことを思い出してみよう。確かに発明がこのように同時期に集中していることは、そこで用いられている思考法がいかに決定的なものであるかを判りやすく示している。しかし、極めて短い時間、時間の小片までが今や正確に測定されることになり、技術的な中枢によって人間が正確な時間を与えられ、それをもって装備させられ、人間の生活や仕事が徐々に時計のような特徴を帯びていく時、そこに自ずと生じるのは、これらの現象が何を目指しているのかという問いである。時間の測定はそれ自体が目的ではなく、時間の組織化、時間の合理化のために行われる。そしてこれを通じて時間の消費が益々厳しく測定されるようになるのである。

測定可能で正確に反復しうる時間のみが、認識論の理論家や科学者、そして技術者の携わるものとなる。この時間のために、またこの時間の中に彼らは自分のタイムスイッチ、自分の自動機械《アウトマート》を組み立てる。そしてこの死んだ時間を用いて様々なことを行うことができる。たとえば測定の助けを借りて時間を思うがままに分割することができる。または時間に時間を継ぎ足すこともできる。ちょうど一つ一つの鎖からベルトを作ったり、一つ一つの部分から、歯車に沿って動く鎖を作るように。④また、時間を任意に寸断したり切り刻むこともできるが、こんなことは、生きた時間においてはほとんど不可能なことであり、また、その時間の中で活動する様々な有機的なもの、たとえは種子、花、植物、動物、人間、有機的思考などについても不可能である。だから技術は単位あたりの時間で働くのである。そして、技術

④ 機械的な開閉装置の例としてここで思い起こされるのがファスナーである。この発明の利用に対して賢明な発明者が受け取る利益配分はセンチメートル単位で計算される。

において個々の部品の設計者がいるのと同様に、単位時間をはじき出すための計算者、時間研究のための役人がいて、死んだ時間が合理的に利用されるよう監視している。彼らが用いる作業方法は、その意味や概念からすれば、ウニの卵を分割したり、〔50〕アホロートルやサラマンダーを細かく刻んだりして、どの部分ならまだそこから全体を生み出すことができるのかとか、切り刻むことによってどの部分が寸断されたままとなるかといったことを確認している生物学者の方法と何ら変わりはない。つまり、こうしたことはすべて、生きた時間の中で成長する有機体が、機械的な時間観念、すなわち死んだ時間に従属させられてゆく過程なのである。⑤

死んだ時間の待ち受けているところに機械的な仕事が出現し、それが周囲に浸透してゆくにつれて、死んだ時間が生きた時間をどれほど侵食するかということを、我々はいたるところで目にすることができる。技術は、我々に空間が狭くなり地球が小さくなったように見せかけて空間の意識を変化させたが、同様に時間の意識をも変化させた。技術は人間に、もはや時間がない、時間が足りないという状況、人間が時間を渇望する状況を創り出した。私に時間がある時とは、時間が、何ら質を持たない死んだ時間として私を圧迫しているという意識を持たない時である。ゆとり《ムーセ》を持つ人というのは、それによって無限の時間をも有していて、実際に何かをするか休んでいるかにかかわらず、たっぷりとした時間の中で生きている人のことである。この点が、休日や休暇しか持たない、つまり限られた時間しか自由にならない人との違いである。技術的な労働工程はもはやゆとりを許さず、疲労した労働者に対しては、労働力の維持のために最低限必要な、わずかばかりの休暇や自由時間が認められるだけである。機械的に利用されることが可能となった死んだ時間は、人間の生きた時間をいたるところで圧迫し、制約するようになる。死んだ時間は、これ以上ないほど正確な測定や分割が可能であり、精密な測定法により算出することができる。それが助けとなって、こんどは生きた時間が機械的に調整され、新しい時間組織に従属させられるのである。機械を支配する人間は、同時に機械の従僕となり、機械の法則に適合しなければならない。自動機械《アウトマート》は人間を否応なく自動的な行動に向かわせる。このことが最もよく分かるのが交通である。なぜなら交通においては自動性がとりわけ発達しているからである。交通は自動的な流れを前提としていて、人間もそれに従わなければならない。これは、次の点を見れば明白である。つまり、交通の中で人間は、人間としてのあらゆる質を失うが、ただ一つ残るのは、彼が通行人として、つまり交通の対象として認識されているという点での質である。具体的には、交通規則の自動性に従う通行人か、あるいはそれに反する通行人、すなわち交通障害かのいずれかである。後者の場合、規則に忠実で互いに回避しながら進む通行人の完璧な冷たさと無関心に比べれば、人間らしいと言えなくもない注目を浴びることになる。

⑤　ここで、鎖の形をした式、化学の構造式を思い浮かべて欲しい。たとえば性ホルモンのプロゲステロン、エストロン、テストステロンなどの構造式である。ベニバナの根の色素は化学式が 40C 27C 13C（A. Deutsch）であることからカロチン色素の「分解部分」と見なされる。13C 原子の「断片部分」は、スミレの芳香成分であるイオノンと同一であると推測されている。エダムチーズの着色に使われる、ベニノキ種子の色素ビキシン C24 H32 O4 は、リコピンの「中央部分」と同じ構造である（リヒャルト・クーン『有機物世界における有効成分』）。

一三〔歯車装置としての技術〕

自動的に引き起こされる機械的に一様な反復という原則を別の例で明らかにするためには、車を観察するだけで充分であろう。人間が車を見出したのは既に昔のことであり、車はその構造に応じて実に様々な姿をとるが、我々に示されるのはいつも同じ一つのことである。丸い平面をそれと垂直な中心軸に取り付けたもの——固定されているにせよ回せるにせよ——それが車である。

その効果に即してみるならば、力を伝えるのに役立つ車は伝動車であり、また、互いに圧迫しながら動いている二つの物体のあいだに挿入され、すべる運動を回転運動に変えるのが減摩擦車である。この働き方の違いは、伝動に役立つ綱車、ベルト車や歯車、また、すべり摩擦を回転摩擦に変える車輪や案内車に見てとることができる。車輪はハブ（轂《こしき》）とリム（外輪）およびスポークからなる。ハブは軸の周りで回転しているか、または軸に固定されている。固定されている場合には軸は軸受け（ベアリング）にとりつけられ、回転可能である。ここではいたるところで梃子の原理が働いているのが見てとれる。車地やジャッキ、リール、歯車装置などのすべてにその原理を確認できる巻き上げ機には、中心軸の周りで回転するように取り付けられた回転軸（シャフト）が見られ、この回転軸に直径のさらに大きい車が固定されている。車と回転軸の周りには、ベルトがめぐらされていて、それらにかかる力が反対の向きで回転するようになっている。いわゆる単純な機械である巻き上げ機とは、拡張された、持続的に作用する梃子である。円筒状のドラムの中で人間が歩いて進むことによって回転軸を回転させる羽根車にせよ、装置の周りに踏み板を取り付けた踏み車にせよ、そこに階段を取り付けた横桟車にせよ、そのような梃子であることに変わりはない。このようにいたるところに歯車装置や車輪装置における巻き上げ機の原理が確認されるが、それらの装置の車や車軸は、運動が回転軸から回転軸へと伝わっていくように組み合わせられている。すべての歯車装置には中間軸、原動輪と受動輪があり、そこでは力の伝達が歯車装置や摩擦車装置を通じて行われている。あるときはリム同士が直接接触して動き、あるときは綱や紐あるいはバンドで結びつけられている。鎖歯車では鎖が連結部品となって歯車に食い込んでいるが、車の作用を正確な運動へと形作っていく歯車には、この鎖歯車による力の間接的な伝達が作用しているのが見られる。これらの鎖歯車は、時計や他の精密機械、あるいは巨大な力の伝達が行われるジャッキやクレーンにも見られる。

　最初木材から作られ、水車小屋で使われていた伝動装置は、協力して作用する回転軸と歯車のシステムである。小さな金属の伝動装置は時計に見られる。差動歯車装置は異なる鋸歯《きょし》をもつ車から出来ているが、それらには同時にまた第三の車か無限螺旋が噛み合うことにより差動が生じ、この運動が力の伝達や計数器に利用されるのである。傘歯車を用いた遊星歯車装置や回転伝動装置は紡績工場にある紡錘台や、活版高速輪転機、バレとアンドリュウの巻き上げ装置に見ることができる。車を見ないですむところがどこにあるだろうか、と我々は問わずにはいられない。輪を描き、回転し、運動を繰り返しながら車はどこででも技術的な進歩に付随している。すべての時計が由来する時間の中で生じたこの運動は

――そもそも時計とは歯車装置であるから――増大し、広がり、関連性を獲得し、人間生活や人間の仕事にますます介入してくる。これらの関連性を意識したとき、動揺せずに車を眺められる人がいるだろうか、背筋が冷たくなる感じに襲われない者がいるだろうか――もしその人が、車が死んだ時間のシンボルであることを認め、車と人間との関係を検討するならば。車が荷車や水車、滑車、時計などとして現れた最初のころは、控えめな感じであったが、それというのも、ここでは車はまだ時間的な精密さや厳密な関連性なしに働き、人間労働の組織にまで介入してくることはさほどなかったからである。まだ人間は、この輪を描き回転する、常に反復する運動から逃れることができた。しかし、技術的な進歩の時代にあって博愛主義者は、踏み車の車を踏むかつての奴隷の惨状を哀れむ。しかし、技術進歩が実現したものがまさに踏み車の生産でしかなかったことを、もし知らないのだとしたら、彼はまったくの馬鹿である。ただしそれは、車の原理の上に築かれた途方もない規模の踏み車なのであるが。技術装置を観察すれば、常にその中に車を見出すことになる。というのも、この装置はとりわけ歯車装置であり、伝動装置であり、それゆえ何千もの異なる構造の中に車を含んでおり、様々な課題のために車を利用しているからである。車と歯車装置のない自動機械を想像することは不可能である。なぜなら反復の機械的均一さは車によって産み出されるのであるが、車とは常に同時に時間の車であり、時計でもあるからである。しかし、技術装置においてこれほど無敵な強大さで登場したものは、人間の労働組織の中に逆に戻ってくる。こうした労働のシンボルとして車が用いられるのには意味がないわけではない。斧や鎌、シャベル、犂先、ハンマーやそれ以外の道具ではなく、車こそが機械的に遂行される労働のシンボルだからである。だから鉄道員や郵便局員、その他の労働者が車の徴で身を飾り、空間での移動を象徴するために車に翼さえ生えさせるとき、彼らのやっていることは完全に正しい。ただ彼らは、車が生の象徴ではなく死の象徴であり、そのようなものとしてまた常に見られてきたことをおそらく忘れているのである。象徴というものに関知しない技術者もまた、車の意味を逆転させている。もし彼がその視線を刑事司法に向けるならば、既に古代に犯罪者は回転する車で殺されたこと、しかし後には車に引き裂かれ、車に結わえ付けられたことが分かったであろうに。しばしば馬鹿げた形で混同されるのであるが、車と円を取り違えてはならない。車は個々の機械装置の構成要素であるだけではない。軌道上を動いていようと軌道なしであろうと、車は技術総体を運動しながらまとめ上げる原理であり、それゆえ歯車装置と呼ばれたりもするのである。いつでもどこにでも動員可能な技術の力は車に依存する。それはちょうど、機械への人間の関係を規則づける労働組織の中で比較的小さな、あるいは大きな歯車である人間が、車に依存しているのと同じである。

一四　〔決定論と統計的蓋然性〕

古典的、力学的物理学はまだ、次の希望を抱くことができた。あらゆる因果作用をそこから導き出し説明することができるような原点、すなわち普遍的原理に到達するという希望であり、物理学は自らの方法によってこれに近づこうと努めたのだ。この力学的決定論を最も純粋な形で示しているのは、世界を、互いに法則通りの作用を及ぼしあっている質点のシステムとして記述しているラプラスの仮説である。〔51〕この諸法則を知り、任意の瞬間における諸々の質点の位置と運動量が分かれば、前方と後方へと諸々の微分方程式を積分することによって、未来あるいは過去における世界の状態を認識することができる。〔52〕それゆえ、勝手な例をあげれば、ラプラスの仮説の諸前提を満たせば、我々もプラクシテレスの、あるいはギリシアの画家の失われてしまった作品を「再び見つけること」にも成功するだろう。我々は総じてどんな任意の未来でも探し当てることができ、どんな任意の過去をも再び作り出すことができるに違いないのである。その際考慮しなければならないのは、この計算を可能にするためには、諸々の質点それ自身が完全に固定されており変化してはならないということである。またこの仮説によって、我々は始めと終わりの状態にただ近づくことができるだけであって、これに到達することはできないことも、明らかである。それというのも、決定性は始めと終わりに向かって無限に進んでいくからである。そこでは物理学の法則が適用されうる領域に限界があるのかどうか、また自然法則が時間的変化の影響を被るかどうかについての問いがなされることはない。

この厳密な決定論は今日、解体しつつある。[53]物理学の法則は理論上、単に統計の結果としてしか現れないからである。光量子の仮説やハイゼンベルクの量子力学の記述は、古い観念ともはや一致させることができない。[54]とりわけ後者は、測定方法に関して、とても小さな出来事が測定される場合には、絶対的に正確な測定は不可能だということを教えている。どんな測定であれ、測定されるべき対象そのものに影響を与えるからである。自然法則に対して単に統計的蓋然性しか認めようとしない物理学の究極にあるのは、大数の法則[55]にほかならない。自然現象の厳密な因果性は今や算術的蓋然性になってしまう。さて、この蓋然性によって計算された結果の正確さは反復の頻度に依存しているので、この正確さは、反復が減少し始める限界に近づくにつれ、失われていく。しかし物理学の法則が、量子の微小さに即した程度の正確さでしか現れないのであれば、現在からは遠く離れた世界の状態の計算可能性は、両者が互いに離れていればいるほど、時間的隔たりが大きければ大きいほど、不確かになる。理論物理学のこれらの仮定の中に、物理学的思考の慎み深さがうかがわれる。ここには境界を超え出ることへの断念がある。物理学の法則が通用する範囲はこれにより、比較的狭い領域に留められるからである。同じことの繰り返しがない歴史的世界には、計算可能なものもまた何もない。歴史的世界は物理学の法則の領域を超え出ているのだ。物理学の領域では、因果律についての鎖でつながったベルト状の表象に、一連の蓋然性が取って代わり、世界の表象自体が古典物理学のときよりも柔軟になっている。とはいえ、技術の領域での仕事がそれによって妨げられることはない。技術にとっては、反復が統計的蓋然性を示していることで充分だからである。

非常に小さなものの領域において、計算可能な決定性の正確さ《エクサクトハイト》に限界があるように、大きなものの領域でも同じことが言える。物質の分子の性質は、無機化学から有機化学へ移行すると、次第に「安定性」を失い、いわゆる巨大分子の場合には、それを構成している個々の分子の正確な数はもはやまったく示すことができず、この場合には大きさの程度あるいは重合度を確認できるのがせいぜいだということが今や明らかになっている。最終的には、タンパク質の構造は次第に複雑になっていく。それもタンパク質の同一性、つまり反復の頻度が減少するのに応じて。ここではすべてのものが、一つ一つ異なる事例となっていく。そしてその個々のものは、反復を許さないがゆえに計算不可能である。非常に小さなものの領域では、その限界はハイゼンベルクの不確定性関係によって規定される。正確な因果性の代わりに蓋然性を措定するこの不確定性関係は、しかし容易に推測できるように、同じ分子の頻度が次第に減少していく大きなものの領域については認められえない。というのは、ここで限界を規定しているのは、観察される出来事の量的微小さではなく、分子の固有性だからである。

物理学の方法は、測定によっては突きとめることができない成り行きを処理するための、いかなる手掛かりも提供はしない。そしてそのことは物理化学的なやり方で生命現象を研究する生物学あるいは化学の方法にも当てはまる。物理学を生物学の特殊分野として理解しても、それによって得られるものはあまり多くはない。おそらく、生物学の術語や生物学の方法を使用しても物理学のためにはならず、むしろそれによって物理学に関して評価されるべきあの厳密さと精巧さが物理学から失われてしまうであろう。このような提案がなされるのはしかし、認識論的な正当性を得なければならない必要性を個別科学が次第に強く感じていることを示している。このことは、特に時間概念に携わることによって改めて哲学に向かっている物理学に顕著に認められる。それどころか、物理学が神学の方へ向かっているのは間違いないし、これは何ら奇異なことではない。精密科学者が、自分は神学的問題からは自由になっており、ドグマのない真理や現実に携わっているのだと信じているとすれば、それは自己欺瞞である。彼はそのことを主張し、自分が従事しているのは自然現象の法則性を認識することだけだと言うかもしれない。これを認めることはできるが、にもかかわらず、自然界の法則の認識だけを切り離すことはできないのである。それを試みたとしても、独立した立場を得ることにはならず、関連性《ツザメンハング》が見えなくなってしまうだけなのだ。進化論、遺伝子問題、淘汰説はいつも創造説に帰着する。これらは、とりわけ一回限りの創造行為と継続的な創造〔Creatio continua〕のどちらを受け入れるかにかかっている。因果性の問題は、意志の自由と非自由の問題を考慮せずに取り扱うことはできず、宗教的予定説と解きがたい関連を持っている。同じことは、形態決定の問題や遺伝学全体にも当てはまる。こうした諸々の関連は、力学の根底まで辿ることができる。そして物理学におけるエネルギー保存の法則、波動力学と量子力学、あるいは運動熱力学がそうした関連から「浄められている」と信じる者は、これらの関連が認識の過程そのものに伴い、これを形作ることを見誤っている。それらは、中和化されることによって消えるわけではない。精密《エクサクト》科学者はこれらに対してただ目を閉ざしているのである。それだけではない。彼は、力学のみが正確《エクサクト》だと考える傾向がある。同様に数学者もまた、数学の内部にしか正確さ《エクサクトハイト》は見出されないと信じている。しかし、正確さという概念は目的概念と同様に関係概念であり、それは認められた前提条件の下でしかその意味を持たないということを、彼は見誤っている。我々は絶対的な測定の正確さなどというものを獲得することはできない。しかしある前提条件の下では、およそ可能な限り正確に測定することはできるのである。完全性の絶対的で普遍的な概念というものは存在せず、特定の条件が満たされた結果としての、特定の完全性の概念だけが存在する。それと同じように正確さについても、特定の概念しか存在しないのであり、そのような特定の概念（それ以上のものではない）を、数学的な正確さと因果的な正確さは示しているのだ。カントは、科学は数学が存在する限りにおいてのみ存在すると信じていた。これと同じ誤りは、自分たちだけが正確であると信じている多くの数学者や物理学者にも見出される。しかし彼らの正確さとは、彼らの分野においてだけなのである。正確さは、動物たちの運動にも、人間の諸々の感覚や情念のうちにも存在する。ホメロスの六歩格《ヘクサメーター》、あるいはピンダロスの頌歌《オーデ》は、何らかの因果関係あるいは数学の公式に劣らず正確である。このリズムや韻律の正確さは、別の、高次の正確さにほかならない。この正確さが計算できないものであるからといって、量子測定の結果よりも信頼できないものと見なす理由にはならない。

一五〔意志の非自由性〕

意志の自由を否定する説は、神学では予定説の中に、哲学では予定決定論の中に表れているが、それらは、現代の科学者や技術者が想定している、機械的に働く因果性という説と、どんな違いがあるのだろうか？　自由意志〔Liberum arbitrium〕はいずれにもない。想定されてさえいない。なぜなら、人間の自由意志を想定する者は、決定づけられることのない決定というものを主張せざるをえないからである。その前提となるのは、均衡がとれていること〔Indifferentia aequilibrii〕、すなわち、傾きのない状態が存在するということであり、この状態においてはそもそもどのようにして決定に至るのか、説明できない。完全なる均衡は、意志の静止状態を招き、計量する秤の皿は完全に平衡状態となって決定は停止する。それは、二つの牧草地のあいだで餓死したビュリダン[56]の驢馬が置かれた均衡状態である。だが、この驢馬は幻である。ライプニッツは、この驢馬の真ん中に縦線を引いて得られる二つの世界は、驢馬の両半分同様、同じとは言えないとしている[57]。すなわち彼は、均衡というものは存在しないがゆえに、均衡がとれることはありえないとしているのである。とはいえ、意志は自由ではないというときに意志が従わねばならない決定性とは、盲目の必然性と同義ではない。なぜなら、そうした必然性が支配するところ、自由な意志であれ、自由でない意志であれ、そもそも意志というものは必要なく、機械的強制で充分だからである。意志は自由ではない。が、意志が働く際に従う必然性とは、条件付きの必然性なのであり、意志を前提とし、意志を必要とする。この必然性は、意志なくしては表れないだろう。意志が自由でないとする説は、すべて現存するものを機械的機能に従わせ、因果の働きを機械仕掛けの神として崇める説と同じではない。この神を思い浮かべてみるなら、それが単なる役員であり技術者であり、機械製作者であり機械検査員に過ぎないことが分かるであろう。この神の世界は工場のように見え、そのオートマティズムは、人間もまた自動機械として振舞うことを求める。というのも、自由意志否定説が機械的機能説に変わり、人の意志までが機械的機能のうちに取り込まれるとき、人間の自動機械化への基盤が完全なものとなるのだ。従えられた意志〔servum arbitrium〕はここで、意志のない機能性となるであろう。

「すべての出来事は必然的に起こる」〔Quidquid fit necessario fit〕。なるほど人の行為は一つとして自由意志によるものはないが、人はその行為を強いられているわけでもない。さもなければ格言で意志が「人の天国」[58]と呼ばれることもないであろう。我々は、意志に反して行為を強いられている囚人ではない。囚人は、強制と暴力によって自分の意志とは矛盾することを行うよう仕向けられており、彼の意志は曲げられ、くじかれ、自らの意志に反して他人の意志に従わせられている。だが我々は違う。意志の決定とは、常に良心〔Gewissen〕の決断でもある。すなわち我々は、文字通り確かな〔gewiss〕ことを行うのであるが、しかし必然のことを盲目的に行うのではない。我々の意志は自由ではないが、我々の行為は意志に基づいており、自由の意識、自由な決定の意識を持って我々は行動している。しかも、こうした意識を持つのは当然である。この意識が生まれるのは、決定が我々の意志を必要とするからであり、意志なくしては決定されることがないからである。自由に決定しているという意識は、怠惰な人や意志薄弱な人の場合、活動的で意志の強い人よりも弱いかもしれない。しかしこの意識は、どれほど弱くとも常に存在する。この意識は、素朴な悟性の持ち主が錯覚して、自由意志を信じてしまうほど歴然としているのである。

人の意志は決定づけられているので、人の自由もまた決定づけられている。それゆえ「自由」と言うときには、この「自由」にどんな意味があるのか、きちんと了解していなければならない。自分が生まれる場所や時間、両親や親類を選ぶことはできない。そして我々の体やすべての器官が自分の作物ではなく、前もって形成され定められたものであって、自分ではその過程に何ら影響を及ぼすことができないのと同様、すべての物に対する我々の関係や、我々の思考のすべては、あらかじめ決定されているのである。さて、すべてが設定されている〔disponiert〕のだから、我々の自由はまさしく素質〔Disposition〕そのものの中にある。自由は、一人一人異なる素質の中に、ほかのものと共に与えられている。鷹と雲雀《ひばり》、獅子と兎が存在するように、人には偉大さと卑小さの符号が備わっている。人間は消しがたい性格的刻印を持っており、その性格的刻印をもとに、その人が持つ自由も推測することができる。その人の考えは上品か、大胆か、疑り深いか、ためらいがちか、臆病か、その生き方は精神的で意志が強いか、それとも愚鈍に漫然と日々を暮らしているだけか。こうしたことはそれぞれ自由の符号である。

すべてが機械的必然性に支配されているとしたら、意志はまるで必要ない。自由の問題も、そのような状態では表れることすらありえないだろう。すべてが機械的必然性に支配されるとしたら、そこには突いたり、押したり、打ったりする運動しかないであろう。だが、条件付きの必然性〔Necessitas consequentiae〕[59]というものがあり、これによって意志が前提され、意志が必要とされているわけなので、意志は、自由ではないけれども絶えず一緒に働きつづける。そしてその働きは、我々に認められた自由と結びついているのである。この自由によって人間は自動機械から区別される。自由で理性的な被造物は、この自由によって、自由な意志も自由でない意志も、そもそも意志というものを持たない機械から、区別されるのである。それゆえ、世界とその世界の中で生起するすべての出来事が前もって形成され、前もって定められているという事情が、すべてが機械的に、すなわち機械的必然性に基づいて進行するメカニズムに似通っている、と主張する者は、いびつな、誤解を生みやすいイメージを抱いているのだ。というのは、硬直した単調な仕方で同じ労働工程を繰り返す機械は、互いに等しい二つの物が見つからず、ゆえに同じ結果を生みうる二つの原因を見出すこともできない世界《ウニヴェルズム》には、少しも似ていないからである。互いに完全に等しい二つの物は存在しないので、（なぜなら、そうした二つが存在するとしたら、それらは、クザヌスが『球戯について』[60]で述べたように同一物ということになるだろう）互いに完全に等しい二つの原因もまた存在しない。世界はすなわち、製粉装置ではないのだ。なぜなら、世界には製粉業者だけが住んでいるわけではないのだから。それに、そこで粉が挽かれるということだけが、世界の唯一の使命ではない。しかし世界には大昔から粉挽き車があり、なかでも踏み車は最悪のものである。疑う余地のないことだが、進歩をつづける技術は、とりわけ分業を強く促すことによってこの踏み車の数を絶えず増大させている。分業が進められることによってメカニズムは完全なものとなり、作業の機能性が高められる。しかし、このメカニズムによって人間は否応なく自由を妨げられるのだ。というのは、メカニズムとともにあの機械的機能説が幅を利かすようになり、同時に、人間もまた機械的必然性に隷属しているという確信が広まることになるからである。

　マルクスはインドの織工を蜘蛛に喩えたが、この喩えには、彼が手作業に対して抱いていた軽蔑の念が表れている。同じように彼は、当時手工業が主であった田舎の生活についても、一種愚鈍なものと考えていた。だが、工場で働く織工はそれよりましと言えるだろうか？　マルクス主義は、その基盤を眺めてみると、変形したスピノザ主義なのであって、スピノザの体系が示していた過ちを犯しつづけている。手作業とは単調なものであり、この単調さはよく「非精神的」と形容されるが、機械装置の普及によってそうした単調さが根絶されると考えるのは間違いである。反対こそが正しい。人間が行うべき重労働や汚い仕事の量も、減ることはない。それは、世界の廃物坑や下水溝の数が減らないことからして明らかである。機械が普及しても手作業の量は決して減らない。むしろ増大する。だが、機械に従属することになるがゆえに、手作業も、その性質を変えることになる。⑥

すべては手から出発し、手に戻ってくる。機械的なものは手にその起源があり、手によって管理され

⑥　区別して考えねばならないのは、機械《メカニズム》の助けを借りて行われる仕事と、機械によって自動的になされる仕事である。前者は道具と同じく、人間による休みない操作と付加的な操作を前提とするし、後者は、人の手による自動機械の制御のみを前提とする。この両者の違いは、自転車に乗る人と自動車を運転する人を比較してみれば明らかである。自転車は、ほとんどもう改善する余地がないまでに完璧となった機械の一つではあるが、単なる機械的補助手段に過ぎず、絶えざる操作を必要とする。それゆえまた自転車は人間の体にうまく適合しており、ハンドルは腕と手に、ペダルは足に適応し、体のバランスによって正確に操作できるようになっている。オートバイは自動機械であり、自転車の形のみ継承しているが、それをどんどん変形させている。なぜならオートバイは人が絶えず操作して動かすのではなく、機械によって前進するからであり、その自動運動が制御されているだけなのである。自動車の場合、開発の出発点は、馬車という既存の形態にエンジンを組み込んだことであり、その後、エンジンに独自の車体を取り付けるという発想に移行した。機械によってなされる仕事と人の身体との関係は、ここにはもはや存在しない。というのは、実際に車が身体に合わせている部分はすべて、この仕事と関係のない部分だからである。

ている。最も人工的で最も緻密に考案された自動機械でさえ、人の手を休ませることには少しも結びつかないし、ましてや手の代りとなることはない。なぜなら自動機械とは、他から切り離された自律的装置ではなく、途方もなく大きな技術的機械機構《からくり》の一部分であり、この機構が完成へと進むことは、作業の量的増大を伴うからである。機械ができる労働はすべて機械に任せるべきだ、という要求を掲げる者が、その根拠として、機械化は労働者負担の軽減につながると主張することはできない。機械化は、機械的運動を増大させ、この運動に関連した消費を増大させるばかりではなくて、労働の量をも増やすのである。

技術者は常に、機械の領域を拡大しようと努めている。そして、機械化可能なものすべてを機械化しようという要求は、この目標に寄与している。しかし、あえて極端な例を挙げれば、歩く必要をなくす輸送機械が存在するからといって、歩行者はいなくなれ、と言ってしまってよいだろうか⑦？

⑦ 歩行者の組織化という考えは、思いつきにくいものではないが、何とも奇異な印象を与える。なぜだろうか？理由は、そこに何か不釣り合いなものがあるからである。歩行のような行為は、それを組織化しようとする努力と矛盾するのだ。機械的乗り物としての自動車は問題なく組織化可能であり、同じことは自動車の所有者にも言える。自転車の所有者も組織化はできるが、自転車は自動機械ではないがゆえに、自動車の場合ほど簡単ではない。人間は、どれほど自動作業に携わっているかの度合いに応じて組織化可能となる。

一六〔労働の専門化と細分化、労働者の諸組織〕

技術の黎明期、すなわち機械によって行われる労働の割合が小さかった時代には、機械化が新しい労働組織へと、人間が有無を言わさず従属させられる労働プランへと通ずることは、まだ認識されていなかった。しかし技術が進歩するにつれ、機械による労働の増加がどのような結果をもたらすのか、次第にはっきりしてくる。単に、機械に携わる作業をさせられる人間が増加するにとどまらず、この労働自体がどんどん専門化してゆくのである。科学における専門化に並行して、技術も専門化する。個々の知識分野が実質的に独立することにより、人工的な分離や境界がもたらされるが、これに対応するのが技術で、技術においては人間の労働が分解され細分化されていく。

機械というものの特徴の一つは、あらゆる部品の差し替えや交換が可能だという点である。機械は分解して細かい部分に分けたり、また元のように組み立てたりすることができる。消耗した部品、破損した部品を修繕することができるし、古くなった部品を取り出し新しいものと交換することもできる。差し替えや交換が可能なこうした部品を、技術領域全体に浸透する合理的処置、すなわち、標準化、類型化、規格化の処置に従わせるということが、技術的労働の組織における進歩である。規格化の利点はあまりにも明白だから説明するまでもない。規格化は、機械装置を単純化し、可動性を高め、技術の完成に寄与する処置の一つである。しかし、機械を分割したり分解したりすることができるように、機械に対して行う労働、あるいは機械によって行われる労働もまた、分割・分解されうるものである。機械労働は、時間を追って機械的に進行する個々の機能に分解することができ、ひいては労働者を機能的に働かせることにつながる。このとき労働は、すべての手作業に保たれていたあの身体的関連性《ツザメンハング》を失う。手作業に使用される道具を調べてみると、それらが身体的関連性に即して作られていることが分かる。鋤やシャベルは基本的には何かを掘る手や腕にほかならず、金槌は拳であり、熊手には指があるという具合である。また、こうした道具に身体と密接な繋がりがあることは、その持ち手や大きさ、形が物語っており、たとえば良い草刈り鎌とそれを扱う草刈り人夫とは、互いに完全に呼応しているのである。ビリヤードのプレーヤーがキューを選ぶときの慎重さは、数ある玉突き棒の中で彼が選んだまさにその一本が、重さ、長さ、先端の細まり具合、その他諸々の性質によって彼の身体にぴったり対応しているのだということが分からなければ、不可解なままである。対応《エントシュプレッヒュング》ということが理解できて初めて、なぜ、このように体にふさわしい動きを体がすることになるゲームや仕事が心地良いものなのかも理解できるのである。この対応関係は、機械が優勢になり、機械が自立する度合いが大きくなるに連れて解消されていく。労働は機械的に分割され、労働工程における最小の時間単位にまで細分化される。こうした労働工程の専門化がどういうものであるかは、技術に動員される「労働力《アルバイツクレフテ》」と呼ばれる人たちを一目見、また彼らの仕事が呼ばれる際の語彙に注目すればすぐ分かる。たとえば、見積算定士、検査長、製造企画調整管理士、設計管理長、生産管理長、タイムキーパー、寸法検査士[8]、そしてあらゆる種類のディテール設計コーディネーターである。こうした技術系管理職のすることとは何であろうか？　それは、労働をばらばらに分けて労働者に配ること、労働を小さく、極小の断片にまで寸断することである。たった一つの動作、たった一つの単調な操作が、しばしば同一の労働者によって来る日も来る日も、そして来る年も来る年も繰り返される。このような労働者はもはや手に職をつけた人《ハントヴェルカー》ではない。手に職をつけた人は、いみじくも手《ハント》を用いて自立した製作《ヴェルク》を行うがゆえに、そのように呼ばれるのであるが、労働者はもはや単なる機能しか備えておらず、機械的に定められて進行する機能的活動をしているだけなのである。技術が幅をきかせればきかせるほど、そして専門化すればするほど、機能的労働の量は増える。そしてこの現象と並行して、労働が労働者から乖離してゆく。労働は、労働者の人格を離れ、それ自体で独立するのである。天職《ベルーフ》を持つ人がそうであったのとは異なり、もはや労働者は、人格によってその労働と結ばれているのではない。労働者は労働と単に機能的な関係にあるだけである。この種の労働は、機械の部分と同様に交換可能である。労働者は、何か別の労働機能を果たすこともできる。そしてこれは、労働の機能的性格が強くなればなるほど、つまり、労働における諸機能が専門化されればされるほど、より容易になるのである。機械部品を規格化すれば汎用性が高まるように、規格化された労働者は任意の機能に投入可能である。ただし、この汎用性の向上が、より次元の高い自由に結びついていると仮に想像するなら、それは間違いで、実際は逆である。労働の機能主義とはすなわち労働の機械的独立ということであり、労働者が機械機構と労働組織に従属することにつながる。そして労働者は自

---

⑧ 寸法検査士についての求人広告はおおむね次のような記述である。「寸法検査士を求む。事業所適合性、規格適合性、設計上、機能性の観点からの図面および明細表の審査経験があり、製造指針に関する正確な知識を有すること。タイムスタディ・エンジニアの場合はドイツ労働条件調査委員会規定に則ったタイムスタディ実施の経験があること。」

らが行う労働に対する統括力と自己決定権を失うのである。彼らの可動性は増すが、まさにそれゆえに、組織に取り込まれやすくなる。労働者の人格とは無関係になった労働は、より高い程度に組織化が可能となる。労働者は作業プランの任意の箇所に投入することができるのである。今や労働者は、自分の意志に反して投入されること、強制労働もありえることを覚悟しなければならない。というのも、機械システムが拡大されればされるほど、人間はより厳しい強制の支配下へと組み敷かれるからである。労働者はこの強制を免れることはできない。和らげたり、力を弱めたりすることすらできず、そうしようといくら努力してもすべて失敗に終わる。それは機械的に動く踏み車にほうり込まれた囚人の努力と同じである。だが、労働者と囚人とのあいだには相違点が一つある。労働者の考えでは、機械機構や組織が進歩しつづけることは肯定される。そして彼の努力目標は、労働者がこれらを意のままにする権限を自らの手に入れることである。なぜなら彼は、こうすることによって自らの置かれている状況を軽減できるという誤った信念を持っているからである。言い換えれば、彼は社会的に考えている、他の人たちよりは社会的に考えているということである。しかし彼の社会主義、技術の進歩とともに前進するこの社会主義は、まさに技術的労働組織に即した思考・行動様式の一つなのである。

労働者が自らを隷属状態に置かれていると認識し、共同で抵抗するために連携しなければならないと悟ったときどこにでも成立する労働者の諸組織に総じて見られる特徴は、組織化されていない労働者への憎悪、つまり機械的労働の強制ということが分からず、自身の独立性を組織に委ねるという必然性をまだ理解していない労働者に対する憎悪である。しかし、労働者は組織化することで、あらゆる場所で組織化を迫る技術の進歩の要求を満たしていることになる。彼らは自由意志からそうしているつもりで、熱狂的にそれに取り組むが、彼らが団結して労働組合という組織になってゆくということは、彼を支配する機械的強制がもたらした結果なのである。この労働組合という、他と一線を画する組織もいずれ用をなさなくなる。それは、技術の完成がどこでも有効な自動機構をもたらすとき、すなわち労働組織がすべてを覆う時、誰もが労働者となるときである。

一七　〔労働問題の成立〕

この過程は、歴史的に過去にさかのぼることによってよりいっそう明らかとなる。我々の関心を引いている労働者の問題は、十九世紀初頭に初めてイギリスで生じた。その前提となっているのは、工場生産を行う企業の成立であり、このような企業はまずイギリスにおいて形成された。あらゆる種類の大規模経営に対して敵対的な、古くからのツンフト権〔61〕は、機械的な労働方法が導入されたところでは失われた。この権利と一緒に、それと結びついていた家と家族の秩序も解体した。手仕事に関連した財産《アイゲントウム》と取得の秩序も解体した。というのも、ツンフトによる強制、つまりツンフトのもとでの営業上の不自由は、ツンフト制度同様それ自身手仕事に基づいている、安定し閉ざされた秩序の構成部分となっているからである。ツンフト体制は親方の秩序であり、親方と職人のあいだの闘いを内包し、会員すべてのあいだの社会的平等の原則に基づいており、資本と労働の対立や、また手工業的プロレタリアートの形成を妨げた。決して止むことがなかった諍いは国や都市の介入によって規制された。家内工業を許可することによって既にツンフト制度が揺らいでいたところに、重農主義者がツンフト制度に対して行った攻撃は、人権に裏付けられており、自由な営業という進歩の名の下に、大企業の発展のために行われた。

営業の自由により、単にツンフト制度の古い支配と奉公の関係が解消され、債務法上の告訴請求権を特徴とする契約の諸関係がそれに取って代わっただけではなかった。営業の自由は産業上の大規模労働に門を開き、分業をもたらし、労働者から自立の可能性を奪い、プロレタリアートを生み出した。分業とプロレタリアート成立には関連がある。経済的な諸々の活動を技術によって解体すること、大規模な労働工程が特殊な諸機能に分割されることは、労働者から生産手段を、つまり自分の仕事や労働工程に対する支配を可能にする手段をもぎ取ることになる。機械的な労働方法の際に行われるような分業、それは労働者を機械装置に従属させる。マンチェスター学派が要求したような完全な経済的自由、つまり労働契約の自由の公認はそれゆえ、労働者の経営者への奴隷的な従属をもたらすものであり、決して維持しうるものではなく、その弊害のために国家の介入を招くことになる。技術のマンチェスター段階は暗鬱であると同時に虚偽にみちている。いかなる工場立法も妨害しようとし、チャーチスト運動に反対して戦ったマンチェスター・ドクトリンは、技術的進歩にとっての重荷を、組織化が不充分であったこの時代の無防備な労働者に完全に押し付けるものであった。(62)

労働者は最初から保護を必要としていた。当初は生産手段を意のままに操る企業経営者や資本家に対して保護を必要とした。それゆえ現在成立しているような労働者の保護立法は、団結権の容認、婦人や子供の労働規定、総じて就業規則とそれと結びついた会計制度や保険制度を承認することを通じて、さしあたり労働者を企業経営者や資本家から守るという点では成果をもたらした。この保護立法全体は、それが技術的組織の構成部分であり、技術的組織に奉仕していることが把握されて初めて、理解しうるものとなる。その目的は、機械的な労働方法の完成が摩擦なく進捗するように、労働者を資本主義的な経営者から守ることにある。この保護を子細に吟味すると、技術的機械機構のその都度の状況から組織化が行われざるをえなかったことが分かる。既にこの点に、新技術の黎明期に形成されたような資本秩序は、技術的な労働方法の観点から何か偶然的で一時的なものであることが、見てとれる。しかし変わらずにあるのは、労働者保護の必要性である。その必要性は機械的な作業方法自体にかかわっているので、常に存在しつづける。私的経営者が消え去った後も、労働者は自分からかすめ取られた労働手段を取り戻すことはなく、それゆえ独立できず、したがって労働者保護は必要とされつづけるのである。

労働者の従属性はさしあたり経済的なものとして把握された。そこに誤解がある。この過程の経済学的な側面を隅々まではっきりと叙述したマルクスは、その技術的な諸条件に対しては決して充分な洞察をしなかった。しかし実際には労働者の従属性は、最初の最初から作業に即したものであり、つまり、彼は工場の機械システムに従属しているのである。労働者がささやかな、しばしば雀の涙ほどの給料しかもらえないことは、他の人々と分かちもつ運命である。しかし工場の機械システムへの従属は労働者の人生を規定し、変形し、人生に印を付ける。労働者が自分はある階級に属していると考え、他の諸々の階級とは対立し、他の階級をいわば自分で作り出すのは、彼が、他でもない機械での作業を通じて陥った新しい従属性という自分の状況を理解したその瞬間のことである。彼の階級意識の限界はこの従属性によって決定されている。労働運動の高揚は、工場の機械装置の拡大と分かちがたく結びついている。機械的な労働方法が発展しないところでは運動は弱く、それが発達し蓄積されているところでは運動が強く、最も強いのは、機械的な労働方法がほぼ全体に行き渡っているところである。運動はそこを出発点とし、そこで運動の理論と実践が発展するのであるから、マルクスのような男がイギリスに住んだのも決して偶然ではないのである。どんな形であれ自分の仕事において機械的な労働方法に服することのない者を、働く人という言葉に新しい意味の付け加わった、「労働者《アルバイター》」と呼ぶことはできない。農民や職人、商人にしても、機械的労働に服していない限り、機械的作業を不可欠な前提とするこの新しい意味での労働者ではない。他方、機械的労働に服している者はすべて、この新しい意味での労働者となる。それゆえ農場主であれコルホーズの従業員であれ、機械を使って作業する点では労働者である。人口における労働者の割合は、機械的な労働が支配的となる程度に応じて増加する。

工場の機械装置への従属が最初から労働者を特徴づけている。決して労働者が運動を開始したのではない、なぜなら、彼は否応なく運動の中へと投げ込まれ、抗議をしながらも新しい状況に順応していったからである。運動が始まったとき、彼はまだまったくそこにいなかったのであり、運動によって初めて作り出されたのである。彼は労働者にはなるまいとし、機械を破壊した。自分を脅かす運命から逃れようと試みたが無駄であった。運動をもたらしたのは労働者ではなく、科学的思考であった。この思考からいくつもの労働方法が生み出され、それらの労働方法を利用することによって古い労働秩序が解体したのである。どこにいようとも労働者は相変わらず自分が従属状態にあるのを見出す。彼の思考と行動は既にこの従属性によって決定されており、それを逃れることはできない。というのも、もし逃れたければ、彼は労働者であることをやめなければならないだろう。労働運動は抗議運動である。とりわけ労働者の体には、工業地帯に見られるダイナミックな不安や脅かすような緊張、意志的な動きがみなぎってはいるが、しかし労働運動は労働者に由来するのではなく、巨大な機構から、つまり、ここに集積されて人間を自分の法の下に置き、人間に就業規則を指示する機械設備から発しているのである。こうして起こったことは、労働者が精神的に遂行したのでも、決定したのでもない。労働者はただ出来事に従っただけであり、ここで彼が踏みだした一歩一歩はそうするよう押し付けられたものだった。労働者が自分を取り巻く世界を作ったのではなく、世界が労働者を作ったのである。彼は自分の意志に従うと同時に逆らいながら世界によって作られたのである。眠りから覚め、自分が従属状態にあることを意識するとき、彼が最初に感じるのは、自分は抑圧され搾取された者であるという覚めた感情であるが、この感情についてはあれこれ解釈をする必要はなく、それはまさに労働者の置かれた状況をそのまま表現したものである。今や彼は自分が家族とともに暮らしている生活が危機にさらされていることを悟る。自分が無防備な状態にあることを悟り、この無防備さの感情から行動を始める。今や彼の階級意識は開化し、組織の一員となる。しかしこうして、それほど目覚めたとしても、自分の従属性の深さ全体はまだ彼には意識されていない。確かに経済的・政治的には理解してはいるが、しかし彼が理解していないのは、最も強力な組織に入ったとしても、工場の機械システムへの従属からは逃れるすべがないということ、そして、他ならぬこの組織こそ彼の従属性を高め、彼を完全に鎖に繋いでしまうための手段であるということである。そこに不思議なことは何もない。というのもどれほど彼が組織と一体化しようとも、この側面での努力は元々機械機構の側から強制されているからである。ここでも彼は新しい技術の展開に内在する法則性にただ従っているだけである。彼がどれほどこの道を遠くまで来ようとも、この機械機構が彼の手におちる時点でさえも、そのような掌握の行為によって何も変わらないことが示されるに違いない。彼は従属したままである。

一八〔機械と労働者組織、労働者の失意〕

労働者を取り囲む機械装置に、労働者を保護するものは何もない。むしろそれは人間を脅かし、せき立て、人間に襲いかかる法則性を次第に明らかにしていく。機械は労働者の友ではなく、労働者は機械と友好的な関係を結ぶことはできない。自然の物理的力を強制することのない機械など、考えられない。自然の諸力は、強制と策略とを結び合わせた原理を用いて、無理やりに作用へともたらされるのである。機械が要求するのは運動であり、それは機械を目的に合わせて制御する歯車、ボルト、シリンダー、プリズムなどを組み合わせることで生み出される運動である。ここで生み出されるのは常に対立であり、機械の仕事が抵抗の克服を目指しているということは、機械の概念にそもそも含まれている。機械の中で自然の諸力が作用へともたらされるときには、機械による自然の強引な克服がおこなわれているのである。凝集力、空気抵抗、摩擦などを通じて、要求された仕事の遂行に逆らう有用抵抗、付加的に生じる副次的抵抗は、機械の全体構造と同様、強引な処置がなされていることの表れであり、また、部品を組み合わせて出来た造形物に閉じ込められた自然諸力が示そうとする反発の表れなのである。この抵抗は、決して消し去ることも取り除くこともできない。それは労働工程に常に伴う異議申し立てであり、労働工程を困難かつコストのかかるものとする。その上、有用な労働には副次的な労働が加わる。すべての有用な労働は副次的な労働の負荷を負う。機械を使うことによって仕事量が獲得されることは決してなく、仕事量が失われるばかりなのである。移動機械であれ、変形機械であれ、いかなる機械も常に仕事量を失いながら働いている。そしてその無駄になる仕事量は、機械総体の規模に比例して増大するのである。いかに技術機械が根源的自然の上に重くのしかかっているかは、後ほど〔三三章で〕検討することにしよう。刑務所のような堅牢な構造物の中に閉じ込められて、自然の諸力は抵抗の効果を次第に増していくため、間断なく監視し、点検し、隷属状態に保っておかねばならない。決して終わることのないこの監視と点検は、それだけでもう人間の不安を増大させ、安心感《ジッヒャーハイト》を掘り崩す。細かな揺れと振動が地面を伝わって人間に感じられる。それは初め、気づかれないほど小さいが、それから勢いを増してついにはどんな地震の力さえしのぐほどの作用を及ぼす。個々の機械は絶縁体《アイソレーター》と見なすことができる。この概念は電気工学の分野で用いられ、電線において電気の消失を防ぐ非伝導性の物体を言い表している。自然諸力は個々の機械の中に隔離されるが、この強引なやり方があればさしあたり、諸力の根源的抵抗を制御して、指定された通りの課題および目的を果たすよう仕向けるのに充分であるように見える。しかしこれはそう見えるだけなのだ。というのは、これらの抵抗を絶えず粉砕しつづけなければならないというところから、技術的組織が生まれているからだ。絶縁体が機能しているところ、つまり機械機構が大地に設置されたところで、すべてが思い通りに進んでいるのだとすれば、他ならぬ労働組織の内部では機械が人間を暴力的な仕方でせき立てるということが明らかとなる。それも労働者が予期していないところ、つまり背後からである。技術的絶縁体は、労働秩序が作り替えられるのを妨げることができないどころか、むしろこの作り替えを強いる。労働秩序を支配している概念の中にもまた、機構《アパラトゥーア》という言葉が見つかるのである。このような過程以上に不安をかき立て、気味の悪いものがあるだろうか？　ここで繰り広げられているのは、何ともしつこい、失うものの多い格闘である。機械的な労働方法は進歩していると技術者は思いこんでいるが、この進歩とは、それが通った地面を燃え上がらせ、灰燼に帰す炎に喩えることができる。エントロピーの命題が教えることは、技術の現象全体にも当てはまる。技術現象全体においては熱の浪費が特に大きくなる。なぜなら、技術的労働方法は強制の増大を前提とし、技術の規模が拡大するにつれて、抵抗を砕く際の損失が増すからである。とはいえ、トムソンの「宇宙における最終的な温度の平準化」仮説〔63〕におけるように、この過程を宇宙全体に当てはめるだけの根拠はない。我々は宇宙全体のことを知らないのだから、仮説で主張されているように宇宙全体を、自分自身を消耗していくメカニズムと見なすこともできない。

　労働を通じて機械装置と結びつけられている労働者は、望むと望まざるとにかかわらず、自分自身を組織化しなければならない。彼にはもはや選択の余地はない。国家は、技術機械の拡大が進行していくとき、組織化を法的に強制しなければならない。組織は常に労働組織であり、機械装置の傍で働いている労働者を労働関係の中に捕まえておく機械的方法である。組織《オルガニザチオーン》は制度《インスティトゥチオーン》ではない。技術時代は組織を作ることにかけてはたけているが、制度を創設することはできない。とはいえ、既存の制度を組織として作り変える、つまり制度を技術機械に関連づけていく術はよく心得ている。技術進歩が容認するのは、全体として可動性を持ち、それゆえ技術時代の大規模な動員に充分適合する組織だけなのである。一方、制度という概念には、不変のものとして、不動の仕組みとして設置されたか考案されたものであり、じっと動かず、時代の攻撃を超越しているという含意がある。組織は技術に労働プランのための手段を提供するが、この使命はますます明白になっていく。

すべてがこのような事情であるから、技術時代は、労働者が搾取されているという労働者の訴えと共に始まった。労働者は機械システムと直接に結びつけられているため、この過程の中心にいる。労働者は、機械によって人間が陥った独特の依存状態を最初に経験した人々である。彼は自分に不正が加えられていると感じている。労働者の訴えはすべて自分が搾取の対象にされているという非難へと凝縮され、労働者が自分たちのために作る組織は、彼らの労働力が搾取され、彼らが収奪されているという事実から力を得ている。この非難はまず、技術的・経済的生産手段を手にしている経営者および個人資本家に向けられる。そして、新しい奴隷《ヘロット》の階級、つまり機械労働に結びつけられ、不充分な賃金しか与えられず、ぼろを纏って栄養状態の悪いプロレタリアートが登場するのだ。この新しい、増大する一方の奴隷の群れは、確かに自権者〔sui juris〕ではあり、自分たちに対して所有権〔Dominium〕と奴隷権〔Potestas dominica〕を有する主人がいるわけではなく、自由〔libertas〕、市民権〔civitas〕、家族〔familia〕という、ローマ法が奴隷には認めていなかった三つの地位は認められている。しかし、彼らは同じくらい抑圧的な依存状態、つまり技術機械への依存状態に陥っているのであり、さらに言えば機械を作り出し、操作している思考法への依存状態に陥っている。

労働者の思考にはどこか打ちひしがれたところがある。労働者の思考は機械によって打ち砕かれ、屈折しているのだ。思考が屈折していることとの一つの表れは、労働者がイデオロギーに染まりやすいことである。社会主義と蜃気楼との違いを規定することは難しい。漢字を習得している人にとってこの表意文字は、たとえ中国語そのものを理解していなくても意味のあるものである。社会主義が何であるかを解読するのははるかに難しいが、それは、社会主義という語に強力に人を惹きつけ、期待を抱かせるものがあるからである。それゆえ、この語を用いる人ひとりひとりに、その語の意味を定義するよう求めなければならない。そしてその際には、リスクを持たない人間、算術的な平等、あるいは絶対に信頼のおける官僚機構などといったイメージが持ち出されただけで満足すべきではない。むしろこの定義は、機械機構の位置づけについて説明することができなければならないし、また人間労働の組織についてどのように考えているか、この組織をどのように変更していく計画なのか、誤解の余地なく説明できるのでなければならない。そもそも、社会問題が十九世紀において発生したのは、技術の進歩との関連においてであったということを忘れてはならない。技術進歩なくしては、社会主義は存在しない。社会理論は技術の実践を追いかけ、しかも技術の実践がひいた軌道を正確に進んでいく。そして最終的に両者は同じものとなる。技術が労働者のもとに押し寄せることによって、社会主義と技術が一つになる瞬間が到来するのである。社会主義とはその場合、機械的な労働方法の世界において労働者に求められる集団的行動にほかならない。社会主義とはその場合、搾取と収奪に向かう技術的思考に対して唯々諾々と、留保なく、決然とくみする思考様式であり、技術的思考をあらゆる領域で奨励し、促進する思考様式なのである。社会正義への要求が技術進歩に基づき、それと結びついているとするならば、つまり社会正義への要求を技術進歩の助けを借りて実現しようとするならば、それは力強い同盟者と協働していることになる。しかしこの同盟はいわば獅子同盟〔societas leonina〕[64]であり、技術がすべての利益を得、すべてを決定する。社会正義とはこの場合、機械的法則性への適合であり、人間は技術によってこの機械的法則性に従わされるのである。社会主義は強力な武器を作り出した。人間がかつて手にしていたよりもはるかに精妙で理路整然とした、かつてあったものよりも物質的にずっと強力な武器を作り出したのだ。このような武器を手にしたことで、人間は自然を普遍的に意のままにできると夢想している。このことは、機械の制作と形態が示しているように、敵対的かつ暴力的な仕方でしか、つまり、荒廃をもたらすことによってしか起こりえない。そしてこの荒廃はどんどん大規模になっていくのである。この方法が諸刃の剣と言えるのは、これが人間自身において試されるからなのだ。人間はこの方法によって自分自身の足元を掘り崩す。なぜなら、人間が自分の目的のために消費する自然には、人間自身も属しているから。この思考に匹敵し、これを凌駕さえする好敵手は既に登場している。というのも、能産的自然〔Natura naturans〕は、荒廃へとまっすぐ通じているこの不毛な思考に対して、人間自身を荒廃させ、人間を貶め、人間に卑俗さという消し難い刻印を押すことによって、応えるからだ。搾取計画と完全に同化してしまう思考には、観相学的に見て際立った特徴がある。

一九　〔労働者と搾取、安全性〕

技術時代の初めのころを眺めてみると、古い手工業的伝統が断たれて機械的労働へ移行したことには、何か神秘的なものを感ぜずにいられない。容易に認識しうることだが、力学の中に動力学という分野が確立されたことによって、新しい技術の科学的前提が創造された。古代ギリシャ・ローマにおいては、力学の中に静力学という分野が形成されてはいたが、動力学はほとんど問題にされず、区別されるべき分野として認識されてすらいなかった。ガリレイ、ホイヘンス、ニュートンらが動力学の基礎を築いた。彼らの努力の神学的出発点は、第一に意志論のうちに求めなければならない。意志論が動力学と関連していたのである。だが、注意しなければならないが、神学と力学が結びつき、動力学の創始者たちが同時に神学的問題にも取り組んでいた時代、動力学の展開にユートピア的期待が結びつくことはなかったし、ありえなかった。というのも、かの創始者たちは、動力学の普遍的利用とか、技術的応用などということは考えていなかったからである。ニュートンやホイヘンス、ステヴィン〔65〕らは預言者ではなかった。フランスの百科全書派も、全自然を物理学的、数学的に説明しようとする激烈なまでの情熱に駆られてはいたものの、自動化された機械とそれが人間へ及ぼす影響について正確なイメージを持つにはほど遠かった。まずは、この自動化された機械がある程度の範囲まで発展することが必要で、それからようやく、それ自体は科学的でも技術的でも力学的でもない期待が、機械に結びつけられたのである。とはいえそこまで来ると、こうした考えが広く、強く、通俗的に機械に付いて回った。技術は今や、あらゆるユートピア的な期待に結びつけられた。搾取の方法が収穫の多いものであればあるほど、技術が皆を快適にするというイメージが発展すればするほど、技術の楽観主義は、抑えがたい、際限ないものとなった。

労働者《アルバイター》は、このような期待を抱かずにはいられなかった。こうした期待を信じたこと、こうした期待に信心深く身を委ねたことが、労働者を特徴づける。真っ先に自分たちを絡め取った成り行きの悪質な深みについて、彼らは充分理解していなかったし、この成り行きに抗うには、労働者としての本質からして無理があった。労働者が現在を拒否したのは、未来についての確信からであったし、技術的進歩の申し子として彼らは、技術的進歩に対し、孝行息子が親に対するときのような敬意を表した。労働者の思考は、労働者自身が肯定したこの進歩と結びついたのである。彼らが拒否したのは、技術が推し進める搾取ではなかった。生産手段を持ち、これを意のままにする搾取者、労働者を驟馬のように粉挽き車の中に押し込んだ搾取者を拒否したのだ。彼らは、機械機構が労働者自身の手に委ねられれば、すべてが変わるに違いない、と信じた。機械の主《あるじ》としての労働者、これが、彼らを魅了したイメージだった。なぜなら、この考え方の論理からすれば、実際に労働者が機械の主となる日が来るのは間違いなかった。機械とは労働者に照準を合わせたものであり、労働者は機械にすっかり馴染み、存在からして機械と結合しているのであって、機械機構は次第に労働者の支配下に入れられねばならぬからであった。労働者をその目標に近づけるため、機械はただ拡大し、規模を大きくさえすればよかった。というのも、機械が大きくなればそれだけ労働者の数も増えたから。機械は自分の周りに労働者だけを置きたがる。機械のそばで、人間は労働者に変わるのである。

労働者が認識していなかったのは、方法は変わらないということであった。方法は、資本家や発明家、技術者といった特定の階層に合わせたものではなく、技術的思考に特有のものであるから、こうした人々から難なく切り離すことができるのだ。技術的進歩はこの方法に依拠しており、これなくして先へは進めない。方法は変わらない。そして率直に、あるいは黙ってこの方法への帰依を認める者は、収奪と搾取と抑圧の原理をも承認するのだ。これらの諸原理と戦いながら、これらの諸原理がどんな思考に由来するのかさえ知らない者は、無駄な格闘をすることになる。技術的な機械機構の主《あるじ》となった労働者に対しては、労働者が資本家に対して浴びせたと同じ非難が浴びせられるであろう。これが、労働者の置かれた状況の微妙で弱いところである。労働者が機械の主になったときにも、労働者の思考には打ちひしがれた感が拭えないであろう。労働を補助するための硬く、強力な器具に拘束された労働者は、あらゆるところでこの補助器具に頼ることになる。労働者の思考に見られる失意の念を、極度の貧困、無産性、庇護の必要性、保障の必要性に関連させて、その究極の前提に至るまで調べ上げたなら、この失意が機械との付き合いに由来することが分かる。技術的機械機構と結合した人間は、機械に即した経験を積む。労働者は、技術を細部まで支配している思考法の産物となり、機械的な時間概念に服従する。機械はそれ自体がいわば時計である。時間にはなるほど何の因果関係もない。時間の部分部分の繋がりは、数字の列や楽曲の音符と同様、原因と結果の関係ではない。だが、原因から結果が生まれる諸経過は、機械化された時間概念に基づき、機械によって正確に測定することができる。機械的〔力学的〕な時間概念が労働者を制御するのであり、逆ではないのだ。時間の充実はしかし、あらゆるメカニズムの外にある。時間と空間は、今では力学の中に移し入れられ、どんな力学の教科書にもこれに関する一章があるが、そこを読めば、時間と空間が力学の目的のためにどのように捉え直されているかが分かる。時間と空間は厳密な意味で、意のままに使用可能なものとして捉え直されているのだ。既にニュートンが、そういうものとして時間と空間を捉え直していた。

　人間は、時間的には切迫した、空間的には狭苦しい状況に置かれる。避けがたいことながら、機械化された時間概念に従う人間は、時間を、つまり機械によって測定された時間を獲得しようと努める。そうした時間は限りなく与えられているわけではないので、人間はより速く動く機械を次々に開発することによって、時を節約しようとする。このような方法で時を節約すれば、避けがたい結果として、空間は収縮する。空間を征服するのがどんどん早くなるからである。時間概念の機械化は空間のイメージも巻き添えにするのだ。ものを見る目のある者は、町の中を見回してみるがいい。因果関係の繋がりを、すなわち、人間が機械と機械のあいだを行ったり来たりしている様子をそこら中に認めるであろう。そしてまた、この動きを現在支配している法則を認めるであろう。この法則に従っているのは、機械に携わっている労働者だけではない。喫茶店で飲物を飲んでいる者、公園で休んでいる者、旅行したり休暇を取ったりしている者もまた、同じ法則に従っている。というのも、ここで考えられるどんな自由時間も、技術的機械機構の外にあるわけではないからである。自由時間への憧憬は、なるほど、この機械機構に組み込まれた人を激しく悩ます感覚の一つではある。しかし、同時にこうした人間の特徴として、彼は、この自由時間を機械的時間概念の外にあるようには意のままにすることができないのである。

　注意深い観察者は、ここでもう一つ別の認識に捉えられる。安全性《ジッヒャーハイト》が欠如していること、安全性への欲求が高まり、人をひどく悩ませている事態は、諸科学の正確さ《エクサクトハイト》や、諸科学から生まれた労働方法と密接な関係があるのではないか、という考えである。このような考えを聞かされた者は、さしあたり奇異の念を抱くかもしれない。しかし数学的、機械的、因果的正確さは、関係性についての知識を増やしてはくれるが、安全性を与えることはできない。正確さの概念はそれ自体が機械的関係性によって左右される概念なのだ。この概念によって人は、機械的に規定可能なものを越えるような安心感〔securitas〕も、また確実性〔certitudo〕も得ることはできない。正確な機械的関係性の増大は、機械機構と、人間が行う労働の組織が補完的に形成されることで真価を現す。しかし、この結合には何ら守ってくれるようなものはない。なぜなら、この結合によって人間は意地悪く苛められるからである。技術的機械機構に依存するようになった労働者が、どうして、その労働を通して保護されているなどという感覚を得られようか？　実際はまさに逆である。作業工程の正確さによってむしろ労働者は無防備となるのだ。

どのようにしたら人は、再びこの結合から自らを解放することができるのだろうか？　この企ての難しいところは、その前にまず相手を徹底的に屈服させておかねばならない点である。機械的な時間・空間概念の支配を再び打ち破らねばならない。技術は巨大な踏み車であることが認識されねばならない。人間はその中で無益にも刻苦している。そこでは、人間が置かれた労働過程が合目的的、包括的、一般的になればなるほど、この労働過程は無意味となる。技術的手段を服従させるには、新しい思考法が前提されねばならない。技術的進歩が用いる幻想に対して抵抗力のある思考、残酷な搾取の方法を終らせる思考法である。

二〇〔意図的な技術と意図的でない技術、目的論と力学〕

「もっともなことであるが」とした上で、カントはその論文「哲学における目的論的原理の使用について」の中で次のように語っている。「理性は、どのような自然探求においてもまず理論を求める。目的の規定は常にそのあとである。理論の欠如は、いかなる目的論や実践的合目的性によっても補うことはできない。」その一方でカントは、理論ですべてを解決することはできないこと、その時に目的論的方法に出番が回ってくることを認めている。カントがこれをどのように思い描いていたかは『判断力批判』の中に示されている。カントにとって目的とは、物事の起源の持つ因果性や自然のメカニズムの中に元からあるものではない。彼の言うところの目的は、「作用を及ぼす能力が、概念によって規定されているような」原因の中に存在する。この考えに従って彼は、作用連関〔nexus effectivus〕と目的連関〔nexus finalis〕とを区別している。彼は自然における因果関係を、目的と似ているという観点から技術と呼んだ上で、意図的な《アブジヒトリヒ》技術〔technica intentionalis〕と意図的でない《ウンアブジヒトリヒ》技術〔自然の技術 technica naturalis〕とを区別している。前者は彼から見れば単に特殊な種類の因果関係であり、後者は自然のメカニズムとまったく同一のものである。カントはこの二つの概念を考察した結果、これらは学説として規定されるには適さないという結論に達した。彼によれば、機械論的説明と目的論的説明は互いを排除し合い、両者が一つになる点は、経験的領域ではなく超感性的領域の中にしか置くことができない。機械論は、自然における有機的存在の可能性を説明するのに充分ではない。他方、目的論的説明を用いても、同時に自然のメカニズムがなければ、自然の産物なのかどうかさえ判断できない。したがって機械論的説明と目的論的説明の結合は、カントから見れば仮説として許容されるものなのである。機械論的原理は可能な限り適用すべきだが、最終的には、機械的原因は目的へと向かう因果関係の下に置かれねばならない。この意味においてカントは、産出の、機会原因論的かまたは予定調和説的かのいずれかである目的論的原理について述べているのであり、また、自然が目的論的体系として捉えられる限りにおいての自然の最終の目的、さらには創造の究極目的について述べているのである[66]。

アリストテレスが既にそう考えていたように[67]、すべての技術が自然の模倣であるという考えから出発すれば、自然もまた技術すなわち反復工程を利用し、この工程によってものを生み出していると考えるのは当然である。この工程を自然の技術と呼んだとしても、我々がこの工程そのものを限定的に見ているのであれば、何ら懸念すべきことはない。つまり、有機体の産出に際して、我々の視線は機械的なものの反復の上にのみ注がれているのだということを忘れさえしなければ、何ら問題はないのである。意図的《アプジヒトリヒ》な技術と意図的《ウンアプジヒトリヒ》でない技術、目が見える技術と盲目の技術、すなわち意図的技術〔technica intentionalis〕と自然の技術〔technica naturalis〕を区別したことによってカントは、否応なく、概念を極めて作為的に体系化することになった。というのは、この二つの技術は互いを排除し相容れないのだから、そこから導き出される二つの体系もまた、相容れないことになる[68]。シェリングは、意図的な技術と意図的でない技術は両立し、決して一方が他方を排除することはないと指摘したが（「自然過程の叙述」）、これはもっともなことである。カントにしても、機械論の立場からすれば有機体が偶然としてしか判断されえないことを書き添えている。なぜならここには、有機的に産出されたものの自然目的とそれが存在する必然性とのあいだに超えがたい、納得しがたい差異があるからである。この差異は、何であれ人間によって産み出された技術的構築物の中であれば必ず止揚され、解消されるものである。これに関するシェリングの主張は事の核心をついているのでここに挙げておくことにする。「ある対象物の形態に自然の必然的な作用の仕方が見てとれる場合、きわめて当然に我々は、このような対象物についてその存在を理解していると言うことができる。なぜなら我々はその対象物の原因ならびにそれが働く際に従う法則を知っているからである。したがって、たとえばダイヤモンドのような物を我々が自分で作ることができると考えるのも、ありえないことではない。[69] しかし、なぜ有機体について、同じように存在の必然性を理解することができないのだろうか？　この点に関してカントは、有機体は悟性の働きとして判断されるのだが、その悟性は経験の対象にはならないからである、としている。だが、これでは理由にならない。有機体が存在する必然性を我々が理解できないのはむしろ、これら有機体が実は、有機体でないものについて必然的だという時と同じ意味において必然的なのではない、という理由による。つまり、これら有機体は、自然の産物とはいっても、あくまでも自由な、自由意志で産出する自然の産物と見なされねばならないという理由によるのである。」実際、世界のいかなる悟性も、小夜啼鳥《ナイチンゲール》や百合がどのような目的を持っているか、突き止めることはできないし、これらのものの存在について、それがどのように必然的なのかを理解することもできない。カントが示すような目的論的な説明の試みも、しばしば奇異な感を与える。たとえば次のような説明である。「したがって、たとえば次のように言うことができよう。衣服や髪の毛、寝床の中にいて人間を悩ませる害虫の存在には、賢明な仕組みが働いているのであって、それは清潔にしておこうと思う動機となる。そして清潔にしておくことでそれが健康維持の大事な手段となるのである」と。実際、このような清潔さでは大したものとは言えまい。それに、ノミ、シラミ、南京虫だのといった類のものを造ることは、健康維持という目的のために自然がとる手段としては、あまりに作為的で手が込んではいないだろうか。こうした考え方は微笑ましくはあるけれども、厄介なことにそこにはラマルキズム[70]や自然淘汰理論がはびこる土壌が見てとれる。

二一〔因果論的思考と目的論的思考の協働〕

機械論者たちは因果関係に基づく観察法と目的論的な観察法とを同等のものと認めようとはしない。それで目的概念を用いざるをえないところでは、次のような留保を設ける。つまり、すべて目的に適っているものとは暫定的な仮説に基づいているに過ぎないのであって、そういったものは諸々の因果関係へと解消されなければならないと。彼らは、普遍が「個物のあと」〔post rem〕であるとみなす唯名論者であり、手で触れることも取り押さえることもできない目的については、何も知りたいとは思わない。彼らは目的に、それが「個物の中に」〔in re〕または「個物に先立って」〔ante rem〕持つかもしれないどのような現実性も認めようとはしない〔訳注37、38参照〕。彼らは、帰納的な方法をやめたときには同時に、古典的で機械論的な物理学が持っていた（あるいは持っていると信じられていた）すべての正確さ《エクサクトハイト》、決定論的に計算可能な正確さが失われてしまうのではないかと恐れている。

生気論者[71]たちが次々に彼らの敵対者たちと地位をめぐって争うならばそれは大いに不当であって、こうした軽はずみを彼らもまた絶えず償わなければならないだろう。物理化学的な事象は分子や細胞の構造の中にのみ示されるわけではなく、『魔笛』の上演中にもあるいはアステカ族の王モンテスマの宮廷の庭園で行われる祝宴の際にも生じる。ここでこうした出来事が面白いかどうかは、もちろん別問題である。もっと正確に言えば、争いは結局、あのオペラの上演や宮廷の祝宴が、否定しようのない諸々の物理化学的な事象から導き出されるのか、それとも逆に、この音楽と祝祭が、そこで効果的に働いている機械的な出来事の総体を、目的に適うように導いているのか、という点に行き着くのである。こうした問いを立てたとしても、結局のところそれは、ここでは唯名論者たちと実在論者たちのあいだの古い論争の再燃に過ぎないということが分かる。だからこの争いには加わらず、ここでは卵が先か雌鳥が先かという問いにはかかわらないのがよいだろう。

技術の分野にとってこの争いはほとんど意味がない。因果律に基づく思考と目的論的な思考は技術的な作業法の形成に同じように関与している。この二つを分離し、互いに対抗させるのではうまくいかない。どれか任意の機械装置を観察するならば、その中で因果律的な機能と目的論的な機能が離れがたく結合していることが分かる。この二つの機能は同じ一つの出来事の二つの側面をなしており、この内的な結びつきは非常に特徴的なものであって、注意深い観察者であれば決して見過ごすことはない。この内的結びつきが技術一般の標徴の一つとなっているのである。それゆえ、この非常に成功した共同作業をもう少し正確に観察するのがよかろう。

我々が「目的」という言葉を使うときには、自分では意識することなしに隠喩的な表現方法を用いているのである。というのも、言葉の本来の意味における目的とは、標的の真ん中の留め杭にほかならないのであって、射手がそれを狙い、そこに当てようともくろむ点のことである。合目的的という印象は、一つの目標へと一体化した諸々の手段がその目的に適っているように見えるところに生まれる。この印象はしたがって関係性に基づいている。あるものが合目的的であると言うとき、我々は、我々の悟性によって下された判断を表明しているのであり、そのような判断は諸々の手段と到達すべき目標についての知識と概観を前提としている。それゆえ合目的性という概念は、条件付きでのみ人間や動物、植物、つまり我々によって造られたのではない被造物に適用することができる。なぜなら、人間や動物や植物が最終的に何の目的に役立っているのか、我々は知らないし、悟性によってそれを突きとめることはできないからである。それら被造物に何か合目的的なところがあるように見えたとしても、それらの有機組織のある活動への適応から根源的目的や究極目的を推し量ることはできない。実際に目にする働きから目的を推測するならば、我々は常に勘違いする危険性にさらされている。とりわけ目的の概念に内在している関係性を見誤るときにはそうである。

力学の領域においては意図された目的を実現するために諸々の手段が一体となっているのであるが、これらの手段を見通すことができる限りにおいては技術的な合目的性という概念は意味を持っている。これらの手段の合目的性は、見通すことができるし、確かめることができる。しかしながら、この合目的性というものはどこでも常にそれら手段にのみかかわるものであって、達成された目的そのものにはかかわらないということを理解しなければならない。達成された目的が再度新しい目的のための手段として把握されるとき初めて、その目的は手段としての資格で合目的的となる。この関係を別の言葉で言い表すならば、技術の領域には技術的な合目的性しか存在しないと言える。

技術的な手段の合目的性の向上が因果関係に基づく思考の展開と正確に結びついていることを認識するならば、多くの成果を得たことになる。技術とはこの思考法が応用され試される領域であるから、この思考を常に働かせていなければ、メカニズムを完全にすることは不可能であろう。手段と目的の関係は原因と結果の関係に対応している。この二つの関係は決して同一ではないが、しかしチェーンと歯車のように一緒になって作用する。因果律の法則のどのような拡張も、必ず目的と手段の関係に影響をもたらすことになる。それゆえ技術的な合目的性という概念は、因果律の側からの直接的な影響のもとにある。このようなわけで、メカニズムと社会組織とは絶えず互いに干渉し合い、そのどちらも相手なしには考えることができなくなる。両者は、はさみの二つの刃、やっとこのつかみのように働く。これらの比喩は恣意的に選んだものではない。ここに述べた事柄に即した比喩であり、同時に、ここで人間が耐えねばならない苦悩の深さを暗示している。

関連なく孤立したように見える試みと探求から、広く分散した発明から、ささいな始まりから、あの巨大なメカニズムと社会組織が生まれたというのは奇妙に思われるかもしれない。このメカニズムと組織は今日すべてを包み込もうとしており、誰もがその力を至るところで感じるようになった。しかしこれらの発明の一つの流れへの収斂には、思考の収斂が対応している。この思考は、たとえどんな場所に現れようとも、まったく同一の形をしている。この収斂された思考が行うどんなささいな行為も、世界のメカニズムをまねるのである。

二二　〔技術的合目的性の限界〕

当然のことながら、技術者は客観性と合目的性《ザッハリヒカイト》についての彼の理解に矛盾するものをすべて拒絶する。技術的な目的に適っているものが望ましく、得ようと努力するに値するものであるということを彼は疑わない。それゆえ、目的に適った形には出来ていない機械は彼に不愉快さと反感を引き起こす。ここでは単に力学の法則だけが問題なのではなく、職業上の名誉と自尊心が重要であると言えるだろう。なぜならきちんと組み立てられていない物は、目的に適っていないだけではなく、それを設計した者の評判を落とし、彼がぞんざいな仕事をした者であることを暴くからだ。

しかしこの合目的性の概念は詳しく検討する必要がある。この概念が意味を持つ範囲を吟味しなければならない。一例を挙げてこれを明らかにしてみよう。優れた設計の自動車は、それが果たすべき目的を満たしているために目的に適っている。そこで同じ型の自動車が五百万台製造され、すべてが故障なく使われているとしよう。そのことでこの型の自動車が目的に適っていることに何ら変わりはない。それどころかむしろ、それだけ売れているということはこの型の自動車の合目的性を立証していると言える。さらに進んで、どこかの大工場で製造された自動車が大成功を収め、ある大国のどの大人も運転しているという状況を想像してみよう。この自動車の合目的性はそのことによってさらに裏付けられる。けれども我々は、この合目的性が純粋に技術的で構造上のものであること、それゆえ限られた範囲の合目的性であることを忘れてはならない。すなわち、この大国のどの大人も自動車を所有し、利用しているということが目的に適っているかどうかを問うならば、我々は新しい事態を相手にしていることになる。これは明らかにより一般的な問いであり、この問いを検討するなら、それが技術の範囲を超えていることに気づくであろう。だから技術者の方でもこの問いを立てることは決してなかった。技術者は可能な限り多くの自動車が故障なく走ってさえいれば、そこから直接に利益を受ける。なぜならこのように交通が技術化されることは彼の要求に適っているからだ。それゆえ彼は自動車を技術的に完成させようとし、自動車台数が不断に増大することによって、技術以外の領域でどのような結果を招来することになるかということは考慮に入れない。彼はまさしく誰もが少なくとも一台の自動車を所有すべきであると要求し、我々は皆、この要求がどれだけ歓迎されてきたかを耳にしてきた。

　だがこの要求を承認する者はそのことによって、誰もがもっと多くの金属、石油、ガソリン、石炭、ゴム等々を求め、消尽することを認めることとなる。この消尽は地球規模で見積もるならば、収奪を極端に推し進めるものである。これは労働の機械化がもたらした直接的な消尽であるが、それに加えて機械化された労働の組織化が要求する別の種類の消尽が登場する。それに含まれるのは、工場、鉱山、プランテーションといった、産業用に資源を調達するために必要となるすべての設備手段であり、また作業の機械化を推し進めればただちに必ず拡大する交通組織網にかかわるすべての労働である。モータリゼーションは労働の技術的組織化の特別なケースであると考えることができる。また逆に技術的組織化は機械化の結果であると考えることもできる。両者はやっとこのつかみのように協働して同じ力で働く。

すべての技術的組織化は機械化を拡大し、すべての機械化は合理的組織化を拡大する。技術的組織が増大すれば機械機構が増大しなければならないし、逆の関係も同様に成り立つ。我々が技術的組織全体およびそれに属する機械機構全体を考えてみれば、やっとこの巨大な全体像が見えてくるのであり、いかに巨大な力でこのやっとこが働いているかを目の当たりにするのである。

ここで進行している秩序化の過程が、自己を制御しつつ拡大を果たすという課題以外にも何ごとかを果たし、生みだすと単純に想定するとしたら、それはとんでもない誤りである。そうであるように見えるとしてもそれは錯覚であることが多い。このような想定を擁護する人は、証明をしなければならない。ただし、何らかの機械装置が労働の組織化を促進するという事実、あるいはその逆の事実は結局同じことを言っているだけなので、こうした想定を結論として導き出すことはできない。この結論は技術の合理的な労働工程からも導き出すことはできない。なぜならこの労働工程はまったく別の方向に働き、収奪に加担することになるからだ。

プラトンによれば[72]学問と技術の違いは次の点にある。つまり、技術は技術によって何が利用されるのかということへの洞察を欠いており、利用されるものの本質を知らないために知性を欠いており、それゆえに学問ではない、という点である。技術には個々のものの根拠を示す能力は備わっていない。技術の実情はそのようなものであり、技術は認識に関して言うならば一面しか見ていない。このことは技術が追い求める目的と関連がある。そもそも技術には、人間労働の機械化と組織化によってもたらされる展開を予見することのできる優秀な頭脳が欠けている。そのために必要なのは独立した精神であり、これは専門家には期待できないものである。なぜなら専門家は、どこで働いていようが技術的組織に奉仕している。労働の専門化とはまさに、今日の労働組織全体がよって立つ原則の一つであり、特に目的に適っていて収穫が多いと確言され、しばしば賞賛されている方法なのであるから。専門化というのは、機能にばかり注意を払う思考にも完全に合致している。もっとも、この時計職人のような思考が人間自身になじむことはごく稀であるだろうけれども。それゆえ多くの人々は、獲得された機械装置および組織の合目的性を証明し、それを喜び、この証明に満足している。なぜなら彼らは、あらゆる目的概念が含む諸関係そのものについて考えてみることがないからである。しかしこのように合目的性を立証してみたところでここでは何の役にも立たない。労働の機械化と組織化が可能な限り目的に適ったものとなり、自動化の極限に至るまで目的に適ったものとなったとしても、ここで提起された問題は触れられることすらなく、回避されただけである。我々はむしろ、この合目的性そのものがどこへ向かっていくのか、そして人間はそれによってどのような状態に置かれるのかを吟味しなければならない。しかしこのことは機能的思考という手段によって行うことはできない。機能的思考は常に現象が意志に適うことだけを目指しており、死んだ時間の中で現象の継起を追い、それを分析するばかりであるからだ。合目的性そのものの吟味は、技術に内在する秩序原理が人間にいかなる影響を及ぼすかを叙述し、普遍的な労働計画そのものを批判にかけることによって初めて行うことができる。

二三　〔機械機構と人間組織の相互関係〕

どこであろうと、人間が技術的進歩の領域に足を踏み入れるときはいつも、人間に対して組織化の作用が働く。技術は、需要を満たすだけでなく同時に需要を組織化する。そうすることで技術は人間を自らに従わせるのだ。それはどのようにして起こるのか？　その過程は、有無を言わさぬものであると同時に自明なものでもある。技術の用語《テルミヌス・テクニクス》を使ってその過程を的確に表現するなら、「技術は人間を組み込む《アインシャルテン》」と言うのがよいだろう。技術は、ボタンを押したり小さなレバーをひねったりして照明をつけるのと同じくらい簡単に、人間を回路に組み込むのである。組み込みは広範に及ぶ。機械に携わる労働者だけでなく、技術的組織の中で生活する誰にでもそれは当てはまる。私が、機械設備を使ってガスや水、熱、電気を家に引くとすれば、同時に私は、網状および円環状に広がり、技術中枢に管理されている一つの組織に従うことになる。自宅に電話を付けてもらったりラジオを置いたりすれば、自由に使うことができるものを私が手に入れたというだけでなく、同時に私自身も回線や受信網に繋がれたのであり、中枢によって統御された大きな組織に加入したのである。このような集中管理はすべての技術に特有である。それは少しも階級的ではなく、因果関係と合目的性という、個々の機械すべてに認めることができる普遍妥当の法則性を意味するに過ぎない。技術において「Leitung〔管理・回路〕」とか「Führung〔指導・伝導〕」という言葉が使われるとき、これらの言葉は決して上下関係を表すものではない。それらの言葉は、物理学における物質の概念が、それが維持される限りにおいては物質についての物理的言明しかしないのと同様、単に技術的意味しか持たないのである。

高水準の技術的完成度を有する一軒の家、すべての機械的仕事が自動で行われる住宅機械を思い浮かべてみよう。そうした家の中に見出されるのは、多数の接続部や切替器ばかりではない。我々はまた、家の住人が技術的組織に完全に依存して暮らすさまを、彼らが技術的諸機能に従属し、この機能主義がもたらすあらゆる障害の巻き添えになるさまをも目の当たりにする。しかもそれだけではない。そのような家の住人は、「近代」のあらゆる快適さを装備しているという、心地よい空想のうちに生きているのかもしれない。技術は快適さを特長としており、人間をより快適にする任務がある。そういう幻想に浸っているのだ。ラジオのスイッチをひねるとき、彼が期待しているのは、天上の（すなわち電波による）音楽を聴いて余暇の退屈を紛らわし、砂漠の修道士が昼近くなると特に襲われやすいとカシアヌス[73]が言うところの、気鬱を追い払うことである。そうした音楽にはこと欠かないであろうが、彼のラジオからは、まったく違った、より粗暴な声も響いてくるかもしれない。起きて、労働に向かい、好きでもない行為をなすよう命ずる声である。それがどんな行為なのかは、読者の想像にお任せするとしよう。

技術の組織化の力は、技術が進歩するにつれ、増大する。なぜなら労働の機械化と人間の組織化は分かちがたく結びついているからであり、極めて密接に関係しているからである。技術製品を製造する自動工程が滞りなく動くことができるのは、労働者もまた組織化され、同じ自動工程に従わされているときだけであり、その自動工程においては、労働者のすべての動作は同じ形で繰り返される。確かに労働者は、彼が使っている機械のようなロボットではないが、この機械に縛られており、機械は、硬い人工補装具のように彼の動きを制限する。労働者は、冷静に、時間通り、正確に、機械のように確実に働くことが求められ、文句を言わず、自らの労働を死んだ時間のコントロールに任せるよう、求められる。労働者を労働へと強制し、同時に、労働者の仕事を管理さえする賢い装置がある。シカゴの畜殺場に初めて導入されたベルトコンベアや、あらゆる種類の制御器具ばかりがそうした装置なのではない。自動車の運転手が酒を飲んだかどうかを突き止めるため血を抜き取る医師は、労働組織を監視し、技術的自動工程に仕えるいわば役人である。彼は、交通整理をする巡査や交通事故の判決を下す裁判官と同様、この技術的自動工程の滞りない進行を監督しているのだ。労働組織の内部で行われる適正・適応力検査は、自らものを考える能力を検査しているのではなく、機械的な働きかけに対して機械的な反応をする能力を検査している。このような技術的手続きは、今やそこら中に広まっている。だが、そうした手続きは、それがどこに現れるにせよ、順に進行するあの力学的連関の列を、鎖のように繋がって依存関係を生み出すあの一連の決定性を導入する。この様な手続きを数え上げることがこの本の課題であってはならない。そうした手続きを認識するやり方を表現するだけで充分だ。右の説明で用いた方法が何らかの有効性を持つとしたら、その方法はものを考える読者に、自ら発見する手段をも与えるに違いない。

けれどもここで、技術的進歩と密接に結びついた、もう一つの現象を指摘しておきたい。それは、統計学的思考が次第に影響力を増しているということ、統計学が、在庫把握の精度を漸次高めることによって、技術的組織化に材料を提供しているということである。量、指数、代表、置換、算入、普遍化といった概念が主役となる統計学的作業法は、技術が因果のメカニズムを拡大するのと同じ程度にその正確さを高めていく。在庫状況がごく細部まで、再三再四落ち着きなく検算されること、統計学的調査が重要視されているということが、そのことをはっきりと示している。ビスマルクは統計学に対しなお不信感を抱いていたが、それは、この学問が依拠している力学的決定性に対して、政治家が抱く不信であった。それは、数量を使って仕事をする統計学者がもたらした、量的な結果に対する不信であった。この不信の念は不当なものではなかった。というのは、統計学は昔から合理的ないかさまに通じるものを持っていたからである。それゆえに、統計の結果は慎重に扱い、「誰が利益を得るのか」という問いを決して忘れないようにすべきなのである。調査しているのは誰なのか、統計の答えは誰の利益に適うのか、という問いである。

あらゆるところで認められることだが、機械化されることによって、労働の組織化が必須となる。限りのない力への志向をうちに持つ技術的思考は、ここでは支配者然として、容赦なく振舞う。技術的思考は、組織化に対する不動の信仰に満たされており、あらゆるところで組織化を推し進め、あらゆるところにこれを広め、どこであれ、組織が、組織化されていない生命に遭遇すると、その生命を呑み込んでしまう。技術的進歩には、官僚主義の加速度的膨張が付いて回る。なぜなら、組織の拡大は事務的業務の増大を必然的に伴い、書記の数が不可避的に増大していくからである。

二四〔機能主義と自動化〕

精密《エクサクト》科学者とは、一つの観点から見た場合のみ、つまり、彼が持つ因果の考え方の中においてのみ正《エク》確《サクト》なのである。そしてこの限りにおいてのみ、彼を精密だと見なすことに意味がある。なぜなら、それ以外のいかなる種類の正確さも科学者には許されないからである。科学者の主な仕事は記述と測定、それも数を用いて記述、測定することである。だからカントも次のように言う。「どのような自然学《ナトゥアレーレ》であれ、そこに数学が見出される限りにおいてのみ、そこに本来の科学《ヴィッセンシャフト》を認めることができる。〔74〕」しかしこのことが意味するのは、数字がここで持つ役割を勘案するならば、まさしく次のようなことなのである。科学のあらゆる活動は、物を真似ることであり、科学の使命は寸分違わぬ模倣にあって、科学が神や自然の技をかすめ取るには模倣によるしかないということである。たとえば実験は、正確な模倣を可能にするための条件を作り出さなければならない。要するに、科学者が直観を持っているとすれば、それは模倣しながら発見する直観であり、また、技術の領域においてなら、そこは法則の適用と活用、物を構築する領域であるから、模倣しながら発明する直観である。機械とは、模倣的な発明品である。自然界において機械的に見える物が最も模倣されやすく、そこにまず因果的な思考が実を結ぶ世界が開けているというのも、頷けることである。世界を大きな一つの機械と捉える考え方があって初めて、力学的な力の動きを模倣した個々の機械の製作が成功する。また、この段階で経験を積み、力を手にして初めて、得られた知見をほかの領域に適用し、さらには、生物学者がそうするように、生命界を力学に隷属させることが可能となるのだ。

そうするためには、もはや古典物理学で扱われるような因果性のカテゴリーでは充分でない。古典物理学における原因と作用は、まだ自立的、自己完結的なものを有していて、いわば個性を持っているように見える。しかしこうした個性は、因果法則が機能の学へと変容を遂げるにつれて消滅する。すなわちどの労働工程にも適用可能で、どの労働工程でも必ず見てとれるような広範な機能主義へと因果法則が変容するにつれて、⑨消滅してゆくのである。すべての事物が機能となった場所では、またすべてを機能に帰することも可能となる。確かにここでも、機能とはそもそも何なのかとか、どのようにして機能するに至るのかとか、またこのように限りなく原因を問うていった結果〔regressus in infinitum〕何が出てくるのかは依然として闇の中であるが、このような考え方に連動して何が起こるかは自ずと判ってくる。労働の世界で機能主義が果たす役割ならびに、労働者が機能主義のせいで被る変容ということについては既に示唆しておいた〔一六章〕。労働者と彼の労働とのあいだの機能的関係は、この労働を労働者から、彼の人格から切り離すと指摘しておいたのである。ベルトコンベアのような発明には、機能的思考の正体が極めてはっきりと露見している。ベルトコンベアの上ではすべての労働機能が、死んだ時間

⑨ 機能主義的に考えるとは、因果判定の内容を機能の関係に限定したり、科学者が、物理的因果関係を数学的機能〔関数〕概念によって置き換えるということである。だが、数学的機能〔関数〕が随意に倒置可能であるのに対し、因果関係においては時間が継起的あるいは共時的に現れるのだ。

に沿って順々に配列されていて、労働者たちは細かく寸断された労働工程を機能させる存在〔Funktionäre〕として、ベルトコンベアに沿って配置される。その結果どうなるであろうか？　労働者はここではその顔を失い、人格として識別されえず、ある機能の担い手として認識されうるのみとなる。彼の姿は何となく消えたような感じで、実際のところ、技術の進歩という立場から見るならば、彼の姿が完全に消えてくれて、ベルトコンベアが自動的に何ら手を下されることなく、あたかも動輪ベルトやチェーン、エスカレーター、機関銃の補弾帯であるかのように動いてくれたほうがよいであろう。顔がまったく失われているということほど機能的思考を特徴づけているものはない。機能的思考は観相学から離れられるだけ離れたところにあり、顔と姿が失われた世界の象徴、関係が独り歩きしようとする世界の象徴である。なぜなら機能とは死んだ時間の中で生じる諸々の労働工程のあいだの関係にほかならないのだから。それゆえに科学者や技術者の機能的思考には、自動化を最も強く押し進め拡張させる力が宿っているのである。

あらゆる衝突や圧迫、因果の連鎖全体が機能と捉えられるとは一体どういうことなのだろうか。そしてこの、個々の運動過程同士の関係以上のことは何ら説明できない概念の目指すものは何なのだろう。この概念のうちには、有無を言わさず奪い去る力が潜んでいて、その冷酷さを明確に思い描いている人はほとんどいない。機能という概念は、技術の進歩を導き、それに認識の理論を従わせようとする合理的思考の所産として最も冷酷なものの一つである。機能主義はすべて道具主義《インストゥルメンタリスムス》、つまり人間に適用された道具思考《ヴェルクツォイクデンケン》である。なぜなら、機能的に考えるとは、人間を様々な機能からなるシステムに従わせ、人間自体を機能のシステムにしようということにほかならないから。このような考え方は技術の進歩にとっては実に好都合であって、むしろ両者は完全に同じものだとさえ言えるのだ。というのも、もし技術が大衆の組織化と労働の機械化を目指し、完全な自動化を追求するのであれば、機能的思考と技術はこの目的において一致しており、両者は同じ道を辿っているということになるからだ。人間がはめ込まれている技術的組織が完璧なものであればあるほど、その組織は、単に諸機能が働きあいながら推移しているに過ぎないものになる。労働の機械化が自動性を追求すればするほど、機能の果たす役割もはっきりとしてくる。というのも、自動機械《アウトマート》はまさに自動的に機能する機械だから。つまり、この考え方の行き着く先は常に、意志なく機能するということにならざるをえないのである。そこでは神学者が予定説について考えることも、哲学者が決定論について考えることもなく、機械の拡大に従事する技術者が、その巨大な装置の完成について考えを巡らせている。彼が技術者である限り、意志論が彼の心を捉えることはなく、ただメカニズムのみが彼の関心事たりうるのだ。

今はまだそうではないが、仮にこうした機械が地球全体に広まるくらい発展した状況を想像し、強力で巨大な装置の労働工程に人類が取り込まれ、機械的に働かされ、細胞の一つ一つに至るまで徹底的に組織化され、様々な機能のベルトコンベアに適応すべく調教されているさまを思い浮かべるなら、このような進展を予期する幾ばくかの人たちが抱く恐怖に共感することができるかもしれない。しかし、バベルの塔建設を思い起こさせるこのようなイメージは現実化しそうにない。また、我々がいずれは昆虫界の組織に類似した状態に陥るとか、我々の努力の果てにあるのがアリやシロアリの巨大な王国だなどというのも現実味がない。だが、技術を観察すれば見る者の目に否応なくこうした類似性が浮かんでくること、技術のうちにはたとえば盲目的な労働本能のように、こうした類似性を正当化するように見えるいくつもの特徴があるということは明らかである。この種の集合体は、それを追求することはできるが実現させることはできない。それ自身のうちに破壊の芽を孕んでおり、あとで我々が示唆するような理由から、完成前に崩壊せざるをえないのであり、しかも、自らの重みによって崩壊するのだ。技術が推し進める実際的な略奪に対応するものが技術者自身の思考の中にもある。もし思考が機能的になるとすれば、それは既に重度に進行した破壊の結果であり、工業地帯の風景に見てとれるような荒廃の結果である。それは、もはやどのような直観にも対応しない思考であり、元来の、生きた言葉に属する形象の豊かさから運動の力学へと転落した思考である。因果的思考から生まれたこの機能主義の手段と目的の正体は何であろうか？　それは力への意志、自然法則を屈服させて奉仕させようとする意志である。機能主義が、より合理的となった原則に従い、新しい労働方法を用いて、古く乏しくなった資源を容赦なく略奪し尽くすための手段でなくて何であろう。機能主義がより貪欲な浪費以外何をするというのだろう？　そして、それと引き替えに機能主義はどのような成果を挙げ、何をもたらしてくれるのだろうか？　何ももたらしはしない。このような消費を拡大させる新しい原則のほかには。このような思考は長時間持ち堪えることはできず、極限まで進行したあと、不用なものとなって衰退せざるをえないのである。

二五　〔技術的組織と他の諸組織、技術と法〕

しかしながら我々は、この技術的組織を他の組織から区別できるようにならねばならない。技術的組織の特徴は、因果的な決定論と演繹法の独占的支配であり、技術的組織は人間をこの過酷なメカニズムに服従させるのである。そんなわけでこの組織の合理性もまた機械的である。それによってこの組織は他種の諸組織、特に国家から区別される。国家は、組織の最たるものと見ることができる。つまり国家とは、他のすべての組織を規定し秩序づける法的地位であり、すべての部分に各々の任務を割り当てる全体である。このような国家に対する技術的組織の関係は、今日技術の目標が不明瞭でぼんやりとしているだけに、いっそう把握しがたいものとなっている。技術者の権力志向は、国家をも自らに従属させ、国家組織を技術的組織に代えることを目指す。この点に疑いの余地はまったくない。テクノクラシーのパイオニアたちと擁護者たちがこれを躍起になって実現しようとしていることも明らかである。

技術的組織がこれを実現するために用いている手段を研究するには、他の諸組織に対するこの組織の振舞いを観察すればよい。我々は、技術的組織がすべての経済的合理性を自身の合理性に従わせるようになっていくさまを見た。それと同じやり方で技術的組織は法的組織を扱う。法の本質と目的は技術的組織によって変えられる。技術者は必然的に自然法の擁護者であり、歴史学派とは対立する。技術的思考は自然法的な諸観念とのみ融和するからである。ここでも技術者は法の規範に換えて技術的規範を据え、法的規範における特殊法学的な性質を攻撃し、技術を規範とする観点から、「作られるべき法」〔Lex ferenda〕、つまり法の発展も、「実定法」〔Lex lata〕、すなわち現在行われている法も変形することによって、自然法的な法を技術的に規定しようと試みるのだ。Opinio necessitatis すなわち法的確信、民衆の生活から生まれた、法の効力を破棄したり制限したりする慣習法の力、法の生きた力は、技術者によって機械的に破壊される。彼は「立法者の決定によるだけでなく、やめようという全員の暗黙の了解によっても法が廃止される」〔ut leges non solum suffragio legislatoris, sed etiam tacito consensu omnium per desuitudinem abrogentur. L. 32 §1D. de. leg.（1, 3）（Julian）〕ことを理解しない。なぜなら、この暗黙のうちの全員の了解〔Consensus omnium〕は彼のあずかり知らぬところだからである。しかし国家権力による命令によって通用している形式的な制定法もまた、彼の意に沿うものではない。彼はいたるところで法律の素材を前面に出し、制定法の代わりに技術的な指示を定める。これと関連しているのが、法の素材の際限ない膨張であり、法律や指示のいかにも機械的だという印象を与える製造であるが、それら法律や指示の特徴と言えば、技術的規範としての性格である。技術者はまさに法学に独特な、概念を形成する力と戦うのであるが、この力は論理的な処置によって、止めどなく膨れ上がる素材を制御している。この「概念法学」を攻撃するのがとりわけ技術者なのである。この攻撃はそれが、形式的な制定法と法的確信とのあいだに徹底的対立を構築しようとする努力によって支持されている限り、いっそう効果的となる[75]。この努力は、すべての法律とともに法一般を解体し、これらをダイナミックな民衆の意志に従わせることを目指しており、民衆の意志と形式的な制定法とのあいだには決して緩むことのない矛盾があることを主張しているのである。こうして我々は、いわゆる一般条項、信義規定、裁量と衡平の検討が破壊的な行為を展開し始め、形式的な制定法を空虚なものにし吸収してしまうさまを見ることにもなる。

一人一人の権利、つまり個々人の権利は、ここでは技術的に組織された個々人の権利となる。たとえば財産〔Eigentum＝所有権〕とは、法学者によれば個人がある事物に対して持つ独占的な法的支配と規定されるが、これが技術的組織の手に落ちると、この規定にそぐわずこの規定を免れる。そのとき財産はもはや独立したものではなく、またもっぱら所有者の支配下にあるものでもない。それは技術的に組織された財産となり、外部から、すなわち所有者の権利によっては規定されない領域からの指示により、組織が自由にできるものとなる。法律とは技術者にとって、技術的規程に役立つものである。技術者が法的組織、すなわち立法、司法および行政の中に侵入すると、そこで彼は法律をさまざまな技術的規程や命令によって置き替えるか、あるいは解釈によって自分の目的に適ったものにする。⑩ 技術者が厳格法〔Ius strictum〕の敵対者として、また、衡平法〔Ius aequum〕[76]の擁護者として振舞う場合、それは法律家以上に法的案件の衡平さを重要視しているからではない。衡平法が法の組織に侵入するドアとして有

---

⑩ 立法権、行政権および司法権のためにそれぞれ独自の所轄機関を要求し、法律を行政と司法にとって拘束的なものとするモンテスキューの三権分立の理論（『法の精神』一七四八年）は、十九世紀の憲法文書の中で承認された。一八七七年一月二七日に制定されたドイツ帝国裁判所構成法はその第一条でこれを認め、次のように述べている。「司法権は、法律のみに従う独立した裁判を通じて執行される。」このような諸々の規定は、他の無数の規定同様、規定だけが残りその意味は失われている。こうした規定の意味はモンテスキューの場合、国家権力の担い手である絶対君主とその専断裁判権を制限しようとした点にある。しかしこれは、我々が生きている時代とは異なる時代のことであり、現在ではまったく別のことが問題となる。

効だからである。いたるところで技術者は法の厳格な形式主義と戦う。彼は、「私人の合意によって変更することのできない」〔privatorum pactis mutari non potest〕「強行法」〔Ius cogens〕と戦い、任意法〔Ius dispositivum〕を歓迎する。というのも技術的規程は任意であると同時に因果性に基づくからである。技術者は介入することによって個人と事物に関する法のすべてを変え、変形しようとする。国家が法学者を通じてやんわりと控え目に、厳しい条項による制限を設けながら定めた公用徴収法《エントアイグヌングスレヒト》は、技術者からの圧迫を受けて規模を広げていくのだが、その広がり方は、技術的組織と個人とのあいだで衝突が起こる度に、それが公的徴収《エントアイグヌング》の先例を作るという具合である。技術者が財産に対して行う戦いは、社会的アジテーターが行うような理論的戦いではない。技術者は実際、財産を変形するのである。技術者は財産を自分の全能の組織にゆだね、この組織は合理的に配慮しながら財産を自由に管理する。とりわけ技術者は不動産法を攻撃する。不動産法に対して彼は、動的悟性があらゆる不動のものに対していだくのと同じ嫌悪感を持っているのである。他の諸領域への介入と同様、法的領域へのこのような介入についても、一般的に次のように言えるだろう。これらの介入を通じて技術的進歩は、憩っているもの、持続性と安定性を持つもの、技術的進歩に対して自らを閉ざし、そこから自分を閉め出しているものすべてを攻撃するのだと。技術的進歩は、蓄えの提供を渋るあらゆるものを攻撃する。それが人間の蓄えであれ事物の蓄えであれ、とにかく技術的進歩は食い尽くそうとするのだ。そして技術的進歩にとって目の上の瘤となるのは、この寝かせてある蓄えだけではない。我々が大切に守らねばならぬ財産、法的遺言書作成者のように細心の注意を払って子や孫たちに遺していかねばならない財産からなるこの蓄えだけではないのだ。技術的進歩は非技術的組織が行う独自の運動をも敵視し、自分が展開するメカニズムに無理にも服属させようとするのだ。

二六〔科学と技術〕

科学と技術の関係は技術の進歩とともに変化する。科学は技術の使用人となる。この権力移動の表れの一つは、科学者が今や産業の研究所や実験施設の職員として雇われ、そこで彼の知識が技術に用立てられていることである。科学の諸分野は今や技術の補助分野となり、それらは自ら進んで技術に服属していればいるだけ、いっそう首尾よく運んでいることになる。重要なのはもはや自然過程の合法則性を認識することではなく、とりわけこの認識の応用および実用化、つまりこの認識を搾取することであるため、「純粋」科学は後退する。発見と発明は今日、この搾取に仕えている。したがって、発明家が間断なく知性の証を示し、彼らの仕事を加速し、もっと速いテンポで発明するよう駆り立てられるとすれば、それは搾取の成果を増やさなければならず、それも搾取行程の合理化によって増やさなければならないために起こる。

生物学は今日、順調に進展している学問分野である。その理由は、生物学が自らを技術進歩と完全に同一視していることにある。技術進歩がなかったならば、生物学的方法は無意味だろうし、また生物学的方法によって得られた成果はいかなる価値も有用性も持たないであろう。このことの証は、錠剤薬を製造するコンツェルンによるものであれ、他の技術的組織によるものであれ、まさしく〔生物学が〕技術および産業に直接利用することができるということである。

酵素、ホルモン、ビタミンの発見が単に科学の進歩であるだけではなく、技術の進歩でもあることは実際誰の目にも明らかである。これらの物質がもたらす作用について人々が持つイメージは、機械的かつ機能的なものであるし、[11]これらの物質を人々が応用する仕方もまた機械的かつ機能的である。現に、技術者が製造するあらゆる薬品のように、こうした物質が機械的作用を引き起こす技術的合成物質の形で人体に投与されることがあるし、またビタミンの豊富な食物を摂るよう宣伝されることもある。これはまさに、決定論的に思考する技術的専門家の方法であるが、今や我々の時代の方法となっている。この手順の欠陥を理解することは難しいことではないが、この手順から離れることは非常に難しい。確かに、たとえば一つのリンゴの中には今まで化学者も生物学者も見逃してきたいくつもの成分があると想定することには何の問題もない。同様に確かなことは、これらすべての成分は、仮にそれらすべてを分析によって手に入れたとしても、私にとってそれは、リンゴの代わりにはならないということである。リンゴは、それを組成する部分要素の集合よりも高い原理を体現しており、人が取り出してきた、また取り出すことができるであろう、あらゆる部分要素のように死せる合成物質ではまったくない。そうではなくそれは、発生し、成長し、熟し、そしていい香りを放つ生命の形態なのである。リンゴの作用物質ではなく、リンゴそのものを食べると言うのであれば正しい。また、リンゴが作用物質を含んでいるからではなく、それがリンゴであるからという理由で食べると言うのも正しい。この違いは根本的である。というのは、前者の場合においては病人のように振る舞っているのであり、後者においては健康な人として振る舞っているからである。私が可能な限りいつも技術者から離れているなら、栄養に関して

⑪　これらの「作用物質」の特徴は以下の通りである。高度に特殊化された酵素は直接の触媒となり、試験管の中で再現しうる。それとは異なり、植物性の成長ホルモンはより単純な組成を持ち、生きている植物においてのみ観察されうる。これらに対し、脂溶性および水溶性ビタミンは、動物生命の作用物質である。一方、同一の化学物質が異なる生物学的対象において、場合に応じてビタミンとして、ホルモン、生体因子、または補酵素として現れうる。生物学的効果は作用物質の化学的組成と結びついており、この現象は「特異反応」と呼ばれる（リヒャルト・クーン[77]、「生体自然における作用物質」、『自然科学』第二五号、一二五頁以下数頁）。

ケーグル（ユトレヒト大学）は作用物質を端的に「細胞という国家の幹部」として特徴づけている。彼が述べているように、「タンパク質分子の特異反応の原因は、第一義的には分子全体においてではなく、その範囲が作用物質分子に比べてもそれほど大きくはない領域に求められるべきであろう」（ウィーン大学における講演、一九三七年五月二四日）。細胞分子学者エミール・フィッシャーの「鍵と鍵穴理論」〔Schlüsseltheorie〕が想定する酵素の鍵の基本分子においては、ビタミンがいわば「引っ掛かりの歯」を形成する。その「歯」は基本分子の上に、活動的な原子集団を付加する。酵素はビタミンに因果的に依存している。ビタミンがなければ酵素は活性化されず、栄養素は適切に加工されず、代謝疾患などの現象が生じる。これらの理論においてはまたしても、技術的進歩を表すあらゆる術語が見出される。「個別機能」〔Einzelleistung〕「特殊化」〔Spezialisierung〕「基礎代謝」〔Betriebsstoffwechsel〕などの概念である。人体はここでは、あらゆる種類の作業機能が機械的に同じ形で反復される、高度に特殊化された工場として把握される。

マックス・ハルトマン（「生物学的認識の本質と方法」、ドイツ自然科学者・医学者協会第九四回ドレスデン大会における講演、一九三六年九月）は、実に適切にも次のように述べている。「〈機能〉という語によって既に、分析された諸部分の因果機能的性格が表れている。」彼によれば、「あらゆる形態学的概念形成は生理学的・因果的問題設定となって」終わる。彼は、生物学的認識の進歩、それどころか人間の認識一般の進歩は、一般化する帰納および精密な帰納という方法によってのみ保証されうること、人間の認識能力にはそもそも他の方法は存在しないことを、明確に説明している。「だがいずれの方法も論理的には、因果性または法則性のカテゴリー、つまり現象の機能連関を形成し、条件づける最も広い意味でのカテゴリーに基づいている。」

このような言い回しは数学者にも物理学者にも考えられないものである。ここでは、理論物理学の側から因果律に対する攻撃が生じるに至ったことを思い出すのがよいだろう。

私は賢明である。しかしリンゴが欠けている場合には、健全な理性でさえも役に立たない。そしてこのようにリンゴが欠けていることは、それこそ技術的組織の中で暮らしている大衆にとってますます栄養摂取が困難になってきていることの徴にほかならない。生物学的栄養理論および栄養実践が、まさしく栄養が非常に困難になっているところで生じること、つまり技術が最も進歩している大都市において生じることは、疑う余地もない。生物学的栄養理論および栄養実践の特異な徴候は、目の前の障害を取り除くために、新鮮で良好、かつ滋養の高い食料の調達を要求するのではなく――なぜならそれはこうした力のおよぶ範囲外にあることだから――、労働組織の傷病者たちに代替物質を補給するよう要求する点にある。

今日、良心的で人間的な医師は困難な状況におかれている。治療するという課題を医師が放棄したなら、彼はもはや医師ではなくなる。だが、組織に雇われた医師にとって、この課題はどんなに問題含みのものだろうか。組織の利害はしばしば病人の利害とは対立するものである。「治療」という概念について、一体どのようなイメージが技術的組織の内部で必然的に広まっていくことになるのであろうか。技術的組織にとっては、健康という概念そのものが労働の組織化の要請に従って決定されるのである。そしてこの技術的組織は、ますます本気になってあらゆる医療行為を自らのうちに組み込んでいき、病人も医師も従えて治療法までもコントロールする。医学理論は、非専門家に由来するものでない限り、この行程を助長し、この行程に向かって進む。

今日、病因論に関する知見は思わしい状況にない。ウィルヒョー[78]、コッホ[79]、エールリヒ[80]といった重要な医学者、すなわち細胞病理学者、細菌学者たちが、病因論の知見をむしろ不明瞭にしていることは、疑いえないことだ。ある時代に固有の病気は生理学的にのみ説明しうるわけではない。専門家ですら、病気を精神的に分類することによって治療するという能力を失っている。我々は今日、もはや大規模に拡がって身体を蝕む伝染病の時代に生きているのではなく、癌、糖尿病、ノイローゼの時代に生きている。これらの病においては、身体の部分領域が物質的に自立し、周囲に増殖して蔓延し、身体全体の形を破壊する。だから、あらゆる国に存在する癌研究所が、治療よりもむしろ拡大に貢献しているのではないかと問うのはもっともなことである。なぜなら、そこで見出される思考法は、癌において研究される生理学的現象に対応しているからである。このことに異議を唱えるのであれば、この思考法が癌を人為的に、たとえばコールタールから分離された芳香族炭化水素によって生み出していることを思い出すのがよいだろう。

二七　〔技術的組織と貨幣・通貨制度〕

現今の貨幣・通貨制度に話を移すならば、深刻な混乱が広がっている領域に足を踏み入れることになる。というのも、貨幣および硬貨の価値が絶えず下落している時代が現今であることは、疑いの余地がないからである。貴金属が貨幣の流通から姿を消しつつあること、金が絶えず危険地帯から、金融上より安全な地域に流出していることを見れば、それは分かる。通貨は、インフレやデフレの動きによって、またデノミや流通停止措置によってすべての国々で被害を被っており、複雑化した外貨立法によって意図的に保護されねばならない。貴金属や外貨の保有、所有者やその依頼人による資産の持ち出し、自国通貨の国内への輸入は、厳格に管理されている。しまいに我々は、外貨問題の困難さゆえに、国がやむなく一種の原始的物々交換に戻り、それが特殊な経済的・通貨技術的結果を生むさまを目の当たりにする。

これらすべての謎めいた現象、しばしば矛盾に満ちてさえいるように見える現象は、進歩をつづける技術が通貨の安定に何の関心も持ちえないこと、むしろ通貨の安定を揺るがそうとする意図から貨幣制度の組織に介入することを理解するなら、分かりやすいものとなる。住民がすべての階層にわたって貯蓄を奪われプロレタリア化してしまうこれらの出来事が、一握りのずるい投機家によってひき起こされていると考えるのは幼稚である。また、今日「財界トップ」の名で一括される実業家たちの力を買い被ってみたところで、こうした現象は説明できない。

貨幣流通の前提となっている虚構は実に不自然なもので、本書には、そうした虚構について詳しく論ずる余地はない。貨幣理論には満足できるものがないが、しかし、本書のテーマに関しては、以下のように言うことができるだろう。すなわち、技術が貨幣制度を眺める際の見方は、技術的な見方なのだ。技術は貨幣制度を流通の観点から眺める。というのも、流通こそが貨幣の最も重要な技術的使命だからである。それゆえ技術の進歩と、貨幣の流通速度の増加は連動しているのであり、貨幣は今や速度をあげて働き始める。財宝や蓄財が、言葉の意味からして安定した、不変の、非流通性のものであるのに対し（これらの属性は技術者の側に怒りや反感を呼び起こすため、彼らは財宝や蓄財を不毛で、死んだ、役に立たぬものと見なす）[12]、通貨の中にあって流通する貴金属は、貨幣流通における安定的要素をなしている。これは、次のことを考えただけで分かるだろう。すなわち、紙幣は金《きん》に交換可能であるが、国によるこの交換義務がなくなると金《きん》準備を支えにすることとなり、ついに金の備蓄も消えてしまうと、国はあらゆ

(12) この数行を執筆している最中、フィリピンについて書かれた一つの文章が私の手に入ったのだが、そこには、太平洋に浮かぶあれやこれやの国々について次のように書かれていた。「これらの国々や所領地のほとんどは、地球上の大変恵まれた地域に属している。そこにはほとんど想像を絶するほど豊富な資源があり、うまくそれを活用することさえできれば、近代人に楽園を約束してくれる。」楽園を眺めたときにこの文章の筆者がまず連想するのは、「活用する」、すなわち搾取することなのだ。この種の工作人〔Homo faber〕は、搾取された楽園というものがもはや楽園ではないということに気づかないのである。

る手段を用いて金《きん》あるいは金《きん》に交換できる外貨を調達しようと努めるのだ。純粋な紙幣通貨の流通速度は速いが、それが速くなればなるほど貨幣はその技術的機能を果たすことになる。貨幣の技術的機能とは、何にもまして流通だからである。それゆえ現代では、資産は銀行に預けることが推奨され、命じられる。銀行に預けたお金はすべて、流通という機能を最も合目的的に果たしているからである。

　貨幣は、劣悪であればあるほど高い速度で流通する。金《きん》が存在するなら貨幣は金《きん》に向かって流れる。金《きん》が存在しなければ商品に向かって流れる。悪貨は自ずと逃げ去っていくと言ってもよかろう。まさにそれによって貨幣は見事にその技術的使命を果たす。つまり、永久運動《ペルペトウウム・モビレ》の性格を身に着けることによって。貨幣がすさまじい勢いで流通し、交換されるため、それを見た少なからぬ者は、素朴にも、よいお金が実際以上に存在するような、それどころかみんなが富裕になったような錯覚を抱く。

　通貨の下落は地域的現象でもなければ一時的現象でもない。それは技術が進歩していく際の特定の段階で引き起こされる。それも、技術が技術的組織を賄うために必要なお金が、きちんとした遣り繰りをつづけられる額を越えてしまったとき、下落する。これについては、機械と財産〔81〕の関係を論究する際に述べることになるだろう。

二八　〔技術的組織と教育〕

もう一つ新しい例を挙げて、技術と、これとはまったく異なる領域との関係、ここでは大学や学校の組織との関係を見ていこう。ここでは技術者が、その介入の度合いに応じて、教育施設や制度を技術者にとって都合の良いものへと変貌させてゆく。つまり、彼は技術的知識を増幅させてゆくのである。技術者から見ると、技術的知識が唯一時代に適合し有益なものなのだ。この基準に照らすならば、たとえばドイツにおける実科学校の導入などはまさしく、〔産業革命発祥の地である〕マンチェスター期の技術が、人文主義的な学校で教えられる、より精神的な知識に勝利したことになる。この種の改革が持つ意味を軽視してはいけない。このような改革によって、古代や中世に通用していた全人的教養《エンキュクリオス・パイデイア》〔encyclios disciplina〕が直接攻撃されているのである。ただ、その結果とは、たとえば授業において文法の役割が制限されるとか、天文学や音楽が授業での比重を失い、討論術や修辞学にいたってはまったく消滅して、いわゆる自由七学科の中で算数と幾何学だけが生き残っているというような事にあるのではなさそうだ。技術的知識がどんどん普及してゆくわけだが、この技術的知識とは経験的で因果的なものであるから、それが普及するということはつまり、知識の素材が知識の形式に勝利するということなのである。古典語を扱うことは今や後方に押しやられており、それと共に、完結した有機的諸教養をそれぞれの関連性《ツザメンハング》のうちに認識する可能性も同様の目に遭う。学習者たちの論理性、つまり知識の形式を制覇する能力は弱められる。知識の素材、つまり知識の材料は経験的であり、その概念に従えば、この概念を記述する因果の列と同様に果てしないものである。見渡せない程になった知識を誇る、つまり、自分は知識の海をきちんと装備を身に着けて渡っているのだと誇る人に出逢うことがよくある。しかし、この海は暗い海でもあり、知識は、それが見渡せなくなればなっただけ、形を失っていく。すべてのものがどれも同じくらい知る価値があるという考え方と引き替えに、知識は知識たる地位を失う。したがって、このような知識は最後には自身を滅亡させると考えてもよかろう。知識の中身一つ一つからなる膨大な量の塊が、まるで砂嵐のように我々の力の中でも最良のものを生き埋めにしてしまい、それによって、知識が知識自身を滅亡させる。我々がこの知識に辟易し、まるで自分たちの肩に掛かる自重でもあるかのように感じるということもありえることだ。

知識の素材が重視されるような場での授業が行き着く先は、概要概略の形で生徒たちに伝えられる入門手引きのような知識である。この種の知識および知識の伝達は、それが真の教育《パイデウエイン》とは相容れなくなるという性質を内包している。なぜならこうした知識や知識の伝達が陥っている粗野な経験主義は、単に知識の素材が機械的に蓄積されることのみを促しているからであり、また、こうした知識は何ら土台となるものを築かず、知識の素材を従わせるような、形式を作る原理をその内に持っていないからである。知は力なりと称するあの疑わしい格言は、今は昔ほどあてはまらない。というのも、この知識はおよそ精神の力とは呼べないもので、精神という点では徹底的に無力化されているからである。さらに、技術の進歩に伴ってこの種の知識が学校から大学へと浸透すればするほど、大学は没落してゆく、つま

人文書院
刊行案内

2025.7

紅緋色

映画が恋したフロイト

岡田温司著

精神分析と映画の屈折した運命

精神分析とほぼ同時に産声をあげた映画は、精神分析の影響を常に受けていた。ドッペルゲンガー、パラノイア、シェルショック……。映画のなかに登場する精神分析的なモチーフやテーマに注目し、それらが分かち合ってきたパラレルな運命に照準をあわせその多彩な局面を考察する。

購入はこちら

四六判上製246頁　定価2860円

ネオリベラル・フェミニズムの誕生

キャサリン・ロッテンバーグ著
河野真太郎訳

女性たちの選択肢と隘路

すべてが女性の肩にのしかかる「自己責任化」を促す、新自由主義的なフェミニズムの出現とは？果たしてそれはフェミニズムと呼べるのか？アメリカ・フェミニズムのいまを映し出す待望の邦訳。

購入はこちら

四六判並製270頁　定価3080円

人文書院ホームページで直接ご注文が可能です。スマートフォンで各QRコードを読み込んでください。注文方法は右記QRコードでご確認ください。決済可能方法：クレジットカード／PayPay／楽天ペイ／代金引換

〒612-8447 京都市伏見区竹田西内畑町9　TEL 075-603-1344
http://www.jimbunshoin.co.jp/　【X】@jimbunshoin（価格は10％税込）

新刊

人文学のための計量分析入門
―歴史を数量化する

クレール・ルメルシエ／クレール・ザルク著
長野壮一 訳

数量的研究の威力と限界

数量的なアプローチは、テキストの精読に依拠する伝統的な研究方法にいかなる価値を付加することができるのか。歴史的資料を扱う全ての人に向けた恰好の書。

Now Printing

購入はこちら

四六判並製276頁　定価3300円

普通の組織
―ホロコーストの社会学

シュテファン・キュール著　田野大輔訳

「悪の凡庸さ」を超えて

ナチ体制下で普通の人びとがユダヤ人の大量虐殺に進んで参加したのはなぜか。殺戮部隊を駆り立てた様々な要因――イデオロギー、強制力、仲間意識、物欲、残虐性――の働きを組織社会学の視点から解明した、ホロコースト研究の金字塔。

購入はこちら

四六判上製440頁　定価6600円

公共内芸術
―民主主義の基盤としてのアート

ランバート・ザイダーヴァアート著
篠木涼 訳

国家は芸術になぜお金を出すべきなのか

国家による芸術への助成について理論的な正当化を試みるとともに、芸術が民主主義と市民社会に対して果たす重要な貢献を丹念に論じる。壮大で精密な考察に基づく提起の書。

購入はこちら

四六判並製476頁　定価5940円

新刊

英雄の旅
――ジョーゼフ・キャンベルの世界

ジョーゼフ・キャンベル著
斎藤伸治／斎藤珠代訳

偉大なる思想の集大成

神話という時を超えたつながりによって、人類共通の心理的根源に迫ったキャンベル。ジョージ・ルーカスをはじめ数多の映画製作者・作家・作品に計り知れない影響を与えた大いなる旅路の終着点。

購入はこちら

四六判上製396頁　定価4950円

共産党の戦後八〇年
――「大衆的前衛党」の矛盾を問う

富田武著

党史はどう書き換えられたのか？

スターリニズム研究の第一人者である著者が、日本共産党の「公式党史はどう書き換えられたのか」を検討し詳細に分析。革命観と組織観の変遷や綱領論争から、戦後共産党の理論と運動の軌跡を辿る。

購入はこちら

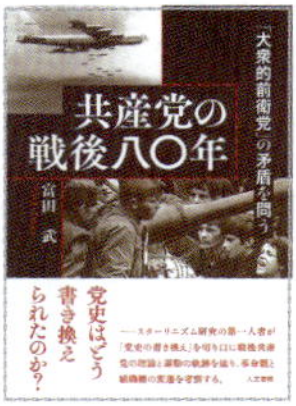

四六判上製300頁　定価4950円

性理論のための三論文
（一九〇五年版）

フロイト著　光末紀子訳　石﨑美侑解題
松本卓也解説

初版に基づく日本語訳

本書は20世紀のセクシュアリティをめぐる議論に決定的な影響を与えたが、その後の度重なる加筆により、当初性器を中心に欲動が統合され、当初のラディカルさは影をひそめる。本翻訳はその初版に基づく、はじめての試みである。

購入はこちら

四六判上製300頁　定価3850円

人文書院
刊行案内

2025,2

白群色

批評の歩き方

※背景に生成AIを使用したイメージ写真です

ここは砂漠か新天地か。
noteの人気連載「批評の座標」、ついに書籍化。各論考を加筆修正し、クエストマップ、座談会、ブックリストを増補。さまざまな知の旅路を収録した「批評ガイド」の決定版。新たな冒険者をもとめて！

赤井浩太／松田樹 編
¥2750

【寄稿者一覧】（掲載順）
赤井浩太（編者）／小峰ひずみ／松田樹（編者）／韻踏み夫／森脇透青／住本麻子／七草繭子／後藤護／武久真士／平坂純一／渡辺健一郎／前田龍之祐／安井海洋／角野桃花／古木獠／石橋直樹／岡田基生／松本航佑／つやちゃん／鈴木亘／長濱よし野

【対象の批評家一覧】
小林秀雄／吉本隆明／柄谷行人／絓秀実／東浩紀／斎藤美奈子／澁澤龍彦／種村季弘／保田與重郎／西部邁／福田恆存／山野浩一／宮川淳／木村敏／山口昌男／柳田國男／西田幾多郎／三木清／江藤淳／鹿島茂／蓮實重彦／竹村和子……

詳しい内容や目次等の情報は以下のQRコードからどうぞ！

■小社に直接ご注文下さる場合は、小社ホームページのカート機能にて直接注文が可能です。カート機能を使用した注文の仕方は**右のQRコード**から。
■表示は税込み価格です。

〒612-8447 京都市伏見区竹田西内畑町9
TEL075-603-1344／FAX075-603-1814
編集部X（Twitter）:@jimbunsh
営業部X（Twitter）:@jimbunsho
mail:jmsb@jimbunshoin.c

新刊一覧

ブロッホ、グラムシ、ライヒ

敗北後の思想

植村邦彦 著

社会の問題と格闘した、20世紀のマルクス主義の思想家ブロッホ、グラムシ、ライヒを振り返りつつ、エリボンやグレーバーを手がかりとして新しい時代を考える。

¥2640

戦争はいつでも同じ

スラヴェンカ・ドラクリッチ著
栃井裕美訳

知識人の戦争協力、戦後の裁判、性暴力―普通の人びとの日常はどのように侵食され、隣人を憎むにいたるのか。鋭く戦争の核心に迫ったエッセイ。

¥3080

優生保護法のグローバル史

豊田真穂 編

基本的人権を永久に保障すると謳うGHQの占領下で、この法律はなぜ成立したか？　その背景を、世界的な優生政策・人口政策・純血政策の潮流のなかに探る。

¥3960

増補新装版

思想としてのミュージアム

村田麻里子 著

日本における新しいミュゼオロジーの展開を告げた旧版から十年、植民地主義の批判にさらされる現代のミュージアムについて、欧州と日本の事例を繙きながら論じる新章を追加。

¥4180

茨木山間部の信仰と遺物を追って

関西の隠れキリシタン発見

マルタン・ノゲラ・ラモス／平岡隆二編

宣教師たちの活動や「山のキリシタン」の子孫たちの生活とはどのようなものであったのか？　九州だけではない関西茨木キリシタンの全体像を明らかにする。

¥2860

美学入門

ベンス・ナナイ著
武田宙也訳

従来の美的判断ではなく、人間の「注意」と「経験」に着目し、異文化における美的経験の理解も視野に入れた、平易かつ大胆、斬新な、美学へのいざない。

¥2860

ヴァレリーとのひと夏

レジス・ドゥブレ著
恒川邦夫訳

かつてヨーロッパの知性を代表する詩人・思想家として崇められたポール・ヴァレリー。メディオロジーの提唱者である思想家ドゥブレが、IT時代の現代に生き生きと蘇らせる！

¥3080

スキゾ分析の再生

フェリックス・ガタリの哲学

山森裕毅 著

最も謎めく「スキゾ分析」の解明を主眼にしつつ、独自の概念や言葉が意味するものを体系づけ、開かれたものにしてゆく。今後の研究の基礎づけに挑んだ意欲作。

¥4950

新刊一覧

移民都市

レス・バック／シャムサー・シンハ 著
有元健／挽地康彦／栢木清吾 訳

排外主義が渦巻くこの時代、ロンドンの移民青年たち30人と継続的に対話を重ね、その苦悩や格闘の軌跡をつぶさに辿る。

¥5280

果てしない余生
ある北魏宮女とその時代

羅新 著
田中一輝 訳

南北朝の戦争によって北方に拉致され、宮女となった慈慶。その激動の生涯と北魏の政治史を、正史と墓誌を縦横に駆使し、鮮やかに描く斬新な一冊。

¥5500

神道・天皇・大嘗祭

斎藤英喜 著

神々と天皇、国家と宗教が絡み合う異形の姿。大嘗祭の起源から現代までと、それを巡る論争と思想を描き出し、空前のスケールで歴史の深みへと導く渾身の大作。

¥7150

病原菌と人間の近代史
日本における結核管理

塩野麻子 著

結核の全人口的な感染が予期された近代日本社会において、感染後の身体はいかに統御されるのか。「結核の潜在性」をめぐる、新たな視座を提示する。

¥7150

21世紀の自然哲学へ

近藤和敬／檜垣立哉 編

地球が沸騰するいま、哲学は何を思考し、どう変わりえるのか。多様な理論を手掛かりにした気鋭たちによる熱気みなぎる挑戦。

¥5500

一九六八年と宗教
全共闘以後の「革命」のゆくえ

栗田英彦 編

「一九六八年の革命」と「宗教的なもの」は、いかに関係を取り結んだか。既存の枠組みでは捉えきれない六八年の運動の秘められた可能性を問う画期的共同研究。

¥5500

クライストと公共圏の時代
世論・革命・デモクラシー

西尾宇広 著

フランス革命とナポレオン戦争の衝撃に劇震する世紀転換期に、クライストが描くデモクラシーの両義性と知られざる革命的文脈を掘り起こす。

¥7480

史録 スターリングラード
歴史家が聞き取ったソ連将兵の証言

ヨッヘン・ヘルベック 著
半谷史郎／小野寺拓也 訳

独ソ戦最中に聞き取られ、公文書館にながらく封印されていた貴重な速記録、待望の邦訳！ ソ連側の視点から見た独ソ戦。

¥8250

今回のイチオシ本

アーレントと黒人問題

黒人問題はアーレント思想の急所である

ユダヤ人としてナチ政権下で命の危機に晒された経験を持つアーレントが、アメリカでの黒人問題については差別的な発言・記述を繰り返したのは何故だったのか。アーレント思想に潜む「人種問題」を剔抉する。

2刷

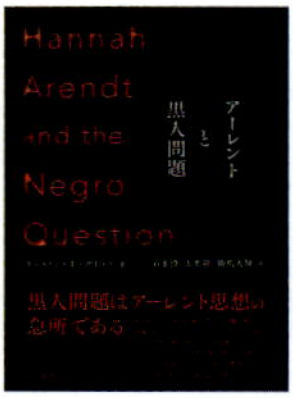

キャスリン・T・ガインズ 著
百木漠／大形綾／橋爪大輝 訳
¥4950

重版

言葉

作家はいかにして自らを創造したか？

自らの誕生の半世紀も前からの家系から筆を起こし、幼年時代をつぶさに語りながら、20世紀を代表する、この作家・哲学者が語ろうとしたものは何か。きわめて困難な「言葉」との闘いの跡を示す、「文学的」自伝の傑作を新訳・詳細注・解説で送る。気鋭のサルトリアンに

ジャン・ポール・サルトル 著
澤田直 訳
¥3300

メディア論集成

『電子メディア論』増補決定版

メディアによって身体と社会はいかに変容するのか。その問いを、機械的技術のみならず、文字や声にまでさかのぼり原理的に思考した、大澤社会学の根幹をなす代表作。関連文書を大幅増補した決定版。

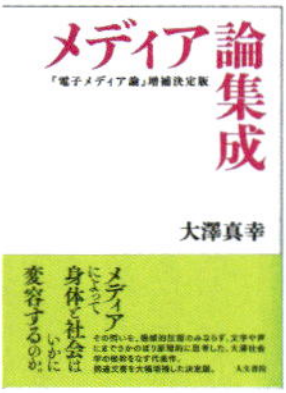

大澤真幸 著
¥4180

韓国ドラマの想像力

社会学と文化研究からのアプローチ

韓国ドラマには何が託されているのか、社会のリアルと新たなつながりの想像。2010年代以降にヒットした韓国ドラマを、経済格差、教育、国家権力、軍事、フェミニズムなど、多様な視点から社会学的に読み解く。ドラマ案内、韓国研究入門としても最適な一冊。

平田由紀江／森類臣／山中千恵 著
¥2420

り大学は技術専門学校化し、技術の進歩に奉仕するようになるのだ。技術の進歩は、大学を様々な研究所で豊かにしておいて、普遍的なもの《ウニベルシタス》を、専門・特化した作業実験室の寄せ集めへと変質させようと画策せずにはおかないものであるが、その技術の進歩に大学が奉仕するようになるのである。

ここで指摘しておかねばならないのは、全人的教養〔encyclios disciplina〕という、完結して閉じた知識教養の輪と、様々な知識の百科事典〔Enzyklopädie〕という考え方、つまり事典のように分類された知識、あるいは語彙的・アルファベット順に整理配列された知識という考え方とは正反対のものだということである。このような諸知識の百科事典という考え方は十八世紀のものである。ここでの知識は技術的知識の前身であり、ディドロやダランベール[82]、そしてラ・メトリ[83]の知識である。ラ・メトリ[84]は哲学的思考を空虚で内容のないものと見なし、その著書『魂の博物学』や『人間機械論』において、すべてを脳と身体とのあいだにおける因果的反応の相互関係で説明しようとする経験主義を固持した。彼と同時代の英国人ヒューム[85]の思想はもっと厳格で緻密ではあるものの、彼が説いた観念連合の理論は、彼が取り入れた、あらゆる連想の原理（類似、時間と空間における近接、そして因果関係）が明らかにしているように、結果としてラ・メトリと同じものである（『人間知性についての哲学的試論』および『人間知性研究』）。ヒュームによれば、知覚は、それを支える実体を必要としない、なぜなら、実体とはすべて、単純な観念と〔複合観念である〕思考との合成だからというのである。連想による思考という理論は結果として常に連想を実質として自立させることになる。しかしながら、連想するというのは、それだけではまだ考えるということにはならない。時として特別な連想能力が認められる頭脳があり、このような能力は自立的に考えることの代わりになっているとさえ思えることがある。ヒュームはジョイス[86]の『ユリシーズ』の精神的父親と見なしてよかろう。この本は、連想を自立させ、どのような精神的図式をもラディカルに打ち壊す。あとに残るのは観念連合の巨大なゴミの山だけである。

二九 〔技術と栄養摂取〕

どの方向に目をやってもどの領域を観察しようとも、技術的進歩がその領域に技術的進歩の特徴を与えようとしていることが分かるであろう。この進歩の並外れた組織力を示す最後の例として食品業界を観察するなら、技術的進歩がここにも影響を及ぼしていることが明らかになる。技術的進歩が、医学の領域ですべての治療薬を技術的に生産された製剤に変え、人間の体と病気の治療についての機械的な理論を打ち立てることを目指しているように、食品の領域で技術的進歩が追求する目標は、人間の栄養摂取に役立つ動物的、植物的、鉱物的な産物を技術製品に変えるという点にある。そしてそれがうまくいかないときには、形を整えたり、包装したり、ラベルを貼ることによって、これらの産物が技術製品のように同じ規格に従ったメーカー品であるという外観を与えようとする。食品が同一規格のメーカー品になる、つまり技術製品になる度合いに応じて食品もまた今や技術的組織へと取り込まれる。食品は食品に内在する質を失ってしまう。質は実体的なものから偶有的なものとなり、したがって表現力のある言葉で保証され、食品に備わっていると宣伝されなければならない。技術時代に宣伝とプロパガンダがとてつもない発達をとげるにあたっては、その前提となるものがあるが、それについてはっきりとしたイメージを持っていた人はほんの少数しかいない。

今年〔一九三九年〕マーガリンの発明七十周年記念が祝われたことが思い起こされねばならない。というのも一八六九年、ナポレオン三世が化学者メージュ・ムリエにバターの代用品の製作を依頼したからである。この代用品は自然のバターよりも安くなければならなかった。この時代以来、技術的進歩は無数の代用物質や、合成化合物、人工品を食品の中に持ち込み、合法的あるいは非合法的な方法で、大々的に食品偽造を行ってきた。技術的進歩は単に、人工的な肥料[13]や家畜飼料という技術的な方法を通じて栄養摂取に役立つ産物を変化させているだけではない。この進歩によって缶詰製造業が組織化され冷凍方法が発達するだけでもない。「科学的」とか「生物学的」な栄養摂取という名の下に登場し、その妥当性を要求する栄養理論もまた一般に広まるのである。とはいえ生物学は、既にその術語や研究方法が教えているように、技術的進歩の付属物であり、技術的進歩の一分野となっているのであり、他の分野と同様機械的に作用する因果律と目的論的思考に役だつことを特徴としている。適当な栄養を取る本能を失ってしまった人間は、さらにまた自分に与えられた代用品を見分けることすらもしないために、昔ケルスス[87]が述べた、分かりやすい「健康はすべて健康から〔Sanis omnia sana〕」を尊重する可能性すらも失った。こうして人間は、いずれにしても「科学的」あるいは「生物学的」栄養摂取に取り込まれざるをえない。間違いのない教師である食欲でさえも本物を教えることはできない。あらゆる合理主義者の中でも正真正銘の合理主義者である技術者は、ここではさらに別の目的を追っている。彼は、食品を技術製品に変えることに成功したところでは食品を規格標準化し、したがって食品を機械部品と同じ方法のもとに置くのである。彼は食料規格品を作り上げる。その際彼は、彼が作成したすべての栄養素の表とカロリーの学説が証明しているように、人間が生きつづけることを可能にする最小量を算出しようと、いたるところで努力している。よく考えてみるならば、技術的進歩は食料制限と同じであること、したがって技術が完成に近づけば近づくほど、食料難がより鮮明に現れてくることが理解されよう。機械を眺めたときに我々を捉えるあの形而上学的《メタフユージシユ》な飢餓の感情は、肉体的《フユージシユ》な飢餓に対応しているのである。つまり、食料は次第に欠乏してゆく。

⑬ リービッヒの有名な書『化学の農業および生理学への応用』は一八四〇年に出版された。この書はその後わずか数年のうちにほとんどすべての言語に翻訳された。この書が展開しているのは、耕地に、収穫の際に奪われた栄養素となるミネラルを再び投入せよという要求である。

三〇〔技術的人間組織による国家の機械的改変〕

少なからぬ厳格主義者があまりに多く与えられていると見なしている個人の自由の領域を、技術の進歩は限定することしかしないと考えるなら、それは間違いである。そのような図式化は単純過ぎるし、早計過ぎるだろう。それでは、ここで生じている出来事に忠実とは言えまい。技術は解くと同時に結合する。それは合理的に理解できないすべての規定から思考を解放するが、しかし同時に思考を、合目的的であり機械的であるものすべてに結びつける。明らかに技術は集団主義的に考える。しかしこの集団主義的な思考は、すべての矛盾する規定から解放され純化されて余すところなく集団の中に溶け込んだ個人を前提としている。個人が技術的な組織に無条件に帰服さえすれば、技術はそのような個人に対してどのような反感も抱かない。技術が個々人に対して無関心なのは、郵便配達人が郵便受取人の宗教的、政治的、倫理的な特性に無関心であり、また無関心でなければならないのと同様である。なぜなら、もし彼がそうでないとすれば、郵便事業の技術はあっという間に廃れてしまうだろうからである。とはいえその反面、技術は、技術的組織を逃れる個人的自由の領域に介入するだけではないし、それゆえまた法の領域において技術的組織から独立した個人の諸権利に反対するだけでもない。それだけではなくて結社の権利、つまり組織された共同体が自分に反抗する権利にも反対するのである。技術は公法、国家の法、さらには国家そのものに対しても反対を貫くことを躊躇することはない。というのもまさにここにおいて、技術が増殖し、国家の生命と法に介入する様子が見られるからである。この増殖の前方へと突き進む力は強制的であるため、必然的でどうしようもないという印象を与え、ある段階においては、我々は国家組織と技術的組織のどちらに向かい合っているのか確認することが困難になる。国家はここでは諸刃の剣の状態にある。国家は自分の存在を確保し存在を維持するという理由から、技術がいっそう進歩するように促し、技術に国家による保護を与えなければならない。国家がそうすることによって、技術は国家の統治行為に侵入し、軍隊組織や官僚組織の形を変える。この技術化は国家権力を増大させるように見えるし、実際増大させる。しかもここで生まれるすべての不都合が些細なものにしか見えないほどにまで増大させるのだ。しかしこの途方もない権力の増大が、思慮深い人間に明らかにしているのは、ここで成し遂げられた成果にはそれと同規模の見返りが求められるということである。実際、その通りなのだ。というのも、技術化のすべての行為を通じて技術はその因果律に従ったメカニズムを国家の中に押し込むからである。技術の増大はすべて機械的な決定の増加を意味し、機械的決定性は国家の本質を根本から変え、国家の中に機械というものすべてが目指しているオートマティズムを広める。しかしそれは同時に、加速され増大する機械的な運動と一つに結びついている硬直の増加も意味するのである。人間は単にこの組織に依存するようになるだけではなく、同時にそれによって動かされ、動員される。人間は管理され、統制され、利用され、食い物にされ、広範囲に及ぶメカニズムの強制に従わされる。国家がこの強制に屈服するところでは常に、技術が国家に対して勝利を収め、技術が国家的組織に代わって技術的組織を据える。

技術的な思考にそなわった驚くべき成功は何に基づくのだろうか。とりわけそれは、技術的思考が序列を一切持たないことによる。というのも技術的思考は、普遍的に妥当し質をもたない機械的な法則性の認識に尽き、そこで終わってしまうからである。技術的な製品も質をもたない。なぜなら製品にあるとされるすべての質は偶然的であり、この製品を規定する特徴とはなっていないからである。技術的な銘柄品の特徴はその質の高さではなく、どの製品も機械的に同じ形態だということである。

三一　〔科学的悟性の収奪的特徴〕

悟性が自らを絶対視し、悟性による規定以外、いかなる規定をも許さないような知能は、「くもりのない」知能、と呼ぶことができよう。というのは、悟性によらない諸規定は今や理解不能とされ、悟性によって排除されるからである。知識は、悟性に即して自己検証する。悟性によって分解し説明することのできない一切のものを自らの中から取り除くこと、その努力を方法に即して進めることにより、知識は科学となる。なぜなら、自然についての人間の知識は、自然をもっぱら人間悟性にのみ関連づけることによって「純粋」となり、また「精密」となるからである。この作業の中で科学は大きくなる。というのは、科学的方法は世界を変貌させる力を持ち、自然を操作する鍵を人間にもたらすからである。しかしまた、同じこの作業によって、科学は没落に向かう。というのは、悟性は区別する能力を有するがゆえに、科学は真っ直ぐ解体への道を歩むからである。科学は否応なく諸分野へと分岐する。そして知識がどんどん枝分かれしていき、ごく些細なことに拘泥することによって、科学が掲げる普遍支配の要求は破壊される。初めのころ、すなわち直観が悟性を統べていたころの偉大な構想に代り、今や、機械的でせわしない勤勉が、実験室が、現象を待ち伏せするあの味気ない操作性が前面に出る。大がかりな装置や機具を有する科学者は、今や、自然を圧迫し、苦しめ、暴力的手法によってその法則性を露わにしようと奮闘する。

カントが「純粋数学と純粋自然科学」と呼んだのは、アプリオリな総合的認識に基づく科学であり、「一部は、理性のみから異論の余地なく確実に承認され、一部は、経験に由来する一般的同意により、とはいえ経験に左右されることなく普遍的に承認された[88]」諸命題に基づく科学である。経験を必要としない科学のこのアプリオリな純粋さについては、ここでは度外視しよう。科学は経験的純粋さをも有しているからである。科学はまた、もっぱら悟性を通じて自然とかかわりを持つ限りにおいて、「純粋」と呼ぶことができる。しかし科学は、もっぱら認識にのみ奉仕し、自己目的として認識を行っているという理由では、「純粋」とは言えない。この意味での純粋科学は存在せず、またありえない。認識への努力だけを分離し、他の如何なるものとも関係なくそれのみで存立するようにすることはできない。それが、因果性のカテゴリーと合目的性の内で思考する悟性であれば、なおさらである。この種の悟性は、純粋な認識の領域に留まろうとせず、これを越えていく。世界を変えようと欲し、それを実行する。それゆえ科学は、決して自然の法則性の認識だけでは満足せず、この法則性をそのままにしておくことはない。もとよりすべての科学的認識が目指すのは、法則性を模倣し応用可能なものとし、それを利用し搾取することである。そしてこうしたことが行われる度合いに応じて、科学は技術に移行する。科学的研究の成果に基づく独自技術の成立は、もっぱら認識を得る努力だけに終始する「純粋」科学が存在しないことの証しである。

科学が「実証的」であるのは、それが明確に叙述可能なもの、限定されうるものを指向する限りにおいてである。科学的実証主義にはまた視覚的前提条件もあり、この条件の一つが、人工的即物的な見方で世界を覗き込み、保護区を作り上げる目である。この保護区は、互いから画然と分かれることで独自の生を展開しようとする。「実証的」であるのはまた、悟性に合致する経験によって根拠づけ、証明されうるもののみであって、理性の道を歩むうちに「閃いた」ものではない。というのも後者は、もっぱら悟性的区別のみに基づいた実証的知識の領域にはまだ入っていないのだから。証明は、それが充分なものであるためには、反復可能でなければならない。なぜなら、反復できないものは証明もできないからである。それゆえ実験には、それが反復可能であることが必要である。ところで、経験こそが区別に気づかせてくれるものである。経験の概念には二様の意味がある。すなわちこの概念はまず、突き止められるべきものを指し、さらには、突き止められたものが反復可能で常に再現可能なことを意味している。経験可能性についての問いは、まず、一体何が経験の対象となりうるか、そもそもどんな風に経験がなされるか、を検証する。すなわちこの問いは、経験の器官について、その根拠について問う。さらにまた経験の概念は、反復の概念を含んでいる。というのは、ひとたび得られた経験は、程度の差こそあれ出来上がった材料として、再現したり、他に伝えたりすることができるものであるから。あらゆる経験が科学にとって有用というわけではない。たとえば思い出もまた経験ではあるが、悟性のみによってもたらされた経験ではない。だが科学にとって重要なのは悟性のみがもたらした経験であって、科学はそうした経験を用いてしか働くことができない。科学にとって経験とは、出来上がった材料であり、繰り返し再現されるのに充分なだけ硬直した、反復可能なものなのである。

悟性が「切れる」、「鋭利だ」、「尖鋭だ」と形容されるのは、当を得ている。なぜならこうした言葉によって、悟性が弁別能力であることが表現されるからである。悟性は区分し、切り離す。そして悟性がこの仕事をうまくやればやるほど、道具の性質もまたはっきりする。悟性がよく切れ、鋭利になるのは、区別する精度が増すためであるし、悟性が尖鋭と言えるのは、区別が明瞭になるポイントを正確に射るからである。また、現象のあいまいな多様性を分解し、包摂することができるという意味で、悟性は透徹したものとなる。悟性が科学的探究への適合性を獲得するのは、方法に則ることによってである。すべて方法的なものは、その概念からして抽象悟性であり、方法論とは、悟性に即したものの法則的連関についての知識なのである。方法に即して働く悟性は、型《シエーマ》を手に入れ、包摂能力を有することによって、機会に応じて試されるだけの実践的悟性から、理論的悟性へと進化する。たとえば商業や金融業に必要とされる実践的悟性は、方法については不充分なイメージしか持ち合わせない。この悟性はまた、折に触れ試されるだけなので、概観と精神性も欠いている。方法に即して働く理論的悟性は、知性《インテレクト》と呼んで構わない。理論的悟性は、弁別能力を高尚な能力と看做し、それゆえまた精神性も示す。理論的悟性は区別のシステムを我がものとしている。

自らの能力に固執し、自らの研究法から逸脱することなく、方法に即して判断する悟性は、冷ややかである。この悟性は、論証から論証へ途切れることなく筋道を立てて進む。悟性の能力はおしなべて弁別に、つまり概念によって切り離し、細分し、分解できるものを区別することに基づいているから、悟性とは結局、寒々しいものである。悟性は、切り離しえないもの、分かちがたいものを扱う術を持たず、それを試みたとしても失敗する。悟性的理解からしてひと纏まりと言えるものを悟性が把握するのは、それが前もって区分されていた場合のみである。悟性は結びつけられたものしか分けることができず、分けられたものしか結びつけることができない。これが、悟性の活動を言い表す最も端的な表現である。しかし、そもそも悟性が活動するためには、悟性がそれに即して自らの能力を検証できるようなものが前提とされる。悟性は、それ自体のためにそこにあるわけではなく、自らに即して自らを検証するわけではない。このことは、論理学や認識論の場合のように、悟性が規則に還元され、自らの限界を正確に知っている場合でも、やはりそうである。悟性は、それに基づいて自らを表現し、証明できるような基体を必要とする。なぜなら、そうした基体がなければ悟性は、捉えどころのない虚空にいるが如く、無力となってしまうであろうから。この基体が、精密科学にとっては、自然なのである。それゆえこうした科学は端的に自然科学とも呼ばれる。方法によって補強された悟性がここで耕しているのは自然という畑であり、悟性の仕事は、自らを自然のうちに運び込むこと、自然を理解可能なものにすることである。理解可能性は、自然の中にもともとあるわけではなく、自然の中に運び込まれねばならない。自然のうちで法則的にものごとが行われる限り、すなわち、自然のうちで何かが繰り返される限り、自然は、反復され悟性に即した観察と経験の対象となりうる。反復しないものは科学の対象となりえない。自然科学とは、反復する自然経過の認識である。なぜなら、それを越え出るものは自然科学の相手ではなく、自然科学の領分の外にあるものなのだから。それゆえ、科学的探究の行程によって突き止められるのは、自然のメカニズムであり、自然の中で機械的に回帰するものなのである。科学的探究は、自然法則が持続的で確固とした、頑なで不変なものとして把握されるところでのみ、進行しうる。悟性は、自然の法則性が不変の同形性を持って繰り返されるところでのみ、妨げられることなく法則性の認識を進める。それゆえ、矛盾が現われたとき、矛盾や不規則性によって妨げられ、引きとめられたとき、悟性は不安に襲われる。

強調しておかねばならないが、科学的仕事のあらゆる進歩は、自然がいわば物静かな態度をとり、何の飛躍もしないことによって保証される。このことから推論されるのは何か？　さしあたり、悟性《フエアシユタント》のすべての進歩は、まさに悟性のうちでしか起こらないということ、自身の理解《フエアシユテンドニス》に達しない自然は、進歩にまるで与るところがないということである。とはいえ、動くことのない基体の助けによって成就される無限運動、永続的進歩という考えには、矛盾が含まれる。だがこの矛盾は、次のことを考えれば氷解する。すなわち、悟性の働きには攻撃的なところがあり、能動性を有するのに対して、自然、つまり、科学が対象とするところの、生成したものとしての所産的自然〔natura naturata〕は、受動的だということである。自然に関する悟性の仕事はすべて悟性のうちでのみ行われ、自らの理解可能性に達していない、物分りの悪い自然のうちで行われるのではないとはいえ、それでもやはり、悟性が全力を傾け耕す畑は、自然なのである。すなわち自然は――見ての通り――黙した態度を取ってはいるが、悟性の巻き添えとなってしまいかねず、実際、巻き添えとなっている。というのは、自然に割り当てられた定め、つまり、永遠に変わらぬ基体として悟性と科学の進歩を可能ならしめるという定めは、我々が次のような問いに思い至るとき、分かりやすいものとなる。すなわち、基体としての自然は、悟性と科学の進歩により、ある種のやり方で改変されるのではないか、という問いである。すなわち我々は次のように問うてみなければならない。悟性によって絶対的に規定可能なものとしての、悟性の規定に従わねばならぬものとしての自然は、自然を規定する悟性によって、暴力的攻撃を受け、略奪されているのではないか、と。我々は、悟性が自然のうちにどんな自らの目的を設定しているかを問わねばならない。そして我々は、悟性が自然のうちに持ち込んでいるものを検証するだけでなく、そもそも悟性とは、自然のうちから何かを持ち出すための道具ではないか、ということも探らねばならない。悟性はそれ自体のために存在するのではない。悟性とは自己目的ではなく、他の目的を追求するものであるから、我々は、悟性を密偵として送り込もうとする具体的な思慮のあり方に注意しなければならない。この密偵は、偵察や調査、ひょっとすると略奪と破壊をも目指しているのだ。これらの問いに対する答えはしかし、技術のもとで探ることにしよう。

三二 〔科学的真理の概念〕

自然科学が所有し、追い求めている正確さ《エクサクトハイト》は、それがどれほど究められたものであっても、認識過程と認識対象の機械的精確さ《ゲナオイヒカイト》にのみかかわるものである。このことを無視してはならない。知識すなわち反復される経験の確実性《ジッヒャーハイト》を超える確かさ《ジッヒャーハイト》を、この精確さが我々に与えることはないのである。この意味での精確さは正しさ《リヒティヒカイト》でもあるが、真理《ヴァールハイト》ではない。なぜなら機械的に反復可能なものだけが確定されるところで、真理について語ることは無意味だからだ。真理とは反復可能性と同一のものではなく、むしろ端的に反復不可能なものである。したがって真理の場所はいかなる力学によっても規定することはできない。それゆえ「科学的真理」という言葉はまったく曖昧である。この言葉は実験に基づいており、機械的に正確なものが証明可能、検証可能、反復可能となったところで用いられる。しかし証明可能性、検証可能性、反復可能性は真理の特徴ではない。科学者がこの正確さを真理そのもの、より高度な真理と同義であると説明したとすれば、それは彼の用語法そのものが正確ではないことの証拠である。二二が四という、小学校一年の生徒が暗唱する命題を真理であると呼ぶことに、一体どんな意味があるというのだろうか。真なるものは学習して得られるものではないのだから、多くのことを知り、学習したとしても、人はそれだけ真《まこと》に近づけるわけではない。正確な思考によってもそうなれるわけではない。数学的判断はそれが事柄を正確な仕方で表示しているから真なる判断となるわけではないし、自明なことだが、それが何百万回と反復可能であるからそうなるわけでもない。数学的判断において論をまたずに確かなものは、あくまでも精確《ゲナオ》なものや正しい《リヒテイヒ》ものといった範疇のことであり、その真理としての内容はあらゆる計算問題の解答と同様、無に等しい。科学的真理が「より高度な」真理だというわけではないし、もしそうだと主張されるならば、力学的に正確《エクサクト》なものを真理とすり替えているだけなのである。科学的真理という言葉は記述的概念に過ぎないのだから、むしろ使用しない方がいいくらいである。

自然科学に特有の正確さの追求は、ここではそれ自体を目的として考案された装置の助けによってではなく、別の仕方で、あらゆる科学と科学性とを超えた立場から規定されなければならない。そのような立場の必要性と、その立場を採る権限を誰しも認めるであろう。それを認めないとすれば、そのとき科学は教会のように神聖視され、その周囲に教義の防壁を築いたり、あるいはそれを、あらゆる調査や検証を無にする神聖化された方法で取り囲んだりすることになるだろう。我々はそこで、一度実施した人なら誰も無視することのできない観察から出発する。すなわちここで問題となるのは、機械的に精密な過程をめぐる知識が増大するというまさにそのことが、人間が独特の仕方で限度と土台とを欠いた状態となり、脅かされ、危険にさらされ、人間に固有の確かさ《ジッヒヤーハイト》が攻撃されているということと関連を持つのではないか、ということである。この確かさはもちろん、方法の確実性《ジッヒヤーハイト》、すなわち最終的には計測可能性に基づいている確実性とは異なるものだ。というのは、この確かさは人間自身の立ち位置にかかわるものであり、人間の自由について教えてくれるものであるからだ。知識のいかなる方法論も人間に確かさを与えることはできないし、どんなに究められ、体系的となった精密性であっても同様である。我々の精密科学の進め方はパルメニデス的ではない。それはパルメニデス[89]における知への努力とはまったく反対のものであり、分析的で、帰納的で、孤立させる。それゆえ今や因果性と、因果性に由来する機能主義が幅をきかせるようになり、同一性というものはすべて知ることができなくなる。それゆえ機械的なものが、そしてそれと同時に、粗野な楽観主義と文明の傲慢が前面に出てきて、この文明の傲慢が技術時代の成り行きを特徴づけることになる。しまいには人間は、無思慮な権力追求の中で打ち倒され、降伏させられ、新たに考えなおすことを余儀なくされるに至る。

ニールス・ボーア[90]は次のように述べている。「我々が通常の語法に従って機械を死んだものであると表現するとすれば、それが意味するところは、機械の機能の、我々の目的を満たすために充分な記述は、古典力学の概念構成を手段として与えられうる、ということに他ならない。」実際、機能をそのような概念構成によって充分に記述することができる場合には、何か死せるものを見出していることであろう。もし仮に、古典力学の概念構成を手段として一人の人間の機能を充分に記述することができたとすれば、そのときその人間は死んでいるということになるであろう。すべての機能が継続されているにもかかわらず、すなわち一定の運動を遂行しつづけることができると想定しうるにもかかわらず、その人は死んでいることになるのである。奇妙に聞こえるがその通りなのである。というのは、ここでは死という言葉が独特の意味を持つからである。運動をしていても、機械は死んでいる。機械は、生きていると思われるような動きをするからこそ、我々はそれが「死んでいる」と表現するのである。それは人間や動物の死骸が「死んでいる」と言うのと同じことである。正確に言えば、機械は「動く」のではなく、「動かされる」。この違いは根本的である。すべての機能は何かが動かされる際の運動の過程である。受動的運動、可動性が、あらゆる機能には備わっていなければならない。自ら動くもの、力学的に説明可能な強制に従うことなく、自身の運動を自ら指揮する能力を持つもの――それは植物にすら可能なことである――においては、その運動を機能の経過・継起によって記述したとしても不充分である。生命が生きと生きとつながりをもつことが確認される場合には、可動性の観察では充分ではない。というのは、機能というものはすべて、受動的な運動、つまり何かに依存している運動においてのみ探求することができるからだ。機能によって記述されるのは因果関係だけであり、さまざまな同一性を記述することはできない。決定性を記述することができるだけであり、先行して存在するもの、共存するもの、同時に・共に存在するもの、呼応するもの、および因果的でないすべての関係を記述することはできない。それゆえ、人間、動物、植物に関してどれほどさまざまな機能が見出されるからといって、そうした機能を記述するだけでは人間、動物、植物に関して何も語ったことにはならない。というのは、この機能とは「動く」のではなく「動かされる」もの、すなわち機械的依存性、死せるものを特徴づけているからだ。

機械のことを死んでいると言うことができるのと同じ意味において、人間のことを死んでいると言うことができる。ここでの死という言葉はもちろん暗喩である。それというのもこれは、生きていたことのない、生きているものへのあらゆる対極性を欠いた「死せるもの」を記述しているからだ。生きている、死んでいるという言葉が対極をなすものであるならば、片方は常に他方とともに考えられており、一方が自立して他方が消滅するということはないのである。機械は生きたことがないにもかかわらず、死んでいる。機械が死んでいるのは、その運動が徹底した機能性に従っているからである。同様に、生きている人間においても死せるものがあり、それは生命を持ったことがなく、それゆえ死ぬということがなく、ただ崩壊し、消滅し、風化するだけのものである。人間には「死んだ」箇所、「死んだ」部位、

「死んだ」部分があり、その人間には生命のただ中にあっても死んだ箇所がはっきりと認められる。その若さは新鮮さを欠き、その老齢は人工的であって成熟を欠いている。観相学者の目はそのような点を見逃さない。機械的な動きがあるのと同様に、機械的な顔というものもある。この意味において人間は、機械において読み取ることができるように、表情、運動において単なる機能主義が認識される程度に応じて「死んでいる」。そのような人の顔において観察される仮面的なものが示すのはまさしく、ここでは生命が模倣されているに過ぎないこと、運動が、手もとに存在しない生命力の模倣となっているということである。俳優の顔にはそうしたものを読み取ることができるが、俳優の顔だけではない。というのは、生きている人々の中には多くの仮面をかぶった死人が徘徊しているからだ。見せかけの生命を持ち、機械的な代物《しろもの》として特徴づけることができる幽霊的存在にはこと欠かない。機能性が力を獲得する度合いに応じて、幽霊的存在の影響力は増す。そのような人々は、年をとらず、死ぬこともないのではないか、という印象を目ざとい人に与える。その一方で、ただちに気づかれることであるが、人間の生命力は両極性の表現であり、両極的であればあるだけいっそう、生命力は生き生きとしたものとなるのである。

三三〔技術の消費力と惑星規模の組織化、恒常的革命の時代、工場の稼働事故〕

技術が根源的《エレメンタール》な自然と接触し、その上に重くのしかかっている面について見てゆくことにしよう。この繋がりは避けがたく、分かちがたいものだ。なぜなら、技術の働きはすべて何がしかの基体を必要とし、その助けを借りて自らを発展させているからである。技術は、その力を新たに手に入れようとした場合、ほかの何かからそれを奪い去る。ちょうど人間が水をタンクから、つまり水を蓄えておく貯水槽から汲み出すように、そしてこの行為へとつながる手段がどれほど人工的であろうともそうするのである。

大地を傷つけたり地表の姿を変えたりすることを人間に慎むように仕向ける、かつてのあの畏怖の念を技術者は失ってしまった。この畏怖の念は古い時代に極めて顕著で、その痕跡は農耕の歴史のいたるところに見られる。有史時代に入ってもこの畏怖の念は長く存在しつづけた。世俗的な目的のための大規模な土木工事において常に不遜という考えが浮かぶのは、しごく当然のことである。そして家を建てる際の、今日も残る様々な儀式は、これから冒瀆的な行為が行われることを前提とした上での宥めと清めの儀式なのだ。一方技術者は、その作業の仕方から既に明らかなように、畏れを知らない。技術者にとって大地とは、知的で人工的な計画の対象である。地球は力学的な運動に従う死んだ球体、すなわち人間が機械操縦士としての視線でその力学的な運動を研究することによって意のままに働かせることができる球体なのである。技術者はこの球体を情け容赦なく自らの権力志向に従わせ、自然の力を、隷属と労働を強いられる機械システムの中に無理矢理押し込める。根源的な自然と、人間の知性と意志によって操作されるメカニズムとはぶつかり合う。その結果は征服という行為であり、それによって自然の力が徴用されることになる。根源的諸力の自由な戯れには、強引に終止符が打たれるのである。

我々はこの事象を採掘と見なすことで、そのイメージを明確に摑むことができる。人間は根源的自然に採掘のための穴を開け、その諸力を採り出してゆく。地下資源を意のままにするために大地のいたるところに開けられたボーリングの穴、大気から窒素を、ウラン鉱からラジウムを、そして陶土から煉瓦を得るための設備、これらはすべて採掘所である。我々はこうした物を技術製品が作り出される場所ならばどこでも目にするし、また、加工された技術製品が消費のために売り渡されるところでも目にする。かくして自動車交通の発達にはガソリンスタンド網の拡充が呼応し、益々広範に地球の表面を覆い尽くしてゆく。機械化は、自然を採掘するプラントの増加と増強へとつながるのである。

技術が発達するにつれ、そこで強要される奉仕の数は増えつづける。根源的な自然は機械設備によって封じ込められ、すさまじい力で押しつぶされ、打ち負かされ、人工的な方法で搾取される。しかし、事態がここで終了すると思うなら、我々はこの事態について半分しか分かっていない、事態の片側のイメージしか得ていないということになるだろう。この、一方的に働く圧力や強制、機械によってもたらされる恐喝には、それに対応するものがあるのだ。というのも、ここへきて今度は根源的な自然の方もまた、その力ですべての機械的なものを満たし、己を屈服させた機械設備の中で拡大、拡張してゆくからである。しかしこれは、機械化と根源化《エレメンタリジールンク》が、同一の労働工程の二つの側面に過ぎないということを意味している。両者はそれぞれ互いを条件付けているのだ。一方なしに他方を考えることはできない。この相互作用は、技術の完成度が増すにつれて益々顕著に現れてくる。そしてこの相互作用から生じるのが、技術の進歩に特有の獰猛でダイナミックな運動、つまり旋回するような速さ、振動や震え、技術の進歩が見せる爆発せんばかりの猛威なのだ。根源的諸力とは縁遠い合理的思考が、途方もなく大きな根源的力を作動させるというのは奇妙な現象ではある。だが決して忘れてはならないのは、これが強制によって、敵対的で暴力的な手段によって起きているということである。我々が今周囲を見回すと、あたかも巨大な鍛冶場の中にいるような印象を受ける。そこでは飽くことなく、そして労働にある種の熱狂性、過激性を帯びさせるような憤怒を抱えながら作業が進められている。火炎は大きくなり、膨れあがり、増殖し、拡大する。灼熱した物体が流れとなって、そこかしこにほとばしる。そこはキュクロープスたちが働く仕事場だ。〔91〕工業的な景観は、何か火山のようなものを含んでいて、我々はその景観の中に、火山の噴火時やそのあとに見られる現象のことごとくを、すなわち溶岩、灰、噴気孔、煙、ガス、炎に照らされた夜の雲、そして果てしなく広がる荒廃を目にする。目的に叶うよう周到に考え出され、単調な作業工程を自動的にこなす機械の中を、猛烈なパワーの根源的諸力がはち切れんばかりに満たしてゆき、パイプやボイラー、車、導管、炉の中を漂流し、機械装置という牢獄、すべての牢獄同様に囚人の脱走を防ぐために鉄と格子で覆われている牢獄の中を疾走する。しかし、技術によって引き起こされた耳慣れない奇妙な音の洪水に耳を凝らすとき、かの囚人たちのため息や嘆き、身悶えやあがき、すさまじい怒りを聞かない者がいるだろうか。この音の特徴は、機械的なものと根源的なものとの結びつきにあり、総じて、根源的諸力がメカニズムの強制力から漏れ出したことで起こる音なのだ。この音が整ったリズムで聞こえてくる場所では、音が自動的に周期性を帯びていて、死んだ時間によって統制されていることが分かる。これらの音はどれも徹底してたちの悪いもので、耳をつんざくように鋭かったり、ギシギシときしんだり、引き裂くようだったり、ヒューヒュー鳴ったり、唸ったりする。そして、技術が完成に向かって進めば進むほど、これらの音もさらにたちが悪くなることは極めて明白である。それは、技術が我々に与える視覚的な印象と同様にたちの悪いものだ。たとえば我々の町の夜間照明に使われるようになった、水銀灯やナトリウム光、蛍光灯の病的で冷たい光などがそうである。光や音の信号が、迫り来る危険を知らせたり認識したりするために益々盛んに使われるようになっているのは、このことに関連している。たとえば照明弾、ヘッドライト、霧笛、サイレンなどがそうで、サイレンはその強烈で機械的な音で爆撃機の接近を知らせる。

　自動機械《アウトマート》は常に人間の存在を前提としている。もしそうでなければ自動機械は生命のない装置ではなく、うちに自らの意志を宿す悪魔ということになるからだ。しかしながら、機械装置に悪魔のような生き物が入り込むというイメージ、自動機械が自分の意志を働かせる、それも反乱分子的な、破壊を目指すような意志を働かせるというイメージは、一見的外れに見えるかもしれないが、そうでもないのだ。[14]たとえこのイメージが、それが描き出される姿形のせいで馬鹿馬鹿しく思われても、やはりその根底には何かもっともなものがある。なぜなら、慣性《ウィス・イネルチアエ》 すなわち物質の受動的抵抗は、物質に対して行使される機械的な強制によって高められ、物質がこの強制を逃れようとすれば、破壊を伴う衝突に至るのだから。

　技術の進歩途上のある地点まで来ると、人間は自分が危険な領域に踏み込んだことが分かるようになる。すると、賢く作り上げられた機械が観察者の心を満足感で満たしていたところに脅威の感覚が入り交じり、観察者の心中に不安が忍び込む。自分たちの日々の糧を奪った自動織機を盲目的で無知な憎悪に駆られて破壊した、かの手織り職人たちにはまだこれが分かっていなかった。彼らは技術の進歩を腕

---

⑭ 技術における悪魔的性質の認識や表現は、特別に研究する価値がある。悪魔的なものは技術の作業領域全体に充満していて、そこで常に力を増しながら威力を発揮している。どのようにしてそうなるかを知ることは難しくない。技術の理性とは因果的思考と目的論的思考の連携と見なされなければならないが、この技術の理性自体が悪魔的なものの忍び込む入り口なのである。悪魔的なものがその本来の力を発揮するのは、機械装置のせいで根源的な自然の諸力が服従を強いられている強制的な組織の中、とりわけ、こうした暴力的な強制の結果として起こる反発〔Regneß〕の中においてである。しかもこの反発の矛先は直接人間に向けられる。悪魔的なものの効力を描写する仕方は様々で、技術のどの側面が観察者に見えているかによる。事象全体としては、空疎化とか衰退化、キリスト教的立場からなら脱魂化として捉えられることが多い。技術の持つ巨人的な性格は、総じて異様で不快な造作の巨大な動物のイメージを呼び覚ます。機械装置を見ていると、第三紀の生物、つまり感覚的に受け付けない恐竜の世界を思い起こさせる〔三畳紀の誤りか。恐竜は中生代の生物であり、新生代第三紀には既に滅んでいた〕。技術的組織にも何かマンモスのようなものがあり、やはり巨人的な性格が現れている。また、技術的組織の火山的な性格は別の形で人を不安にさせる。緻密な労働組織には何か昆虫じみたものがあって、アリやシロアリの王国を思い起こさせるし、その一つ一つを見た時に、飛行機とバッタやトンボとのあいだに見られるような類似性を持っていることが特徴である。そして自動仕掛けには、極めて潜行的な感じがあって、見事なまでに邪悪な無意識と意志の不在が特徴的である。E・Th・A・ホフマンは、十八世紀のからくり人形で目にしたこのような自動仕掛けにことのほか驚愕した。人間と、機械装置に即した現実との関係は、ケンタウロス的な描写の中に現れている。思い浮かぶのは、人間の胴体に鋼鉄の義肢を付け、顔では目の代わりに時計が、鼻の代わりに鉄のくちばしが付いているようなスケッチである。そしてまた、現代人の夢の中にもこうした図柄のことごとくが出没して人を不快にしたり苛んだりしていることを思い出して頂きたい。

ずくで押しとどめようとしたが、この試みが彼らをプロレタリアート化の運命から護ることはできなかった。機械がより大きな力を与えてくれたことに対して、人間が対価、代償を払わなければならないという考えは、技術の黎明期には馴染みの薄いものである。そこでは経済性への無限の信頼、未来に対する揺るぎない楽観主義が支配している。技術の発展に、進歩が自らを賞賛しようと目論んでいるような諸々の思想体系が付随し、時に革新的に、時に強引に振舞う様々な理論がついて回ることは偶然ではない。技術の時代は、単に技術的な視点からのみ革命の時代なのではない。しかしこの、未来を楽観する大合唱は、技術が完成度を上げるほど鳴りを潜めてゆく。というのも、新たに獲得した機械機構にどのような利点と欠点があるかは、経験が初めて示してくれるものだからだ。機械の中には独自の法則が存在し、それと矛盾しないよう人間は注意しなければならないのだという認識に至るのは、経験があって後のことである。稼働中の事故が既にこのことを人間に教えている。事故は、技術化の進展に伴いその頻度を増し、ついには戦争規模の数にまでなっている。事故はどれほど知的な発明を持ってしても抑えることができない。ということは、明らかに事故の原因は機械を扱う者と彼に制御されている機械とのあいだに不調和が存在することにあると思われる。事故が発生するのは、人間が人間機械〔Homme machine〕としての役割から逸脱した場合、すなわちもはや自分が制御している因果的メカニズムに歩調を合わせることなく行動し、不注意や疲労、居眠り、機械的でないものにかかわるなどによって、因果的メカニズムから自立しようとしているような場合である。これこそが、抑圧されてきた根源的力がどっと湧き出して自らを解き放つ瞬間、根源的力が報復行為を行い、技術労働者をその機械もろとも破壊する瞬間なのである。司法はというと、技術的組織に仕えているから、この不注意な労働者を処罰する。労働者がその自動機械に自動的な確実さで仕えなかったという咎で処罰するのである。

その船名からして既に象徴的な意味合いを持っていたタイタニック号の沈没は、やはり前述のような事故の一つであった。この事故が一時的に技術の因果的メカニズムへの信頼を打ち砕き、このメカニズムに依拠する楽観論を打ち破ったということが分かれば、この災害がもたらした動揺のことも理解できる。これに対して、リスボン地震〔92〕が同時代人の心に遺した、より強烈で後々まで尾を引いた印象は、宗教観の変化にかかわるもので、神の御心への信仰を揺るがす作用を及ぼした。したがってこちらの動揺は、いかなる神の摂理による導きにも左右されない因果性の確立を助ける動揺だったのである。

事故は、破壊行為の特殊かつ局所的なもので、しかも意図的ではなく、また、たとえ個々のケースにおいて回避可能と見なされたとしても、⑮避けがたいものである。したがってこれを見ても、完成に近づきつつある技術を人間が戦争に利用した時、つまり諸々の破壊を引き起こすために、計画に従って技術を投入した時に達成しうる破壊がどういうものであるかは、おぼろげにしか分からない。技術はこの任務を拒まず、進んで自らを利用せしめる。なぜなら技術は破壊の力で満たされているからである。技術と、国家によって営まれる戦争とを結ぶ絆がどんどん強まることは、機械的なものと根源的なものとが

⑮　経済的思考が自律性を主張する時、我々が目にするのは、この思考が、神学や哲学における意志の非自由性についての学説や、予定説と決定説の理論のことごとくを経済的な環境決定論に変貌させていく有様である。経済的思考は、個々の環境に人間が左右されると見なしているので、人間にその環境の責任があるとは見なさない、つまり人間がその責任を持つ能力があることを否定しようと実に簡単に考える。技術者はさらに厳密な因果性、純粋な力学の立場を採り、自立して振舞う経済的思考をもこの力学の下に従属させる。技術者の下では、環境ごとに異なる多種多様な環境決定論に代わって、あらゆる現象を力学的決定の無限の連鎖として並べ、分解する「厳密な客観性《ザツハリヒカイト》」が現れる。技術者が事故を回避可能だと思うのは、事故の原因が単に機能上の欠陥だと思うからである。

対応していることを理解している者になら容易に納得がいく。技術は、力学の発展を通じて、合理的思考に従いこれに忠実に奉仕する力を蓄えるだけでなく、また、その力の助けを借りて、生産と消費を操作する新たな労働の組織を作り出すだけでもなく、同じ方法でもって、破壊の力をも蓄積する。この破壊の力は、根源的な自然の猛威を伴いながら人間そのものに立ち向かう。しかも、技術の進歩が完成にむかって邁進すればするほど、この力は益々激しい情熱を帯びるのだ。機械的なものと根源的なものとの相互作用についてよく知りたいならば、物量戦が繰り広げられている場所ほど多くの手がかりを得られるところはない。正直なところ、第一次フランドル戦線（一九一七年七月）において私の心を揺さぶったのは、死と破滅の光景というよりもむしろ機械的な手段によって景観全体が変わってしまったことの方であった。昔の戦闘、たとえばカンナエの戦い[93]などでは、明らかにもっと狭い空間にもっと多くの死人や馬の山が築かれていた筈だ。一方フランドルでは、戦闘が行われた空間は非常に広大であった。戦闘部隊はこの広い空間であまりにも方々に散らばって隠れていて、人間は誰もいないように見えたのだ。数週間にわたりここに降り注いだ砲火が月のクレーターのようなものを形作っていて、それは火山活動によるものに違いないと思えるほどであった。すべてがすさまじい力で歪められていた。そうでないものを探し当てるほうが困難であったろう。ひきちぎられた機械が見事にぐしゃぐしゃに、ずたずたになって、ここかしこに散らばっていた。飛行機、自動車、車両、ボイラー、それらのピストン棒や鋼板が雑然と山をなして積み重なっていた。技術的機械機構の――そしてこれら装置とつながっていた人体の――このような変形は、技術的組織の中で相当量の根源的諸力が機械に隷属させられている状態に対応しているのである。こうした破壊を無意味とか不可解と思う人が大勢いるのは、ここで起きている対応関係を理解していないがゆえである。彼らとて、〔工場などでの稼働中の〕事故が起こるたびに同種の変形をつぶさに調べることはできそうなものだが、技術の進歩に伴い物の形を変えてしまう力もまた増強してゆくこと、凶暴で破壊的、爆発的な事象が頻発するということを彼らは見逃しているのである。

数々の危険領域が存在することを今や我々は知っていて、それらを区分することができる。なぜならば、これら危険領域は、まったく程度の異なる量的破壊にさらされているからである。機械的なものと根源的なものとの相互作用が最も顕著な場所、技術の進歩が最も進んでいる場所、大都市圏、産業施設地域、あるいは狭い空間に工場がぎっしり並んでいる地域、こうした場所は、破壊が最も量的効果をあげられるような領域でもある。このような危険領域が存在する場所は、労働の組織化が極めて人口過密な集落を生み出すところ、人為的な大衆形成が最も大規模なところである。なぜなら、とりわけ破壊の脅威にさらされるのは大衆だからである。これは、戦争に投入された新種の武器を見れば分かることだ。これらの武器は、その技術的進歩性の度合いに応じて大衆に対して効力を発揮するようになってゆく。このような武器、たとえば毒ガスなどは、南京虫の駆除剤と不吉な類似性を持っている。その特徴は、空間的効果を狙っているということである。両者とも、大衆が存在する空間に作用するようになって初めて有効となるのだ。

三四〔技術的完成の概念〕

技術が完成に至るとは何を意味するのだろうか。この言葉で表現されていることは何か？　他でもない、技術を生み出し広めた思考が完結し、方法論自体によって設定されている限界に突き当たるということである。労働方法や機械機構においてみることができるように、高度な機械的技能が達成されているということである。ディーゼルモーターのような発動機を、発案者の計算した最初のモデルからたった今工場から出荷されたばかりの最新のモデルまで通して観察するとき、技術的な思考がこの機械で、変形し改良し抵抗を退けながら本来の力を発揮した様子が分かる。技術者にはこの抵抗は、力学的な法則を用いて解決しなければならず、実際困難ではあっても解決される課題と映る。しかしこの抵抗はさらに他のことも示している。そのような抵抗は強制的な方法が使用されるところに成立し、その方法が広く用いられるにつれて抵抗の力も高まっていく。抵抗は力学的な解決法によって取り除かれると考えるならば、間違っている。抵抗はとどまり、屈服はしているが注意深く隙をうかがい、いつでもぶち壊してやろうと待ち構えている。それゆえ高度に組織化された技術をもつ国々で緊張と警戒の状態が支配的なのは、現状に満足していない多数の隷属的な住民の住む国々と同様であり、これらの住民は従順そうに見えるだけであって、頭の中では革命と謀反と破壊とを考え、夢見ているのである。しかし技術化された国々には、南の国々の隷属的な住民に今でも見られるような家父長的な関係や庇護の関係、良いご主人と帰依する奴隷といったものは見当たらない。これらすべては木から樹皮がはぎとられるようにきれいに消え、その代わりに機械的な関係が現れるが、その内部では権力関係が、物理的な圧力と衝撃に見られる関係と同様、むき出しで直截的なものとなり、それによって見かけ上は反論の余地のないものとなっている。というのも権力関係とは法則〔Gesetz = 法律〕そのものだからである。しかしながらそのような権力関係に決して甘んじることなく、また甘んじることもできないのが人間というものである。それは単に人間という位階によるだけでなく、人間はその使命により権力関係を上回るものであり、権力関係にどれほど囲い込む力があってもそれ以上のものだからである。抵抗が、しばしば失敗に終わり容易に片付けられいつも鎮圧されてしまう暴動にしかならないというのは、本当である。ここではしかし、暴動が鎮圧されるかどうかが問題なのではない、というのも暴動は技術全体を貫いている搾取への飽くなき意志に正確に反応しているからである。この技術には大地の広汎にわたる荒廃が対応している。大地には、深く口を開けた悪性で治療困難な傷である穴や裂け目が生じている。

ここにはバランスはもはや存在しない。人間の労働とゆとりのあいだにも、人間と自然のあいだにも。それゆえ今日すべての自然への愛の大部分は、弱ったものや傷ついたもの、保護を必要とするものに注がれる感傷性となっている。感傷性は、自分自身が開いた傷口を縫い合わせて繕う。所産的自然〔natura naturata〕は、人が泥棒のようにそこを荒し、すべてを死滅させてしまうので、これ以上立ち入ることのできないよう鉄条網で囲われた牧歌的地域の観を呈する。この劇には人の気分を害するところがあるが、別の面から見るならば、何か滑稽なところもある。この面から見ると、能産的自然〔natura naturans〕が対抗措置を取って、破壊のどんな行為についても勘定を残らず人間の側につけてしまうのである。

対応関係《エントシュプレッヒュング》に気づかないというのが、因果的思考と目的論的な思考の特質である。こういったことは学べるものではなく、それはリズム的なものや、すべてのリズムが生じるもととなる周期性も同様である。対応関係を知覚するのは実際、世界を完全で無垢なままにしておき、すべての収奪やすべての搾取を前に立ち止まる人間のみである。機械機構がぱっくり口を開いて侵入し、結果として常に変形が生じるような状況に対応するものはあるだろうか。それが見られるのは、機械機構自体が裂けて口を開け、破壊の中でその機械的な形式を放棄しているところであるが、そこではこの機械機構とつなぎ合わされている人間もまた、同様に引き裂かれるのであり、それも人間の自然な形式、人間の容姿、人間の体型が無視され、したがって機械的なやり方で引き裂かれるのである。人間は畜殺業者が用意した動物のように、あるいは関節から外されて切り分けられる鶏のように解体されることすらなく、切り刻まれ、踏みにじられ、ずたずたにされる。

目を背けてはならないこのような光景は同時に我々に、技術は完成〔Perfektion〕に至ることはできても決して成熟する〔reifen〕ことはないということを教えてくれる。技術が「成熟する」と言う場合には、機械にあてはめるには当を得ていないメタファーを用いていることになる。というのもすべて機械的なものは完璧さ〔Fertigkeit〕という印象を与えることができても成熟という印象を与えることはできないからである。成熟は決して暴力的なものを持たず、また強制されえない。意志とその意志の努力だけに基づく世界を想像するならば、そこは成熟が存在せず、存在可能でもない世界であり、未成熟なものたちの世界であるが、この未成熟なものたちはしかし、完璧さを持っているということは充分ありうるだろう。技術的進歩の世界はそのような世界に近づく。それゆえ我々はそうした世界の中で周りを見回すとき、いたるところで意志の行為、発展の一段階、進歩の一地点に出くわすことはあっても、何か成熟したものに出くわすことはこれまでなかったのである。というのも、成熟したものは機械システムの外側にあるからである。技術の完成という我々の概念は、それゆえ機械的完璧さの最終的到達点以外の何も表現しておらず、この完璧さは、ここでは目的のために結集している諸手段によって測ることができる。このような概念ならば用いることができる。なぜなら、それは何か徹頭徹尾合理的なものをもち、それゆえ上述した事態にふさわしいことが明らかだからである。

三五 〔技術と大衆形成〕

最高のスピードで疾駆する人間や、これまでだれも登ったことのない高みまで登っていく人間を捉える、独特の、陶酔感に満ちた喜びはどのようにして生じるのだろうか。旅行者や登山家の喜びの延長線上にある、あの自動車や飛行機を操縦する喜びは何を意味しているのか。そして、技術の時代におけるあらゆる種類の新記録に伴う騒々しい歓声にはいったいどんな意味があるのか。このような歓びは不可解なままに留まるであろう、もし権力のあくなき追求、手段と目的を完全に意識した努力がここで充足し満たされているのだということが理解されないならば。儒教の調和の観念に満たされた賢い中国人ならば――未だに賢い中国人が存在すると前提としての話だが――そんな野蛮な見せ物には憐憫の笑みを浮かべ、見せ物によせる大衆の礼拝めいた熱中に何か馬鹿ばかしいもの、あるいは粗野なものも感じとるかもしれない。とはいえ、大衆が野蛮な見せ物を見てそこで是認しているものについては疑うことはできない。それは動力学の勝利であり、それを大衆は自分自身の勝利として称えているのである。大衆の生活感情を高め、大衆の感激を呼び覚ましているのは、モーターで動く機械的な運動であり、根源的自然の抵抗の克服なのである。勝ち取られたすべての記録に向けられた喝采は、これらの抵抗が打ち砕かれたことに対するものなのであり、技術的な機械機構が根源的な自然を相手にかち得た勝利に対するものである。

しかし大衆が技術に向ける感激を理解するためには、技術の進歩と大衆の形成は互いに協力し合い互いを前提としていることを理解しなければならない。感激自体が既にその証である。技術の進歩は、大衆の形成が最も進んだところで最も成功している。この公式の逆も言える。とはいえ、大衆形成が技術進歩の結果なのか、つまり人間と人間の作業を何らかの形で計画し導いた結果なのか、あるいは技術進歩が大衆形成によって生じたのかについて言い争うことは、無駄だろう。どこでもかしこでもすぐに原因と結果を探り出し、事物のあいだに機械的な因果性《カウザリテート》を確認しただけで我々の悟性が満足したと表明することのないよう用心しなければならない。そこには思考のお粗末な短絡化があり、その責任はとりわけ科学が負わなければならないのであるが、しかし科学には、我々がここでやろうとしている諸関連《ツザメンハング》の描出を行うに足る力はないのである。ここでの我々のやり方、方式は科学的でも技術的でもない。対応《エントシュプレッヒュング》や一致《コレスポンデンツ》という他の種類の関連付けの方法があること、複数の現象の同時性自体が我々の注目に値する、因果律に基づいたどのような説明の試みも及ばない現象であることを忘れてはならない。技術進歩と大衆形成は同時におこり、お互い最も近い関係にある。両者は分けることができない。大衆は技術の完成へと向かう努力に抵抗するのではなくそれを押し進める。大衆は技術の完成を喜んで迎え、技術的な労働の自動性の中に従順に取り込まれていく。大衆は技術者にとって最も役に立ち、融通のきく素材であって、技術者の作業の計画は大衆なしには実行しえないだろう。大衆が大衆となるのは、彼らが機械的に動くことができ、組織的に把握されることが可能になっていく度合いに応じている。大衆は過去のあらゆる時代から現在に至るまで大都市にのみ存在した。というのも、いかに大衆的な考え方が田舎にまで広がって行こうとも、大衆が形成される条件が備わっているのは大都市だけだからである。大衆形成の特徴としてあげられるのは、それが、流れとなって外から押し寄せる人工的な作用であり、その消滅も発生も外部から働きかけてくる条件によって人工的に促進されることであり、損失を自分固有の生の実質から埋め合わせる能力が消失してしまい、大衆形成が進めば進むほど消費がますます浪費的となることである。

大衆の概念は、重さや圧力、従属の観念と結びつけられる〔94〕。これらの観念は重要ではあるが、それによって素早い流動的な動きが、発達した大衆形成のまさに一つの特徴となっていることを見逃してはいけない。ことにこの動きに内在し、我々の大都市で最もよく観察される機械的、自動的な流れは、その特徴なのである。大衆はそのすべての機能において合理的な組織によって統制管理されているのであるが、この組織への依存の増大は、大衆の動きの中にも特徴となって表れている。技術者によってコントロールされる交通のメカニズムは人間を強制して、機械的に動き、交通規則のオートマティズムに適応することを求める。気ままに気分的に運動する余地がここにほとんどないのは、自由に歩く余地がほとんどないのと同様である。こうした成り行きは、動かない道の代わりに人間を機械的に運搬するコンベヤーベルトを想像してみれば、さらに明瞭となる。しかし何と言ってもこうした事態についての卓抜な概念を示しているのは、人間が機械的に前進するために用いられるエスカレーターやエレベーターなど、交通自動機械全般である。ある程度交通量の多い通りで通行人を観察すると、通行人の歩行に内在している機械的な動きと衝動をすぐに見てとることができる。通行人の歩行と姿勢にはこの機械性が備わっており、通行人の生活がどれほど機械的になったかを知ることができる。

交通手段の多様化が同時に示しているのは、人間の運搬もまた可能となったこと、それもかつて予見されえなかったほどに運搬可能となったことである。交通機関と輸送機関がそのための最も分かりやすい表れとなっている。しかしこういった成り行きがどのような意味を持っているのかについては、すべての分野でその答を見ることができる。人間が運搬可能となったと言うとき、それによってこの言葉が意味しているのは、さしあたり何か受動的なもの、従属性を前提とした運動であり、能動的でイニシアチブを発揮する他の運動とは反対のものである。この成り行きはしたがって次のように公式化することができる、技術が完成へと近づけば近づくほど人間はますます運搬可能となると。人間が運搬可能にならないときには、どのような技術的進歩も存在しないかもしれない。

人間は動員可能《モバイル》となった。かつてそうであったよりもいっそう動員可能となった。この動員可能性が、技術の進歩と一体となった増大する大衆形成の徴《しるし》である。技術の一つの特徴は、それが人間を合理的なものではないあらゆる結びつきから解放する一方で、その代わりに合理的な関係のもとに隷属させることとなのだから。人間の動員可能性の増大は人間組織と機械機構の進展と関連している。というのも、人間組織と機械機構が進展するにつれて人間の運搬可能性が高まっていくからである。同様に人間は精神的にも動員可能となる、つまりイデオロギー操作が可能となるのである。

国民の全階層がイデオロギーに染まりやすいことと、そこから生じるイデオローグの権力が大衆形成の一つの特徴である。イデオロギーとは信仰と知識の一般化、いや通俗化であり、それ自体感染力の大きさに応じて移転可能である。確かに技術者は自分の目的を達成するためにイデオロギーなしですませることができる。なぜならイデオロギーなしですませられるほどの権力手段を有しているからである。しかしまさに技術者が自分の専門領域を超え出るものとは一切かかわりを持たないにもかかわらず、同時に普遍的な権力要求をするがゆえに、イデオロギーが技術と結びつき、いわばそこに生じた空虚な隙間を埋めるのである。そしてこうして技術と結合することによって、イデオロギーは途方もない力を自らのうちに吸収し、人間組織と機械機構によって蓄えられたエネルギーの全ストックを一つの目標に注ぐことになる。〔95〕とはいえイデオロギーは技術と偶然結びついたのではない。というのも技術者の知識は、彼がカタンガの銅鉱やあるいはブラジルの金鉱に据えた機械とまったく同じように運搬可能だからである。この知識が人とほとんど結びついていないのは、機能と化した仕事が労働者と結びついていないのと同様である。この知識は、それを得ようと努力する者なら誰でも手に入れることができるだけでなく、横領したり盗んだりスパイすることもでき、ワインや紅茶と違って輸送によって損害を被ることなく地上のどこでも任意な地点に運送できる。その知識は質をまったく持たず、等級を持たない知識だからである。[16]

技術がその始まりにおいて見せる独占的な傾向は、それゆえ技術化においてリードしたものが後れを取ったものに対して見せる一時的な状態でしかない。このリードは、保つために万全の努力をしても、守ることはできない。なぜなら独占が基づいている知識には自身の流失を防ぐすべはないからである。それゆえ、その知識がたとえばアジア諸民族に漏らされてしまったとの非難の声が上がるとしたら、その場合そのような知識には質がないので流失を防ぐことはできないということが、見過ごされているのである。国家防衛に役立つ技術的方法はしたがって、技術的ではない特別な方法で守られなければならない。[17] 技術者自身は最終的には、技術的な発明を秘匿し、発明の専売権を持つことには何の関心も示さない。なぜなら、そのような努力をすれば技術的進歩が停滞し、自らが進歩にとっての邪魔者となってしまうであろうから。

技術的な知識は自分自身を守ることができないので、特許権が与えているような法的な保護を必要としている。それによって、技術的な方法とそれによる搾取が、期限付きで引き渡し要求があるまで守られるのである。特許〔Literae patentes〕、つまり特権の付与に関する文書の発祥の地はイギリスであり、

---

⑯ 技術に触れたことのない人間、たとえば中央アフリカの黒人種族の一人が故郷を去った後、いかに容易に高度の組織化された技術への奉仕に順応し、機械を利用し、機械的な労働をこなすかに注目するならば、技術には特有の非歴史的・非政治的な特徴があるということが分かる。石器時代の人間に車の運転を教える可能性があるならば、その石器時代人が素早く車の運転を習得することに疑いの余地はない。その際石器時代人に、彼本来の能力を超えるものを想定する必要は何もない。石器時代人は機械のメカニズムを理解する必要すらない。というのも、経験が示しているように、バイクの運転はチンパンジーにさえも教えることができるからである。

⑰ 珍しいのは、十六世紀と十七世紀に行われたように、アナグラムによって科学上の発見を秘匿することである。そのようなアナグラムはとりわけ発見のプライオリティを保証しており、しかもそれを、その発見を利用できるのはさしあたりアナグラムの解読者だけとなるという方法によって、保証するのである。自分が想定した土星の姿についてのガリレイの有名なアナグラムは次のようなものである。Altissimam planetam tergeminum observavi このようなアナグラムは、そこにふくまれている文字数が多ければ多いほど解読が難しくなるというのは、自明の理であろう。ホイヘンスは土星の姿についての彼の観察結果を六二文字のアナグラムの中に保管したが、すぐに数学者ウォリスに解読されてしまった。そのアナグラムは次の文からなっていた。Annulo cingitur, tenui plano, nusquam cohaerente, ad eclipticam inclinato.〔訳者注：ガリレイの作成したアナグラムは「smaismrmilmepoetaleumibunenugttauiras」で、それをラテン語に解読すると、「Altissimam planetam tergeminum observavi」（私は、最も遠い惑星が三重星になっていることを観測した）となる。また、ホイヘンスの作成したアナグラムは「aaaaaacccccdeeeeehiiiiiiillllmmnnnnnnnnnooooppqrrstttttuuuuu.」で、それをラテン語に解読すると、「Annulo cingitur, tenui plano, nusquam cohaerente, ad eclipticam inclinato.」（土星は、ふれあうことなく薄く平らな輪に取りまかれていて、輪は黄道に傾いている）となる。〕

古代にも中世にもなかった特許権が最初にイギリスで認められたというのは、特筆すべきことである。特許権と著作権のあいだには注目すべき相違があり、これまで法律家たちによってその違いが際立たせられてきた。著作の法的保護の前提となるのは、守られるべき法益が、ある一定の形式を持っていることであるが、それに対して特許権では、アイデアは技術的に利用可能という前提のもとに、アイデアそれ自体が、特定の形式を伴わなくとも守られる。しかし、すべての第一級の知識の特徴は、どのような生産においても、自分で自分を守ることが単にできるというだけでなく、実際に自分を守っているという点にあるのである。

三六　〔機械機構とイデオロギー、俳優〕

既に述べたように、技術者はイデオロギーを必要としない。なぜなら、イデオロギーなしでやっていけるだけの権力手段を有しているからである。技術者の思考はイデオロギーとは異なるが、それは技術者が従事している機械もまたイデオロギーではないことによる。しかし、イデオロギーと機械とのあいだには対応関係が存するので、機械はいつでもイデオロギーの従僕になりえるし、実際、そうなっている。両者は同じ完璧さ《フエアテイヒカイト》を持つがゆえに、人間そのものを機械的組織に従わせなければならないとき、協力しあうことになる。両者の結びつきがうまくいくのは、どのようなイデオロギー的なるものも機械化を、すなわち思考の機構的完結性《フエアテイヒカイト》を前提とするからである。民衆《フオルク》と大衆《マツセ》の違いを分かりやすく規定するのは、いつも容易というわけではない。それゆえここに、誤解の余地がない見分け方を示しておくとしよう。どこであれ、民衆が認められるところには、決してイデオロギーの跡は見出されない。同じくきっぱりと断言できることだが、大衆のいるところには、必ずイデオロギーが見出される。大衆はイデオロギーを必要とするし、技術が完成に近づけば近づくだけイデオロギーは不可欠となる。その理由は簡単で、機械機構と人間組織だけでは不充分だから、それらは人間を励まさないからであり、人間がいつも必要としている慰めを与えることができないからである。技術者の骨折りが空虚を拡大させていること、しかも、生きる空間を狭めるのと同じくらいに拡大させていることは、疑う余地がない。それゆえに、いわゆる真空嫌忌〔Horror vacui〕[96]というものも、技術者の世界に属するものなのであり、様々な形で、たとえば抑鬱や退屈として、虚しさや無意味さ、不安や機械的に駆り立てられた感覚として、人間の意識に侵入するのだ。

さて、我々は、イデオロギーの問題に取り組むと同時にもう一つの、これと密接に関連した問題、すなわち俳優の問題に触れることになる。俳優が演じ、俳優に割り当てられる役割が増大していることを、どう解釈すべきか、この問いは避けて通ることができない。というのもこれは、この本の研究の範囲に含まれる問いだからである。俳優とは機械の一つであり、機械的に把握された現実に属している。それゆえどのような技術の進歩も、俳優の影響力の増大と同じ意味を持つ。この事情は、宣伝やプロパガンダの効力が増していることと、俳優の影響力増大とが対応関係にあることを認めるとき、たちまち明瞭となる。そうした対応関係は写真の大量生産のうちにも見られる。俳優が最も多く写真を撮られる人間であることは、偶然ではない。そこらじゅうで我々はその人の写真に出くわすから、写真に撮られるという行為が俳優の最も大事な仕事で、絶えず自分をさらすのが俳優の義務だ、とすら思ってしまうほどである。それというのも、ここで行われているのは自己放棄であり、一種の売春行為だからである。

複数の階級や身分、序列がある中で、俳優がそのうちの一つの階級や一つの身分、一つの序列に属していた時代にあっては、俳優は常に不信の念を持って眺められた。この不信感は、ほかとは比較にならぬほど民衆に根強いものであり、民衆がいるところならどこであれ、俳優への度しがたい猜疑心が見出される。他方で大衆は俳優について、別の捉え方をする。今日では、俳優という概念は、身分の序列はおろか職業的序列とすら結びつくことはなく、いたるところに俳優が見出されるため、不信感は同意に代わり、人々は俳優を崇拝すらするようになった。食物の中に代用品が混じるようになったのと同様、思考のうちにも感覚のうちにも代用品が入り込んだのである。機械と組織があまねく支配する世界には、幸運はもはや入り込む余地がない。幸運がそこに入り込めないのは、因果関係の連鎖や、手段と目的の関係の中に、幸運が入り込めないのと同様である。ところで、そのような状態は、塔に籠もるように惨めさのうちに籠もっている人間には、耐え難いものである。もはやチャンスがないところでは——厳しい組織はそうしたチャンスを奪ってしまう——、たとえばユートピアによって、まやかしのチャンスを人間に示してやらねばならない。それゆえにまた、考えられうる社会主義はいずれもユートピア的であり、実現不可能な幸福の虚像を示しているのだ。なぜなら、社会主義は社会主義的な「正義」の概念に即してチャンスを配分するので、チャンスは押し潰され、ゼロに等しくなってしまうからである。想像力の欠如を論理で隠そうと無駄な努力をするユートピア主義者ほど、空想力に欠けた者はいない。創造主が何もかも公平になるように世界を設計したとすれば、この世にはもはや幸運も、運に恵まれた人々も、幸運を摑む人も存在しないだろう。この世は、功績の大小を正確に量る秤のように厳しく、硬直した世界であるだろう。それと同様に、内に矛盾を孕むことのない社会組織にも、もはや幸運と言えるものはなく、特定の方式に基づく昇進制度と、一定の年齢に達すると権利を得られる年金制度があるのみである。愛や恩恵、幸運は、この社会組織が示している義務という尺度ゆえに締め出され、その領分の外にしか、現れることがない。しかし、こうしたことに人間は耐えられない。技術的組織のうちに生きる人間ですら、耐えることはできない。今、幸福ではなくとも、幸運を摑むチャンスを断念したいとは思わないものだ。たとえそれが宝くじによる幸運であったとしても。確かに、人は幸福を実現する見込みが小さくなればなるほど、このチャンスにしがみつこうとする。こうしたチャンスを人に与えてはいけないという理由があろうか。この世では、チャンスの分配ほど容易で安上がりなものはない。チャンスは、空くじと反比例した割合で分配すればいいわけだから。なるほどそれによって人を幸福にすることはできないが、幸運になる期待権を与えることはできる。技術が進歩した状況の中では、理想化された姿が大量生産される。たとえば映画は、疲れた労働者の目に、愛に包まれた幸福、富、屈託ない生活がある、夢のような世界を映し出してくれる。俳優とはチャンスの人であり、チャンスの分配者であり、チャンスの幻想を生み出す人ではあるまいか。そして観衆は、この役回りを引き受けた俳優に感謝しなければならないのではないか。それだけではない。観衆は俳優に、俳優の役とチャンスに自己投影する。観衆は模範を、理想を、英雄を必要としており、俳優はこれらのどれでもないのだけれど、これらの役を演じることのできる唯一の存在なのである。そのつど取り替えの利く役という概念に含意されているのは、俳優は偉大さを持たないということである。単なるチャンスの人も同じである。しかし観衆にとっては役が、自分自身の役が演じられていればそれで充分なのである。

既に述べたように、宣伝やプロパガンダの意味を理解しているのは、ごくわずかな人々である。大抵の人はそれらの営業的側面しか見ておらず、それらを、生存競争の一部として理解された経済競争のルールから説明する。しかし、それらが技術的進歩に伴っていること、技術的進歩とともに増殖を始め、それと同時に地球上に広がっていくのは、なぜであろうか。なぜ宣伝やプロパガンダの専門家たちは、自分たちの訴えがより切実で心をえぐるものとなるように、より誘惑的な力を持つようにと、心理研究まで始めるのだろうか。彼らの仕事の成功が妨げられるのはなぜだろうか。ほかでもない、それは彼らの訴えに信憑性が欠けているから、彼らの訴えに含まれるいかさまめいた要素がどうにも隠しきれないからである。だからそうした訴えには、上から貼り付けたような、ポスタージみたところがあるのであり、いつも空いた場所にしか、空虚なところにしか現れないのだ。それゆえまた、我々はこれらの訴えによって、そうした空いた場所、すなわち空虚がどれほど多く存在するか、どれほどすべてがためらうことなく覆ってしまうことのできる表層になったのかを、数え上げることもできる。

宣伝やプロパガンダはそもそもどれほどの射程を持つのだろうか。それらの限界はどこにあるのだろうか。既に述べたように、それらが捉えうるのは、工場生産的なもの、機械的なもの、技術製品のみであり、機械的に複製できる品物のみである。それゆえ機械的に複製可能であるということが、技術的に有効な宣伝やプロパガンダの前提の一つなのだ。そしてこの条件を満たさないものはそれらの恩恵を被ることがない。宣伝やプロパガンダは、訴えや誘惑を含んだ模像を提供するのみであり、訴えや誘惑によって魔法をかける。これと矛盾しないことだが、人間、たとえば俳優をも、宣伝やプロパガンダの対象とすることができる。俳優は、まさに役を演ずるがゆえに宣伝やプロパガンダに適している。そして役を演ずるという限りにおいてのみ、俳優の肖像を機械的に複写することができるのである。役を演じてないときの俳優が何者でもない、と言いたいわけではないが、俳優の生活に占める役の割合は非常に大きくて、残りはごくわずかである。とはいえ、役を演じていないときの俳優が何であるかは、宣伝やプロパガンダによって捉えることができないから、ここでは問題とならない。そもそも我々は誰かのことを、なかば同情を込めて、なかば軽蔑的に、「何の役割もはたさない」と言うことがあるが、それと同様に、役を演じていない俳優は問題にならないのである。役とは、外から取り入れたものであるばかりでなく、反復可能なものでもある。そして、反復可能な限りにおいて役は、生命が持つことのないあの完璧さを獲得する。それは俳優の顔が示すのと同じ完璧さである。動的であると同時に硬直した、柔軟であると同時に張りつめた、しかし見られていることを意識しているあいだは常に役を意識した、あの顔が示すのと同じ完璧さなのである。だが、独りきりになったときの俳優を観察してみると、その顔が途方に暮れ、苦しみにゆがみ、弛緩し、虚ろな表情をしているのが分かる。一体、役を演じていない俳優ほど、惨めな被造物がほかにあるだろうか。

三七　〔イデオロギーと剝離〕

純粋存在の世界には、存在と仮象の違いや真実と虚偽の違いがありえないのと同様、宣伝なるものもまたありえないであろう。そのような世界には欺瞞が入り込めるような穴や亀裂はないのだから、欺瞞が密かに忍び込むことなどありえまい。純粋存在の世界は、プラトンの思惟に見られるような「影」を落とすことすらありえないだろう。プラトンの思惟においては、個物と観念《イデア》のあいだに裂け目が生じており、この、ある種人を不安にさせる現象は、誰にもましてアリストテレスの批判を呼んだ。観念論が影響を及ぼすところ、どこであろうと剝離《アブレーズング》の過程が生じ、原型は捉えられず、模像が数を増していく。剝離の過程なくして科学は生じえない。剝離の過程が始まって初めて思惟は説明を求めるのだから。剝離なくして説明はない。ゆえに神話にも説明はない。直観から生み出された神話には、どの箇所にも、自らを説明してもらう必要性が感じられないのである。諸々の剝離が生じた世界において初めて、神話を説明する試みが現れる。たとえばキュレネ派〔97〕のエウエメロスはこれを卓越した人物の神格化であると言い、また別の人々は象徴的に、寓意的に、あるいは歴史として、または自然現象の描写として説明しようとする。

次に、まったく別の領域、いわゆる写真術を取り上げ、これに即して剝離の概念を明確にしようと思う。写真術というもの、すなわち写真を作る方法をどのように説明したらいいのか、という問いに対しては、答えは一つしかない。写真の処理が基づいている化学的工程を説明するのみである。この説明には、ここではいかなる関心もない。だが、これとは違って別の、つまり、どのようにして写真術というものが起こったかという説明、写真術の解釈については関心がある。一八〇二年に初めて、ウェッジウッドとデーヴィーが一つの方法を、つまり、硝酸銀を染み込ませた紙を光の黒色化作用にさらすことによって画像を作り出すという方法を発明したのには、どういう事情があったのか。カメラ・オブスクラの使用、ニエプス式写真石版法、銀板を用い、水銀現像を応用した銀板写真法《ダゲレオタイプ》には、どんな意味があるのか。方法における進歩であることは疑いえないし、それは現在に至るまで不断に改良されてきた。奇妙なのは次の点である。生み出された像を光の影響を受けないようにすること、写した像を定着させることは、初めはうまく行かなかった。生じた白色のシルエットは、光の中でさらに褐色になり、消滅した。そのあとには、機械的な複写を妨げる障害が現れた。ダゲレオは時間をかけてカメラ撮影をすることによって何とか写像を作ることができたのであり、コロジオン方式によってようやく機械的複写の問題が解決された。古い銀板写真《ダゲレオタイプ》方式を注意して眺めるなら、ここでは模像が元の像から離れるのが随分困難であったし、元の像から多くを引き剝がしたという印象を抱く。こうした古い写真がどことなく意味深く、忠実で、また納得がいくように思われるのは、このことに関連している。あたかも、当時人間を写真に撮るのはかなり難しいことだったかのような印象を受ける。しかもそれは単にその方法がまだ確立されていなかったからのみではない。この印象は錯覚ではない。というのも、当然のことだが、人間も写真に撮られるということが可能になって初めて、写真術を発明することができたのであり、そしてこれは、人間が写真に撮られれば撮られるほど、発展してきたのである。写された像が光の影響を受けないようにすること、それを機械的に複写することの難しさは、単なる技術的困難ではなかったのだ。複写技術を、今日のような自動的確実性と簡便性を備えたものにするには、技術的抵抗を克服するだけではなく、人間自身のうちにあった抵抗もまた、克服しなければならなかった。そしてひょっとすると人間のこの抵抗こそが、写真術の開発をやりがいのあるものにしたのではないだろうか。今日ではしばしば、写真そのものが退屈なものになり始めているという感覚を抱く。ずっと複写ばかり眺めているのは自己欺瞞の行為であって、その魅力はそろそろ尽きたし、摸像からますます薄く、ますますあいまいな摸像が引き剝がされていくのだという推測から、我々は完全には逃れることができない。方法そのものは、機械的な確実さで成果をあげる。だが、人間は変わるのだ。それゆえ人間は写真が与えてくれる模像に飽きてしまうことになるかもしれないのである。

三八　〔動員（流動化）としての技術〕

これまでの叙述は、技術による合理化の努力を批判しているのであるが、用いられた探求の手段から明らかなように、人間の理性《ラティオ》そのものに敵対を表明するものではまったくない。この叙述にとって技術のロマン主義的否定ほど無縁なものはない。我々の置かれた状態を真剣に考慮する限り、技術のロマン主義的否定とは郵便馬車を懐かしむような夢想でしかない。我々は孤島に住んでいるのでも原生林に住んでいるのでもない。我々が生きている場所では常に技術的機械機構と技術的組織が見出される。ここには後退はありえず、貫徹だけがある。機械に引き裂かれないようにいつも注意を払っていなければならないのは、歩行者だけではない。この用心はもっと広範にかつ深く浸透しているもので、巨大な機械の中の単なる歯車やネジにとどまらないでいようとする感受性を保持してきた精神的な人々の誰にでもこの用心は求められているのである。

不合理なものを称賛することができるのは、我々の置かれた状態の危険を自覚していない人々だけである。こうした称賛とも本書はまったく無関係である。意識という手段によって意識そのものに対抗することのような企てというものが、技術進歩とどの程度関連しているかということについて、ここで見ていきたいと思う。我々の考察はそのような企てとかかわりを持ってこなかったし、これからもそうする必要はないであろう。しかし、既に示されたように、技術の合理性《ラティオ》はあらゆる理性《ラティオ》を軽蔑することをも内に含んでいるのだが、この技術の合理性が我々をどこへ導いていくかという問いこそ、今立てるべき時なのだ。どんな合理的なものでもしかるべき限界と制約に服している。合理的なものは決して自己目的とはなりえない。仮に合理化のための合理化が存在するとすれば、寄る辺のない人々、病気の人々、年をとった人々を殺すことを妨げるものは何もなくなるであろう。それどころかそのような行為が命じられているかのようにさえ思われるかもしれない。このような合理化においては、年金生活者や恩給を受ける公務員を排除し、「働かざる者食うべからず」という残忍な格言を実際に貫徹することもまた有用であることになるであろう。こうした事例は同時に、純然たる功利の哲学がどこへ向かっていくかを教えてくれる。ラスコーリニコフは高利貸しの老婆を、この世の設計図においてまったく不要であり、悪臭を放つ害虫のようなものに過ぎないと考えて殺害するが、彼はこのように極度の高慢さから犯行に及んだことで殺人者となった。彼の思考がそれほど混乱し病的なものでなかったならば、彼は、この世の設計図について自分は何も理解しておらず、老婆の持つ課題を理解するには自分の判断力では到底及ばないと考えなければならなかったことであろう。

無数にある文書室の一つ（そのおそらく彼にも隠されている目的は消費の合理化である）を整理することだけを仕事とする技術者タイプの役人は、自分の文書棚が正確に管理されているというだけの理由から、世界が最善の秩序を保っていると考えがちである。このような文書係の信念は広く流布しているが、この信念は錯覚に基づいている。なぜなら彼の文書室が彼の住む世界なので、世界を文書室であると考えることに彼は何の抵抗も覚えないからである。紙を食って過ごすよう自然が我々をしつらえたのであれば、このような考えも適切であるかもしれないが。

技術の合理性は独特の現象をもたらす。技術者はこれらの現象を洞察することも理解することもできない。彼は現実主義者つまり「仮借ない現実性」の人を自称する。だが彼が現実主義者であるとすればそれは部分領域においてである。つまり彼は知の領域の専門家なのである。彼が身に纏うのを得意とする「厳密な客観性《ザツハリヒカイト》」の見せかけは、彼の法外な権力欲を隠蔽している。この権力欲が最終的に目指している計画と構築物とがまったくもって常軌を逸しているということを、彼は隠しているのである。彼が構築した装置《アパラート》はボルト一つ一つに至るまで考え尽くされてはいるが、それは個々のボルトまでのことであり、それを超えたところには思考が及んでいかない。それは単なる機械機構《アパラトゥーア》であるが、集中化が進んだ状態においては、こうした機械機構の作り手に対し、人間をも装置として扱うことを許すのである。というのもこの機械機構が与える力は巨大なものであるからだ。技術の進歩した状態に特有であるのは、人間に関する機械的理論である。「国家機構《シュターツアパラート》」、「法の機構《レヒツアパラート》」、「経済機構《ヴィルトシャフツアパラート》」という言い方をするのと同様に、すべての事柄が次第に機械機構としての性格、すなわち機器のような仕方で把握された現実性としての性格を帯びるようになる。このような思考の特徴は、自由な状態への尊敬が欠落していることである。

人間は自分の精神性と意志とによってより深い次元から物事に抵抗を行うものであるが、その人間を技術の合理性に、すなわち何ものも逃れることのできない合目的的な機能主義に従属させる企てはまさしくこの抵抗を解体する。本能的なもの、朦朧としたもの、意志に従う不明瞭なもの、精神的に混乱したものは、この企てにおいて抑制されることはなく、むしろ強められる。あらゆるものを取り込もうとする組織には、この暗い王国に立ち向かうためのわずかな手段さえも備わっていない。盲目の根源的力《エレメンタリスムス》が巨大化するのを防ぐことは、技術者のいかなる合理性をもってしてもできない。それどころか技術の合理性こそが、この根源的力が生命へと流れ込み、生命の中で拡がることにつながる道なのである。ここで噴き出してくるのは暗く危険なものである。明けても暮れても人間に教え込まれ仕込まれる自動運動は、人間が自ら意志を欠いた機械的機能と化すことに順応するよう仕向けるだけではない。それは人間の中に潜む抵抗を破壊し、物事が秩序立った仕方で進んでいるという見せかけの下で、無秩序な成り行きに抵抗することを可能にする自立性を人間から奪う。この自動運動は大衆形成を強力に推し進めていく。技術の組織化された力の総体こそがまさにこの大衆形成を助長するのである。人は成功した組織者のことを高い価値を持つ人であると考え、まるで血清を発明した医師のように、人類にとっての恩人として褒め称えるのに慣れている。このような評価はその一面性によって滑稽な感じを与えるが、それというのも、このような評価には批判が欠けており、模範とされる素性の定まらない人々の一覧を増やすのに役立つだけだからである。このような評価をする人々は、こうした組織者の「功績」とはしばしば、組織化されない豊かさを破壊することに他ならない、ということが分かっていない。物質の慣性《ウィス・イネルチアエ》が機械的な強制によってより高い抵抗を喚起され、この抵抗が破壊を結果としてもたらすのと同様に、技術的組織によって人間にはある変化が生じる。しかしこの変化は心のエンジニアにまで昇進した心理学者の関知するところではない。技術の所産は機械的なものと根源的なものとの対応関係を指し示すが、この対応関係を我々は大衆において再び見出す。大衆は技術の側からの機械的影響作用の対象である。ところで大衆がそのような存在であればあるだけ、つまり合理的組織に従属していればいるだけ、大衆にはいっそう盲目的な根源的諸力が浸透し、大衆はこの諸力に精神的に抵抗することはできない。大衆は際限なく熱狂して暴れまわることがあるかと思えば、驚愕のあまりパニックに陥ってこれに服することもある。この驚愕が大衆を捕らえる力は、牛の群れが盲目かつ狂気染みた仕方で谷底へとなだれ込んでいく際に捕らわれる力と同じものである。技術によって生み出される引き裂く力は、技術進歩を自分自身の進歩と捉えている人にも襲いかかる。技術とは不動のものを動員することである。人間もまた動員されているのであり、人間は抵抗することなく自動運動に従い、それどころか自動運動が加速されることを望みさえする。

三九 〔ローマ史の理論〕

現代の大都市に暮らす人間が利用できる資源とはどのようなものか、いかなる物資が利用可能な状態としてあるのか、という問いは、最も重要視されてしかるべき問いの一つである。自分たちが置かれた現状を明らかにしようとするとき、我々は古代ローマを一つのモデルと見なし、そこで比較という方法によって得られる視座や洞察を活用することを習慣としている。十九世紀の歴史家たちがローマ史に強い関心を寄せていたのも偶然ではない。あらゆる封建制の残滓に対する徹底した敵対者であったモムゼン〔98〕は、第一級の歴史家に見られるあの確信を持って、我々にとってローマ史がどれほど重要であるかを、つまり、現在が過去と関係づけられる際に、その基準となる重心がどこにあるかを見定めたのだった。過去とは、決して何かそれ自体として独立したものなどではなく、具体的な現在によって条件づけられた時間的な広がりとして、理解されうるものなのである。モムゼン以後のローマ史記述が辿ることとなった道のりは、我々にとってその歴史がどの程度アクチュアルなものであるかを、はっきり示すものとなっている。我々にとってのローマ史のアクチュアリティとは、ポリスの歴史を含むその前期および最初期の時代ではなく——それゆえモムゼンがこの時代については言葉少なにしか語っていないのも、理由あってのことなのである――そうではなく、ローマが帝都となったあの後期の時代の中にこそある。ローマ史における陰謀渦巻くカティリナ〔99〕の時代、カエサルとポンペイウスのローマ、帝政期のローマこそが、我々にこれほどの関心を呼び起こすのだ。確かに、この時代の都市を埋め尽くしていた大衆の様子に目を向けてみると、彼らの状況が、現代の大衆が置かれているそれとは極めて異なるものであったことが分かる。宗教的・政治的・社会的な差異は大きく、ここで我々が直面しているのは一つの別の世界である。その技術的組織は我々のものには及ぶべくもない。しかしながら、この自由民、解放奴隷、奴隷からなる大衆、ますます多彩に、やかましく、騒然たる様子で市場や通りを埋め尽くし、熱狂的なパルチザンとして権力者に奉仕する一方で、それと同じくらい熱狂的に、円形競技場で人や獣が殺し合うのを見ては喝采する、この群衆《トゥルバ》の姿にはっきり認められるのは、彼らの多くがますますあの野卑な寄生生活に陥ってゆくというばかりでなく、同時に、その速度と流動性がますます高まってゆくという事態なのである。豊かな風景の荒廃をもたらすことになる諸州からの搾取システム、莫大な利益を貪る役人と徴税人、当時の富裕層による無意味な浪費。これらすべての前提となるのが、あの大衆、食糧と娯楽を欲するあのとてつもない規模の都市住民の存在なのだ。ただしこの大衆を、生来穀潰しであるような連中、あるいは怠け者の集団などと考えるのは、明らかに稚拙な発想だろう。ローマは壮大な構造設計に基づく都市であったばかりでなく、あらゆる大都市がそうであるように、勤勉な職人と労働者たちがひしめく町でもあった。そこは度を越した享楽の地であったばかりでなく、同時にまたいかなる時代においても労働の場所であった。穀物の配給者リストに登録され、円形競技場に入るための番号付きの入場券を受け取るような人々だけが、そこに暮らしていたわけではない。そこには常に、あらゆる分野の活発な専門的職業人が数多く存在していたのである。すなわち、こうしたことのすべて、この勤勉な労働世界の全体は、この都市のせいでその支配領域が疲弊する、という事実とまったく隣り合わせに存続しうるものであったのだ。しかしここでは、この大衆が陥っていた依存状態に目を向けてみることにしよう。大衆が形成される際に常に見られる特徴は、それが人工的に、つまり、外部からの人の流入の結果として起こる、ということである。これと連動する形で、政治的な自己決定の能力、さらにはそれを行う権利までもが失われてゆく。大衆もまた――ローマに都市農民がいた時代はとうに過ぎ去ってしまったので――自らを養う能力を失ってしまった。彼らは養われねばならず、その扶養から生じる負担は決して終わることがない。この都市が消費する食物の量はすさまじい。帝国はそれを賄うために充分な広さを有しておらず、遠征を組織し出兵を重ねることで、国土を拡張しなくてはならない。世界帝国を築き上げるためには、自由農民という身分の根絶が不可欠の前提条件であったように思われる。なぜなら、自らの土地を有し、安定した生活を営み、変化を嫌う、この農民階級を取り除いて初めて、政治的な理念は帝国という名を掲げてしかるべき、あの領土侵食の力を得ることになるのだから。帝国主義は大衆形成と手に手を携えて進む。なぜなら、後者によって初めて、前者は領土を貪るための力を与えられ、空腹に敏感になり、権力を消化できるようになるからである。ラツィウム〔100〕の一都市に過ぎなかった頃のローマは、イタリア第一の都市となったローマとは別物である。カルタゴ戦争下のローマは、帝都となったあのローマとは別物なのだ。我々がここで目にするのは、古代のポリスが一歩また一歩と自己崩壊の道を辿りつつ、それが一国の首都へと変容してゆく過程である。このとき供されることとなった法外な犠牲とは、ローマ的なものの本質であった。これに対しては、かつての厳格なローマ人気質を持つ者たちが激しい抵抗を繰り返したが、結局はそれも無駄なあがきに終わってしまった。ところがこうした犠牲の中にこそ、そしてただその中にのみ、この権力を正当化し、同時にその存続を条件づけているものがあるのである。こうした犠牲こそが、ローマ人の国家を海賊、つまり、ただ略取と強奪を目指すだけの企てから区別するものなのだ。権力について常に一面的なイメージを抱いてしまうとすれば、それは次の事実を見ていないからだろう。すなわち、権力は勝者をも同時に制圧するものであり、そして勝者は、自らが支配するのと同じ程度に、その支配権によって支配されているという事実である。そうであるからこそ、アジアやアフリカを初めとする帝国諸州はすべて、当初はローマの勝利を誇示するための陳列品とされて、しかしついには、自分たちの子孫を法務官や執政官《コンスル》、あるいは皇帝《カエサル》として送り込むことによって、ローマに参入してゆくのである。人工的な大衆形成はこうした展開に伴って進展し、皇帝たちのもとで頂点に達する。この大衆の構成を見れば、生まれながらのローマ人といった人々が、彼らの中で次第に少数派になっていくことが分かる。かつてのローマ人気質の痕跡は、このラテン化されギリシア化された住民たちの中で、判別できないまでに消失してしまう。この世界的な大都市によって、人間もまた消費されるのである。その人員の補填は、都市の内部ではなく、帝国領内にある在庫の中から行われる。有能な人々が洗いざらいかき集められ、常に新たに大量の奴隷が迎え入れられる。そしてついには、人工的な大衆形成を枯渇させ、都市を過疎化させ意味をなさなくしてしまう、あの事態が生じることとなるのである。

四〇　〔技術とスポーツ〕

技術はどのような形で人間に影響を及ぼすのか。それは、労働に従事する人を観察するとき明らかになるばかりでなく、人々が熱中する娯楽にも、スポーツにも見てとることができる。スポーツは、技術的に組織化された大都市を前提としており、大都市なくして考えられない。スポーツの専門用語は大部分が英語に由来する。このことは、とりわけ十九世紀の前半、英国が工業化において先進性を保っていたことに関連している。実際、当時のエンジニアや機械工は英国に旅し、自らの技術的知識を完全なものにした。その後、アメリカの技術的発展とともにスポーツもまたアメリカナイズされたが、ロシアやスペインのような技術的後進国においてスポーツはあまり振興されなかったし、あらゆる技術発展から取り残された広範な地域においては、まったく振興されることがなかった。スポーツとはつまり、大都市に暮らす人間が適応しなければならない諸条件に対しての、反作用なのである。そしてこの反作用は、人の動作がどんどん機械的になるにつれ、大きくなる。「野生人」はスポーツをしない。彼は身体の能力を鍛錬し、遊んだり、踊ったり、歌ったりするが、これらの活動は、たとえ名人芸の域に達しているとしても、少しもスポーツ的なところがない。現代の最高のスポーツ選手は、労働の機械化が最も進んだ地域の出身者であり、なかでも都市出身者が多い。農民、林務官、狩人、漁師といった、機械的制約から自由な活動をする人々は、スポーツをすることがあまりない。田舎でどれだけスポーツが普及しているかを見れば、機械化がどれだけ進んでいるかが分かる。特に、耕作の機械化がどれだけ進んでいるかの目安となる。なぜなら、耕作機械を用いた労働は、肉体労働が支配的だった時代に出来上がった身体の筋肉構造を変化させ、同時に動作も変化させたからである。生涯肉体労働をつづけてきたことによって形づくられた農民の体のあの重さと硬さ、技術労働者にはないあの非柔軟性は、今日失われ始めている。農民の体はより軽快に、より動きやすくなっている。機械によって、直接土をいじる労働から解放されたからである。トラクターや草刈り機械の運転手は、体を使って土を耕したり草を刈ったりする人とは異なる身体を持っている。

遊び〔Spiel〕とスポーツの境界を正確に規定するのは容易ではない。スポーツとして行うことが不可能な遊びはほとんどないからである。古代ギリシアのオリンピア競技会〔die olympischen Spiele〕は明らかにスポーツではなく、宗教的共同体の祭典であって、それが競争と結びついていたのである。これをスポーツと呼ぶことはできない。そもそもスポーツに必要な工業地帯が欠けているのだから。しかし、古代ギリシアにちなんでオリンピック競技会と呼ばれる現今のものは、あらゆる国から専門家たちが押しよせてくるスポーツなのだ。また、狩人、泳ぎ手、釣り人、ボートの漕ぎ手と、スポーツとして狩をする人、泳ぐ人、釣りをする人、ボートを漕ぐ人も、区別しなければならない。後者の場合、明らかにそれは技術者であり、自分の仕事の機械的側面を完成させようとしているのだ。彼の装備を見ただけでこのことは分かる。スポーツが行われる際使われる様々な道具も眺めてみるがいい。ストップウォッチ、タイムレコーダー、測定器、スターティングブロック等々を眺めれば、どれほど機械化が進んでいるかのイメージを得ることができる。時間の小断片を、小さな部分を正確に測るこのような行為のうちには、技術特有のあの管理された時間消費、あの時間組織が再び見出される。

スポーツ選手の隠語、彼らが話しているジャルゴンは、すこぶる機械的な硬い言語ではあるまいか。最後にスポーツ産業そのもの、その組織、その鍛錬、表、リスト、記録規程を眺めてみよう。スポーツの発展が機械化の進捗と関連しており、スポーツそのものがますます機械的に行われるようになっていることは、間違いない。それは自動車レース、航空競技、六日間耐久自転車競走など、機械を用いて行われる競技に見てとれるだけではなく、ボクシングやレスリング、水泳、競走、跳躍、投擲、砲丸投げのような、機械が使用されることのないすべてのスポーツにも認められる。この場合、人間そのものが一種の機械となるのであり、機器によってコントロールされた彼の動きは機械的なものとなる。それと関連していることだが、スポーツマンは自らの競技のいわば専門的職業人となり、自分の特殊な能力を仕事のために、商売のために使うのである。

技術が進歩するにつれ、人間にとってスポーツがますますなくてはならない、必要不可欠なものになっていくことは、疑う余地がない。体を規律に従わせることによって大きな業績をあげることができることもまた、明らかである。一方、すべてのスポーツには不毛なところがある。この不毛性は、スポーツの機械的営みと技術的組織の拡大に関連しており、スポーツを長く観察すればするほど現れてくる。スポーツには動きの自発性というものがまったくなく、自由な即興性が欠けている。走りたい、跳躍したいという欲求があってこれを始め、この欲求がおさまるとこれをやめる人は、スポーツ競技会に参加し、技術的規則を守りながらストップウォッチと測定器を使って記録を破ろうとする選手とは、まるで違った人間なのである。泳いだり潜ったりする際に我々が感じる大きな愉悦は、水という元素に触れることでもたらされる。水の澄んだ新鮮さ、冷たさ、純粋さ、透明さ、弾力性に触れることにより生れるのだ。こうした愉悦は、水泳選手が出場するスポーツ大会では確かに何の意味も持たない。なぜならそのような大会の目的は、選手のうちの誰が技術的に正しいやり方で水中を動き、一番早くゴールに達するか確認することにあるからである。この目的を達成するため、トレーニングは意志の力を張りつめることを目指す。この意志に、身体は機械的なやり方で従わねばならないのだ。そのような意志の緊張は、すこぶる生産的で有益なものとなりうる。しかし、スポーツ選手のトレーニング、彼の行うスポーツは、自己目的になればなるほどそれだけ不毛となる。スポーツ選手の体を見れば、彼が服しているトレーニングが偏ったものであることが分かる。彼の身体は鍛錬されてはいるが、少しも美しくはない。スポーツが作り上げる身体性は、決して美しいものではないのだ。というのも、この身体性は均整を欠いているから。特殊なトレーニングに服する身体は、特殊な観察に服する精神と同様、均整がとれていないのである。スポーツで鍛えられた体が美しく感じられるとしたら、それは審美眼が洗練されておらず、裸体研究が不足している、という理由だけによるのではない。そのような価値判断が行われるのは、身体性が機械的基準によって評価されているから、とりわけ、身体性によって表現された意志の緊張の強さに基づいて評価されているからなのである。しかしこの場合、身体性には、美の静かで納得のいく豊満が欠けている。無頓着さ、上品さ、優雅さも欠けている。精神性と感覚性の両方が欠けているのだ。それが最もはっきりしているのは、スポーツをする女性の場合で、体と顔の表情が持つ硬い、不毛な特徴に表れている。スポーツは、どのような芸術的生活とも、芸術的活動ともあい入れず、とことん非芸術的で、非精神的な特徴を持っている。

スポーツマンは、禁欲主義者でありかつまた専門職業人であると言えば、分かりやすい。もちろん、本来の禁欲主義者とはまるで違った意味においてである。スポーツ選手のトレーニングは禁欲主義的特徴を持っているし、スポーツというものが独特の潔癖主義《ピューリタニズム》に、生活習慣の厳しい衛生観念に貫かれていることも分かる。この衛生観念は、睡眠、栄養摂取、性生活を、合目的性の観点から捉える。スポーツ選手とはつまり、ありあまる生命力ゆえに力いっぱい放埒な運動をする人々ではなく、自分の力の正確な管理配分《エコノミー》を遵守し、最も節約したやり方で力を行使する、専門職業人の種族なのである。

四一〔映画のメカニズム〕

機械が関与するあらゆる娯楽には空虚なところがある。そこには快活さが欠けている。そこで気づかされるのは、すべての娯楽が強制に服しており、自由で人間的な動きが巻き添えになっていることである。技術的組織の中で生活する人間は快活ではなく、酷使され、もはやゆとりがないから、快活になることなどできない。労働からも快活さは失われた。その徴候の一つは、高まる倫理的熱狂によって労働が褒め称えられ、称揚されていることである。大衆が機械的に目まぐるしく動き回る産業都市は、暗く陰鬱なイメージを与える。そこには偉大な祭りの主、アポロンとディオニュソスの居場所はない。

機械システムのリズムは、自動機械的な無機質さと硬さを持つ。機械システムのリズムが幅をきかすところでは、韻律的で循環的な人間の動きは押しのけられてしまう。あらゆるリズム、あらゆる韻律的な動きが依拠する周期性は、機械的になり、死んだ時間によって統御される。循環的に秩序づけされた動きに基づく記念祭は、技術が完成に近づくにつれ次第に衰退していき、民衆の祭りはその性格を変えていく。民衆の祭りという性格を未だ保っている祭りを眺めてみよう。そうした祭りの特徴は地域の農民が大挙してやって来ることであるが、それは、農民こそが毎年の、また祝祭の循環的秩序に極めて正確に従う人々だからである。ミュンヒェンのオクトーバーフェストを眺め、そこを一巡してみよう。即座に、どれほど技術的な組織が祭りの組織の中に侵入しているか、気づかされる。そこら中が機械によって動かされ、機械的音楽に伴われたブランコや乗物、回転遊具、コンベア、機器が認められ、それ自体が機械的性質を持っている娯楽に加わるようにと、我々を招き入れるのである。そして我々がスポーツに即興性が欠けていることを見て取ったように、これらの娯楽もまた、機械的になるに応じて、自由な即興性や自発的力を失っていくのが観察される。娯楽はどんどん組織に絡め取られ、技術的に秩序づけられてしまう。その上、人間は、自分で喜び、自分で楽しむ能力を失っており、こうした能力を補うための設備を考案しなければならず、人間の自由時間もまた自動機械的規制に服しているように見える。今や、休養という言葉が意味するのは、機械的労働による緊張のあとの弛緩である。したがって、そこでなされる動きには痙攣的なもの、ある収縮が認められ、とりわけ体育の授業はこれを解消しようと努めている。舞踏のような自由な芸術、民衆の舞踏を観察するなら、それがいかに機械的な動きを持つものか気づかされる。そのための音楽は、一部は自動機械によって提供され、一部は機械化されたリズムで演奏する音楽家によって提供される。映画もラジオ放送も巨大な自動機械に属するものであり、大衆娯楽への関与を絶えず増大させている。

映画を眺めたとき気づかされるのは、スクリーンに映し出された人物が光学的なメカニズムに捕らえられ、機械的な劇場の中で動いているということである。彼がそこから自分を解放できないのは、この光学メカニズムが常に映画全体の前提条件となっているためだ。観客の幻想を高めるため、映画をできる限り完全なものにしてみるがいい。立体的もしくは彩色にしてみるがいい。それでもこうした完全化はすべて、機械システムの完全化であり、機械システムそのものがもつ限界を超えることはない。そこでは、動き、声、映画の展開に合わせて響く音楽が、機械的に再現される。これらすべてに観客の幻想が関与する度合いは大きい。観客は、眼前をかすめて動く影像が実在の人間であり、聞こえる言葉が実際にこれらの影像から発せられたと思ってしまうのだ。自分が見ているものが血のかよった人間ではなく、自分が聞いているのが、生きた人間の声でなく機械的ノイズなのだということは、観客の幻想を妨げない。そもそも観客を不快にするのは、この見世物の機械的なところではなくて、ただ機械の不完全さだけなのである。

誰もが知っているように、映画は演劇のように何度も観ることができない。映画はずっと早くに効果を消耗してしまうのであり、とりわけ時間が経つことによって観る価値のないものになる。演劇は同じものをどれだけ頻繁に上演したとしても、それぞれの上演は互いに異なったものになるが、映画の上映はいつも完全に機械的な同一性を持っている。演劇は俳優の仕事によって絶えず変えられるが、映画は変えることのできない硬直したものである。映画はとても硬直しているので、音楽なしでは耐えられない。同じ映画をくり返し観るにつけ、次第に幻想がもたらす効果は減じ、代わりに硬直したメカニズムに気づくことが多くなる。また、次第にその映画には滑稽なところが見出されるようになる。それは意図されぬ滑稽さであり、初期の映画のすべてのメロドラマや恐怖映画に付随していたものであって、それらをおかしなものにしている。初期のメロドラマや恐怖映画だけではない。おしなべて映画というものは時とともに滑稽になるのである。

ここで、少なからぬ反論の声が聞こえるように思われる。それなら観客の幻想をもっと加勢してやらねばならない、メカニズムをさらに覆い隠すことで、機械とは関係のない現実感や本当らしさを装わねばならない、という主張である。しかしながら、メカニズムを取りのけることはできないので、この試みには限界がある。いや、その方法は誤りというべきである。メカニズムを隠すのではなくそれを完全化することによって、映画は技術的に発展していくものなのだから。たとえば、映画に登場する人間もまた機械となることによって。デザイナーがことさら映画のためにキャラクターを描き、そのキャラクターが人間にとって替わる、つまり、人間ではなく、小さな自動機械を登場させることによって。この考えはパラドックスと受け止める人も少なくないだろう。だが、この分野においていつも先進的なアメリカでは早くからそうした映画が導入されており、大きな人気を博している。なるほどそれらの映画は、未だ出来事の論理や一貫性を欠いたものであり、それはこの新しい分野を充分な知性を持って構成するデザイナーがいないからであるが、しかし、この種の映画の現在の姿は、将来どんなことが起こるかを予示している。

四二〔自動化の麻酔的魅力〕

機械システムの停止はいつも、技術的に組織された人間のうちに耐え難い生の空虚感を呼び起こす。人間はこの空虚感には太刀打ちできないと感じ、動きを高めることによってそこから逃れようとする。人は確かに、時間が容赦なく組織化され日々の経過がこれに支配されていることを嘆き、自分が組み込まれている労働メカニズムを呪わしく思ってはいるが、同時にまたこのメカニズムに依存してもおり、娯楽の中でこのメカニズムに帰ってゆく。運動は、とりわけその速さや、次々に記録を更新していく加速化の性質によって、麻酔のような魅力、人間の感覚を麻痺させる力を持つ。人間は、気持ちを高揚させるため、絶えざる刺激のようにこの麻痺的力を必要とする。彼は常に、何かが進展し、何らかの活動に関与しているのだという感覚なしではいられない。それゆえ彼は、新しい情報を求める飽くなき欲望を抱き、輪転機によっては決して満たされることがない。彼の生のイメージは動的なものである。彼は生を、そこに内在する活力によって評価するが、こうした価値判断は、大衆を苦しめ鋭く貫いている生の飢餓感の表れである。生はいまや飢餓感に、消費の力に率いられる。絶えず体験に飢えて何らかの体験を渇望する人間はまた、活気づけてもらいたい者なのである。一人一人の人間は、衰弱、疲労、消耗、生の無意味さといった感覚に打ちのめされる。とりわけ、機械的運動が人間にもたらしてくれる推進力が緩み、自分を前に駆り立ててくれる駆動エネルギーが弱くなり始めていると感じるところで、打ちのめされるのだ。この意気消沈した状態は、死んだ時間が意識に入り込むところで人々を覆う。こうした運動とは消費の一つであり、消費としての運動が限定されたところで、飢餓感が強まるのだ。すると即座に、退屈や、センセーションを手に入れようとする欲望もまた、人間を捉える。人間は、飲み込もうとしている死んだ時間によって自分の方が飲み込まれてしまうことを恐れ、動作の速度を速め、この消耗する感覚から何とか逃げようとする。この速度というものは、より強い生のイメージを人間のうちに呼び覚まし、中毒のように人間を活気づけ、不可思議な幻想を作り出す。彼は、憂いのない、力強く躍動する生に敬意を寄せる。とはいえ、幻想を楽しむ虚弱者のように。彼は死んだ時間に欺かれている。なぜなら、彼が自らをゆだねている機械的な運動は、それ自体空虚であり、動きが激しければ激しいほど、いっそう空虚にならざるをえないことを、彼は理解していないからである。人間は自らの健康が高められるがゆえに、その動きに固有の価値を与える。もしかすると彼は、この運動を救いと感じているのかもしれない。自分について熟考することを妨げてくれるから。思考とはアリストテレスによれば、苦しむ理性なくして起こりえないがゆえに、苦しみであるとされ、痛みを伴うものなのであるが、何も考えずに機械的動作に身をゆだねていると、そのような思考を回避することができる。実際、機械的な運動の麻酔的な力はいたるところで観察される。その力は、見事にも、我々の大都市の活気ある雰囲気に浸透している。この雰囲気は、極めて緊張した意識と夢の世界とが結びついたものなのである。レーサー、パイロット、車のドライバーの意識は目覚めているが、それは、夜と夢世界のイメージによって限定された狭いエリアでのことである。彼らの意識は機械の機能に向けられた機能的覚醒性を持つのだが、片側にのみ集中されればされるほど、この意識は狭められてしまう。驚くべきことに、大都市の、特に交通の中心部では、通行者のあらゆる注意は交通ルールを守ることに向けられていて、その目はほんのわずかなものしか見ていない。彼は注意深い。自動で滑るように動く交通機械によって絶えず危険にさらされているから。しかし同時に、この動きは彼を麻痺させ、この動きの機能的な進行が何らかの形で遮られると、容易に驚かされるのである。

これと関係しているのが、大都市で人間を電撃的に襲う意識、まったく現実的でないとか、作られた現実なのだという意識、すなわち非現実性の意識である。こうしたことは、優れた観察者が大都市にますますはっきりと感じ取る潜行的な特徴とも関連する。潜水鐘の下でのように生活が営まれ、カフェやオフィスの大きな窓ガラスを通して見ると、水槽の中を見ているイメージとなる。この奇妙で、決して心地よくない感覚は、運動の自動性と結びついており、運動の中に両生類のように現れる、機械的な、滑るような反射の知覚に結びついている。これらの都市は、記憶が我々に伝えているところの過去の大都市と同じように奇妙で、奇異な感じを与える。現代の技術について何も知らない、別の時代の人間が、現代の大都市に足を踏み入れ、どのような力がここを支配しているのかと自問したとしたら、おそらく彼はこう答えるだろう。極めて強力で、極めてたちの悪いデーモンであると。

四三　〔惑星規模で組織化された収奪、総動員、総力戦〕

自然法則が堅固で不変であり、永遠の機械的規則性を有することは、自然科学的思考にとっては自明の理である。科学の進歩を信仰する際に前提となるのは、どんな進歩にも凌駕されない法則があるということ、たとえば因果律のような、何にでも機械的に適用できる、不変で信頼のおける基盤があるということである。同じ原因からは必然的に同じ結果が生じる。この因果律の妥当性に疑義を唱える科学者は、科学というバベルの塔が拠って立つ土台を攻撃していることになる。あらゆる知識について、それが知るに値するものかどうかを問う者も、皆、この土台を揺すぶっているのである。というのも、この問いはもはや科学の問いではないのだから。科学がもたらす明白で素晴らしい成果に満足せず、科学的認識が一体どんな洞察に導いてくれるのか、科学的認識が何の役に立つのか、科学がその目的を達すると一体何が成し遂げられたことになるのか、を問う者は、科学的知識の柵を打ち破っている。ここで我々は、技術の進歩に絡みついた幻想のうちの最後の一つに言及することになる。合理化の努力がいつかその終着点にたどり着くこと、すなわち、弛まぬ働きによって目指された完成状態が実現するとき、合理化の努力がその目的地に到達することは、明らかだ。永遠の進歩などという考えは不条理かつ無意味である。なぜなら、それが前提とする永久運動は無限の堂々巡りの中へと解消されてしまうのだから。技術的合理化が進んでいく際のあの拉《らっ》し去るような力こそ、我々が終結へと近づいていること、技術の最終段階に近づいていることを示唆している。その最終段階において、すべての技術的なものは完璧さに到達する。それは、我々が使っている有用な道具にずっと以前から認めることができたのと同じ完璧さである。この完成が達成される時点は、そう遠くはないのかもしれない。とはいえ、これについてあれこれ推測してみたところで大した意味はないだろう。だが、ユートピア主義者がとりわけ熱中し、希望を託しているのが、技術の完成のときなのである。技術の進歩のために甘受しなければならない苦しみや犠牲は、最後には報われる、という考えはよく耳にする。しかし、そのような弁償理論は宗教的人間にこそふさわしいとはいえ、技術とはまったく関係がない。初めではなく、終りこそが重荷を背負わされるのだ。苦しみや犠牲は、人間が力を追い求めたことによって支払わねばならなくなった代償と考える方が、より自然なのである。

機械的完成の状態に調和のイメージを結びつけること、政治的、社会的理想郷を、それがある筈もないところに見出そうとするのは、夢物語に過ぎない。ゆとり、自由、富といった、技術の進歩によって連想される観念がユートピア的であるように、人々が未来に想定する平和、裕福、幸福といった観念もまた、ユートピア的である。それらは、結びつけることのできないものを結びつけているのだ。機械とは幸福を授けてくれる神ではないし、技術時代が最後にもたらすのは、平和で愛すべき牧歌的生活ではない。技術が提供してくれる力に対しては、いつであれ、高い代価を払わねばならない。それは、どのような形であれ、ネジと歯車の機構の中にはまり込んでしまった無数の人間たちの、血と神経の力によって支払われる。力の代償は、無気力な労働生活、職業生活であり、その痴呆性は、技術の時代には機械的賃金労働において、すなわち労働者が依存する労働オートマティズムの中で頂点に達する。力の代償は、精神生活の荒廃であり、その荒廃は機械システムが拡大されるあらゆる場所に広がっていく。技術がもたらす恩恵に関しては、すべての幻想を捨てた方がよい。特に、技術の進歩が平穏な幸福をもたらしてくれるという幻想は、捨てるべきだ。技術は、豊饒の角を手にしているわけではないのだから。〔101〕

まったく違った徴候が現れている。技術は収奪を前提としており、技術の進歩と共に収奪は増大していくから、完成の域に達したときに技術がこれまでなかったほど包括的かつ強力に収奪するであろうこと、地球的規模で組織化された収奪、このうえなく合理的な方法による収奪が実行されることは、想像に難くない。損失経済は途方もない規模となり、当然、我々は長くは持ち応えられないであろう。収奪は大規模な荒廃を広げ、容赦ない土地搾取のために（そのよい例がアメリカだ）凄まじい勢いで砂漠化が進む。とはいえ、損失経済が終りを迎えるのは、採掘場の消耗、すなわち資源の枯渇のためばかりではない。損失経済はすべての領域に及び、技術的組織の内に生活する人間も、これを免れることはできないのだ。次第にはっきりとしてきているが、技術の全領域で進む浪費はひどく大規模になり、その機械的重圧の下で、人間はくず折れてしまう。完成された技術は、人間に持てる力以上のものを要求するから、人間は長くは応えることができない。また、過重負担の徴候の一つは、精神的、肉体的活動に見られる痙攣である。この歪んだ動きは、人間の活動に圧力が掛けられていることを表している。あらゆるところで、労力が無理矢理傾注されているさまが見てとれる。これに続いて必然的に生じるのが、意志と神経の力を過度に張り詰めたとき現れる反作用、すなわち、疲弊、無気力、呆然たる敗北感なのだ。

ここで我々は、「総動員」〔die totale Mobilmachung〕、「総力戦」〔der totale Krieg〕について考察するあの思想を理解するための鍵を手に入れることにもなる。この思想は、論敵がどのような異議を唱えるに〔102〕

せよ、すこぶる有意義なものだ。我々が置かれた状況を正確に描写しているからである。それゆえこの思想には敬意を払い、関心を寄せるべきなのだ。どれほど痛みを伴い重大な結果を招くものであろうとも、人を真剣にさせる認識は、顧慮に値するものだから。この思想への反論に特徴的なのは、総じてそれが筋違いの論点から唱えられているということである。

動員がすべてのものに及ぶとは、どういうことなのか？　戦争遂行に総力を投入せねばならぬという要求が現れるのは、どういうことなのか？　総力戦は他の戦争の仕方とどこが違うのか？　十九世紀を代表する戦争理論家、クラウゼヴィッツ[103]は、そのような総力戦には言及しなかった。なるほど彼は、戦争を定義する際、最大限の暴力の使用を迫る傾向が戦争に内在すること、そうした暴力の使用には制限がないことを述べ、戦争の三つの相互作用を挙げて、その各々が最大限まで達するとしている。しかし、そのあとすぐ、最大限の暴力の使用を迫るこの傾向が実際には緩和されざるをえないと述べ、最大や絶対といった観念に代わって現れる可能性が高い現実を語っている。彼の戦争論に特徴的に見てとれるのは、それが技術的組織のとてつもない発展についてまだはっきりしたイメージを持つことができなかった時代のものだということである。ナポレオン戦争がそうしたイメージを与えることはなかった。この点からして明らかに、クラウゼヴィッツが戦争遂行のために想定した手段は限定的であり、その目的も限定的であった。これに対して総力戦とは、すべての技術的組織を前提とする戦争である。理念上、戦争遂行の手段と目的にあらゆる限界を否定する戦争であり、これと相関関係にあるのは、まさしく、あらゆるものの破壊であろう。現代の戦争理論家は総力戦をそのような戦争としてはっきり描くようになってきている。総力戦は、戦争準備において全面的《トタール》であり、戦略的戦術的手段と目的に関して全面的であるのみならず、もはやいかなる手加減も加えない仮借なき破壊思想によっても、全面的なのである。

この仮借なき破壊思想にふさわしい破壊兵器の特徴としては、既に述べたように、技術の進歩に応じて空間的破壊力が増し、量的に無制限な破壊力が行使されるということである。

とはいえ、この戦争にも抑制が働くし、最大限の力の行使を迫る傾向も、制約と軽減に従わざるをえない。制約とは次の点にある。すなわち、あらゆる手段を動員する戦争は、力の拮抗した敵同士で戦われるとき、すべての在庫の枯渇もまた招かざるをえないのである。総動員や総力戦の概念に既に含まれることだが、それらは何一つとしてそのままにしておかず、動かされることのない、触れられることのない資源は何もない。手付かずの資金はもはや存在せず、動かすことのできない不動産は一つもない。消費から守ってくれる死手《しにて》〔104〕はないのである。この行程をはっきりさせたければ、今日人間が置かれている状況を眺めてみることだ。産業労働者、あるいは物量戦を戦っている兵士の置かれた状況には、どんな特徴が見られるだろうか。というのも、物量戦を戦っている兵士もいわば労働者なのである。そもそも技術化が進んだ状態においては労働関係が決定的意味を持つから、そうした状態に生きる者は誰もが労働者なのだ。労働者が置かれた状況には、機械と組織への依存という特徴がある。要するに労働者は、いざというとき頼りにできる貯えが何もない。労働者はただ労働力のみを頼りにせねばならず、生きてゆこうとすればその労働力を弛まず投入しつづけるしかない。労働者は安らぎやゆとり、あるいは長期間の休養だけでも保証してくれるような貯えを持たない。こうして、労働者がなさねばならないのと同じ規模の力の投入が、総動員や総力戦についての思想の中に現れていることが分かる。総動員・総力戦においては、すべての備蓄が同時に呼び出され、動かされ、作戦のために要求される。この成り行きがもう一つの側面を持つこと、総力戦を遂行するために全面的《トタール》な消耗が引き起こされることは、容易に想像できる。この戦争は、兵器の技術的未発達を熱意が埋め合わせるような自由な群民蜂起〔Levée en masse〕では決してない。これは、技術的に高度な発達を遂げた組織同士の戦いなのであり、技術の進歩に特有の、あの機械的で自動的な傾向を示す戦争なのだ。それゆえ、この戦争に託された最も重要な課題の一つは、敵の技術機構を粉砕することなのである。

技術の進歩と戦争遂行は、その関係を次第に強めていく。今日では、戦争が起こった場合、国家の有する技術的潜在力が戦局を決定づける状況に至っている。これはまた同時に、技術的進歩の一段階の最も端的な表現でもある。技術的潜在力の小さい国は、潜在力が大きい国に比べ、戦争時にわずかな存在感しか示すことができない。最大の技術的潜在力を持つ国は、戦時には最大の存在感を発揮する。それゆえに国家が、技術を完成させる努力を支援し、加速させ、促進せざるをえないのは、ますます機械的とも思える必然性となっていく。国家は自らを保持するため、あらゆる領域で技術的自動化を進め、すべての労働工程をできる限り自動化せざるをえない。技術的潜在力が戦局を決定づける以上、実質的に技術的潜在力とは軍備以外の何物でもないのだ。技術の進歩は、技術的組織化が始まったころかぶっていたあの経済的仮面をここで脱ぎ去る。技術的労働工程は軍備の工程となり、戦争に向けたものであることが次第に明白となる。これはいかなる手段によっても防ぐことができない。戦争が特定の場合に回避されることは想像できるが、戦争の中で国家が、自らの保持する技術的潜在力を武器として使用するのを断念することは想像しがたい。この潜在力を絶えず誇示し、それをゾッとするほど恐ろしいものだと思わせる努力は、平和時の政治的戦術の一つである。なぜ諸国は、国際法に則った旧来の法的宣戦布告を実践しなくなってきているのか。これも理解できる。それは、侵略者のレッテルを貼られるのを諸国が恐れているためではない。むしろ、動員態勢が高まった状態で技術的潜在力を不意に、相手を驚かせる形で現実化したときに得られる優位を、確保しようということなのである。

技術的に組織化された経済が次第に戦争経済となるように、技術は次第に戦争技術となる。技術はその軍備的性格を剥き出しにしていくのだ。技術が力強く発展しつつある現今、技術による収奪は以前にもまして激しい。技術は、消費を増大するのと並行して人間の生計を制限する。少しも経済法則を顧慮しなくなり、技術的組織を賄う資金を調達するため、労働者にますます過酷な要求が突きつけられる。

総力戦によって何が得られるのかという問いは、専門家のみの関心事ではない。この問いの根底には、次のような洞察がある。すなわち、総力戦が引き起こす全面的《トタール》な消耗は、勝利がもたらす利益をも飲み込んでしまうのではないか、勝者も敗者もない状態、何もかも疲弊した状態しか生まないのではないか、という洞察である。我々はまだ戦利品をあてにできるような状況にいるのだろうか。いや、総力戦の要求が現れたことは、生き残りをかけた戦いが始まったことを意味するのではないか。別の言葉で言えば、技術の進歩は、その消費力があまりにも増大してしまったため、国家という領土的・政治的組織をも根本から変えざるをえないようなところにまで、到達したのではないか。

四四〔欠乏諸組織の課題〕

本書の初めのほう〔四章〕でも述べたように、どのような秩序化の過程も両刃の剣に似た両面があり、秩序化のため支払われる代償を見定めようとする者は、この二つの刃について前もって理解しておかなければならない。このことを一つの例によって明らかにしよう。技術の進歩とともに、技術と結びつけられた労働者の無防備は、ますます露わになる。機械機構そのものは労働者を保護することができない。というのも、労働者の無防備さの感覚や、無防備であるがゆえの苦悩や不安から生じる安全性《ジツヒヤーハイト》への欲求は、まさに機械機構の拡大と、より正確に言えば、この機械機構を操作する合理的思考と分かち難く結びついているからであり、それゆえこの合理的思考は、ここで弊害を除去する対策を講じなければならないのだ。ところがこの対策というのはまさに、拡大された技術組織に人間を組み込むこと、すなわち、最初は多少とも自由意志で支払われるが、そのうち強制的に要求され取り立てられるさらなる請求に、人間をさらすことなのである。

この現象を理解しようとするなら、安全性と安全性への欲求のあいだには大きな相違があることを知らねばならない。人間が自由の意識を有しているところ、そこにはまた安全性も統べていると推測される。安全性のないところでは、およそ人間の優位さや気高い力というものは、考えられない。近頃よく言われるように、十九世紀の安全性は総体的に偽りの安全性だと批判するなら、その主張には説得力がない。偽りの安全性はどんな時代にも見出されるのだ。というのも、安全性へ引き籠もろうとすることほど人間にふさわしい、人間に固有なことはないからである。だが、ここでは偽りの安全なのかそうでないのかは問題ではない。間違いなく十九世紀には、時間と場所を選んで観察するなら、牧歌的な気分にさせてくれる広大な風景や、厳しい冷気や風が入り込まない、現代から見ると温室のごとき状況が存在した。技術の好況がとことん利用されることによってもたらされる豊かさの増大を思い起こしてみよう。そしてまた、著しく自由になった個人の活動空間を思い起こしてみよう。そうすれば、そのような状況を顧みるとき多くの人々が抱く悲哀感や、過去を眺める際に彼らを捉える喪失感もまた、納得できる。

ところで、十九世紀には安全性が崩されていくという感覚がとりわけ強かったのであり、そのことは地震計の針が揺れるごとくはっきりと、この世紀に生きた精神的な人間の諸記録から読み取ることができる。そうして現に、安全性への要求が常に増大しつづけているさまを我々は見ており、知っての通りこの要求は、実際に存在する安全性が減少するのに伴って高まるのだから、我々は見紛うことのない判断基準を有していることになる。安全性の代わりに、強い、そしてしばしば痛みを伴う安全性への欲求が高まっていること、無防備さや安全でないという感覚、空疎な空間の中に浮かんでいるという感覚が、現在の人間を以前よりもなお苦しめていることを認識しないなら、なぜこれほど強く社会問題が我々の思考を捉えるのか理解することはできない。この無防備さが必然的に感じられるところでまず、この社会問題が人間の思考を捉えることになる。それゆえに、保護のなさを訴え始めるのは工場労働者であり、保護のなさゆえに政治的運動を呼び起こすのはまず工業地帯なのである。技術的な労働方法は搾取と収奪によって成り立っているのだから、機械を掌握した資本家に対して労働者の行う批判は正当である。しかし労働者は、技術的な進歩の擁護者、協力者として自らも搾取に責任があるということを見逃している。それゆえにこそ労働者の努力はすべて挫折せざるを得ず、彼が信頼し、自らと同一視している政府の下で生活していても、労働者の状況は改善されないのである。たとえ労働者が私有制に基づく資本主義を払いのける力を示しても、彼にはしかし技術の合理性そのものを支配する力が欠けている。それゆえに労働者は機械機構や組織によって、これまでと同じ状況に捕えられたままなのである。自身が搾取を正当化し肯定する限り、労働者は搾取されつづけるのだ。

安全性ではなく安全性への欲求が、民間の保険制度や国家による社会福祉事業等の、かの強大な諸組織を生み出しているのであり、我々の知るところではそれらの数は増加しつづけている。安全性を必要とする者、保護を欲する者は、だが、支払わねばならない代償から逃れうるいかなる術も持ち合わせてはいない。自らに保護が与えられるのに応じて、彼はそれを与えてくれる組織に依存するようになる。安全性へのこの欲求、いかなる服従行為にも躊躇することなく、一種の激しい渇望に駆られて依存性へと陥っていくこの欲求の内に、技術的組織に生きる人間の弱さ、独特の寄る辺無さ、無力さ、孤立性が表れている。だが、安全性への欲求は、現に存在する安全性が低下するに従って増大するのだから、技術の進歩、安全性への欲求の増大、組織の膨張、するとまた安全性の低下という、悪しき循環〔Circulus vitiosus〕がここに生じる。こうした場合に浮上するのは、この組織がこの先どのくらい発展することができ、その限界はどこにあるのかという問題である。統計学と確率計算がかかわる理論においては、すべては組織の問題なのであり、組織が積立金の額を決定し、そこから分配の方式を算定するのである。

道は予め描かれており、それは必然的に、個々人を否応なく組織に服従させる結果になるのだ。

しかし、完成しつつある機械システムの時代はサトゥルヌス的〔105〕な時代であり、自分の子供をむさぼり喰うサトゥルヌスのように、どのような安全対策も喰い尽してしまう。総力戦が自らを拡大して行った結果、その手段も目的も喰い尽くしてしまうように、安全性を欲求する組織の中にそれを破壊するプロセスが、外部から、合理的思考に押さえ込まれていない領域から、入り込んで来るのである。なぜ、技術の完成が進むと安全性への欲求は増大するのか。様々な脅威がこの間によりいっそう感じられるようになっているからであり、技術的進歩の時代の人間は今や益々、自らの努力によって呼び起こしてしまった退行現象を感じるようになるからであり、機械機構によって制圧されていた根源的力がいよいよ強力に、破壊的に人間に向けられるからである。

社会的に考えるということは今日、機械機構と組織への高い信頼を維持することにほかならない。それは技術的な進歩のイデオロギーを前にして、人間がそれに叩頭することである。安全性への欲求はなるほど強大な組織を生み出すことはできる。しかし実際に人間に安全性を与えることは、この組織には不可能である。なぜなら、安全性とは自ら所有しているか、自ら確保しなければならないものであり、他人が自分のために何とかしてくれるのを当てにはできないものだから。それに、こうした組織はもっぱら貧困を分散するだけ、つまり貧困を拡げているのだ。だが、そうした理由ばかりではない。この組織そのものが既に貧困や不安、困窮の徴であり、そして欠乏組織がすべてそうであるように、組織化されない富が減少するのに応じて、この組織は増えていくからである。

四五　〔ライプニッツ、カント、ヘーゲルの哲学〕

　ここで過去を振り返って、十七世紀と十九世紀の思想を比べるならば、この両者において哲学的な考察者やその考察の出発点がいかに異なっているかがただちに見てとれる。十七世紀のすべての哲学体系に見られるのは均衡、バランスの観念である。これらの観念の中には調和と完成可能性の概念が見られ、それが形而上学、認識論、倫理学や教育学などいたるところに繰り返し現れている。ライプニッツとヴォルフ[106]の思想はあまねくこれらのものによって満たされている。それゆえこの全哲学を媒介と調停の体系と見なすことができるが、実際当時の絶対制君主や国家思想でさえもそのような思想を奉じていたのである。ライプニッツのモナドロジーの中では、機械的に働く因果律の法則は、この法則による決定の及ばない審級に服していたため、まだ制御されているものとして現れた。これらの思想は広範囲に及ぶ力を持っている。なぜならライプニッツとヴォルフの哲学に敵対するカントの哲学の根底にも、すべての人間の力が調和的に協力して働くといった考え、つまり理性の予定調和の観念があると言えるからである。カントの思考の冷たさ、つましさや科学的な平静さにある種の輝きを与えているのは、この観念である。理性と悟性と判断力、この三つから彼は出発し、彼の認識論的探究が向けられたのも、この三つの範囲と限界だった。十九世紀の哲学はしかし次第に意志哲学の特徴を帯びていった。

〔107〕フィヒテの思考の中で我々が出くわす、あの和解することがないがゆえに過酷で鎮めることのできない暴力、プラトン的な静穏さの欠如、そして自然を取り扱う際の敵対的な態度はヘーゲルにおいても繰り返される。ヘーゲルの体系はさらに押しつけがましく、強制的で暴力的である。シェリングがヘーゲルの体系の基礎に異を唱えて、その体系が純粋な存在、単なる生成から出発していること、この存在、この生成は「完全に空虚な思想」つまりそこで何も考えられていない思想であると言ったとき、この反論にはヘーゲルの体系の出発点に見られる恣意性への非難がこめられていた。「彼は運動の原理を維持しなければならなかった。なぜならそのような原理なしには何も動き出さなかったから。しかし彼は運動の主体を変えてしまう。この主体とは、既に述べたように論理的な概念であった。したがってこの概念が動くとされたがゆえに、この運動が弁証法的な運動と名付けられたのである。そして、ヘーゲルによれば彼以前の体系は、そこでは前進はもちろんこの意味での弁証法的な前進ではなかったがゆえに、まったく方法論を有していないものとされた。体系を自分流のやり方で作ることを可能とする方法の原理を、彼は唯一この彼以前の体系から得ていたにもかかわらず。体系の極めて奇妙な発明をあえて行う、まさに最も簡単なやり方である。とはいえ、論理的な自己運動は（しかしどの概念のというのか！）予測されるように体系が単に論理的なものの中を進んでいる間は続いていくのだが、体系が現実へと重い歩を踏み出したとたん、弁証法的な運動の糸は完全に断ち切られるのである。そこで第二の仮説が必要となる、つまり自然が成立するよう、理念があえて諸要素へと分裂して離れていくことを思い浮べるか思いつくのである。それが、理念の単に論理的でしかない存在の退屈さを中断するためでないとしたら何のためにか、ということは分からないが」（シェリング「ヴィクトル・クザン氏の哲学的な書への序言」一八

三四年)。この箇所やこれ以外の箇所でもシェリングの展相理論〔Potenzlehre〕とヘーゲルの弁証法との衝突が見られる。「最近の哲学の歴史に寄せて」というミュンヒェンでの講演の中でもシェリングはヘーゲルの体系を批判している。この種の批判から、シェリングがヘーゲルの弁証法に新しいものを感じ取ったということは読み取れるが、しかしヘーゲルの体系が手に入れた途方もない影響力の理由については何も明らかにはならない。その影響力とは、まさにヘーゲルの運動の概念、シェリングが不当にかすめ取られたものだとして拒絶した運動の概念に発するあの影響力のことである。結果的にこの運動の概念からヘーゲルの体系の力が生じたのであり、この概念こそ、のちに実際に対立し敵対する思考方法に公平かつ中立的に武器を提供することになる、すべてのものを運動させる梃《てこ》なのである。概念の自己運動という、普遍的に利用可能な方法は、その歴史性と歴史への応用可能性が認識されない限りは、もちろん不分明のままである。しかしひとたびそれが認識されれば、その方法論のラディカルな効力が明らかとなり、この方法論自体が進行中の歴史プロセスによって既に条件づけられていることもまた明らかになる。「ヘーゲル弁証法の秘密」は歴史的なものである。この方法論を宗教的、政治的、社会的、経済的な領域に転用できることは、その特殊な歴史性を明らかにしている。ヘーゲルが述べているように、学問が「絶対精神の了解された歴史であり、記憶であり、されこうべの地〔ゴルゴダ〕であって、絶対精神の不死性はこの冥界〔Geisterwelt〕の萼《うてな》からのみ泡立っている」[108]のであれば、この野蛮なイメージは、頭蓋骨でできたネックレスを首からぶら下げ、頭蓋骨の杯から酒を飲むインドの神の像に奇妙にも似ているのだが、そのイメージは人間の意識がどのような道を進むのかを露わにしている。その道において吐露されているのは「自然の内的本質は、人間の意識の中にのみ存在を持つ思想である」[109]という主張である。

しかしどうしてこのような思想と、その骨以外何も残さない運動にたどり着いたのだろうか。カントが記載した「純粋理性の在庫品目録」から物自体が消去されたことによってであろうか？　既にフィヒテがそうしようと心を砕いていたが、今や純粋理性となった認識能力からあらゆる認識を取り出し、純粋理性を理念、自然および精神の中で必然的に展開させることが、ヘーゲルの企てとなったのである。唯一の実体としての理性、実体である汎論理主義は今や主体へと展開し、精神、それも絶対精神となる。論理は今や途方もなく拡張されなければならない。というのも、存在するものすべてが理性の中に捉えられており、理性の外に存在するものは何もないのであるから、他のところでは形而上学か存在論として取り扱われるものすべてが、論理の中に押し込まれねばならないのである。諸範疇と判断形式の硬直した表は今や自分自身のうちへとくずおれてゆくが、それというのもこの範疇と判断形式は理念が自己展開する同じ必然的な運動の方法でしかないからである。反対物へと反転し、無に等しい空虚な存在を出発点とする反定立の連鎖運動からなる弁証法的方法、仕事を完遂したあとでの方法論の冒頭への帰還、これらのものが過程に、全体として、円環としての姿を与えているのである。何しろショーペンハウアーからヘーゲルへの方向転換が後期ニーチェを特徴づけるものなのだから、関連性《ツザメンハング》の中で考える者にとっては、ここにニーチェの思考の頂点をなす永劫回帰の前形態があることが容易に見てとれる。しかしながらその過程はヘーゲルにとっては一回きりのものであり、「世界の真の本質ではなく、ただ表面のみ」がこの過程によって止揚されるのである。この世界の真の本質はしかし、「即自かつ対自的に存在する概念であり、それゆえ世界はそれ自体理念である」[110]。だが理念のこの全能性は、実体概念の極度の希薄化によって得られる。シェリングがヘーゲルの体系に見られるとして非難した恣意的な始まりは、恣意的な終わりへと回帰する。というのも、全過程を把握し最後まで思考した者の中ではその過程もまた終了しているのであり、彼において絶対知の地点が極められており、もはやそれ以上の発展は存在しないからである。このことを証明するのが、〔精神〕現象学の課題である。

この体系のラディカルな作用は、それが、力学の一部として展開してきた動力学を歴史過程へと転用している点にある。この機械的な動力学と対になるものが、他でもないヘーゲルの弁証法なのである。何が取り替え可能で、新しい分野、新しい出発点に利用可能であるかが理解されなければならない、このような思考の用いる手段一式が、彼の方法である。十九世紀の精密科学に従事する人々がヘーゲルの思考に最初から冷淡で拒否的な態度を取ったことや、彼らがヘーゲルの思考に反対して経験的・帰納的な思考を固守したことは、もっともなことである。だが、この体系をめぐる彼らの意見は総じて知性的とは言えない表面的なものであった。ヘーゲルはあらゆる科学の発端と科学それ自体を乗り越えていくことを目指していたのであるから、彼の課題はもはや、精密科学そのものを促進することではまったくなかった。科学が「了解された歴史」であるなら、科学を了解した者にとっては科学は過ぎ去ったもの、「されこうべの地」と化しているのであるから、科学に携わることはもはやまったく意味を持たない。ヘーゲルは直接精密科学に働きかけることはもはやない。というのも、彼は、国家と社会を担い手とする歴史過程に働きかけることによって、科学以外の基盤へともっと強力に働きかけるからである。彼の弁証法は単にこの過程を明らかにしているだけでなく、任意の歴史状況においてその過程の中へと食い込んでいき、過程を推進する手段となるのである。

もちろん誰もが弁証法的方法論に親しみを感じるわけではないだろう。ソフィストたちはこの方法から仮象の論理の技術を作り上げてしまった。つまり、秘密の誤謬推理の隠れん坊遊びであり、対話の中で相手をだますことのできる偽りの論理形式を生み出したのである。しかしプラトンにとってもアリストテレスにとっても、弁証法的方法論は必然的な歴史推移の媒体ではなかった。二人がそれを評価したのは、弁証法的方法論を、対象を概念的に洞察し、対象を包括的な思考によって明確にする技法と見なしたからである。だがヘーゲルにとっては、弁証法的方法は認識対象に内在する方法であり、運動の原理であった。その歴史的な有効性は、弁証法的方法に伴う力学的な過程の力に依存しており、それゆえ技術が完成へと向かう歩みの中で実証される。弁証法的方法はそれゆえ、技術的な機械機構と労働の組織に向けられたあらゆる反動に出くわすことになる。ヘーゲルのような優れた頭脳の持ち主を彼の学派や学徒によって推し量ることは許されない。これらの学派や学徒は弁証法的な方法をいたるところで押し進めたが、しかしまた変更も加えた。今日用いられているような形での弁証法的な方法は宿命的に咀嚼運動に似ていることに、気づく者がいてもいいのではないか。その方法は論理的に示された一口一口を弁証法的に止揚し、「克服」することによって、力学的な咀嚼行為、つまり食物を咀嚼し嚙み砕く運動をただまねているだけなのである。弁証法のこの通俗的な形態は消費者のもとで広まり、目の前にあるものを消費することで満足してしまう。

四六〔機械的進歩と根源的退行〕

カントの思想の中で、意志についての考察はささやかな割合しか占めていない。ルターが意志の考察に当てた割合よりもささやかである。ルターは、プロテスタンティズムの基盤的著作の一つである『奴隷的意志について』を書いた。ショーペンハウアーは、物自体とは意志のことであると宣言する。意志と物自体をこのように同一視することは、カントには理解できなかったであろう。なぜならカントは、物自体の質を認識し規定するのは不可能だと明言していたのだから。意志の哲学は、力への意志というニーチェのあの構想の中で頂点に達する。力への意志は、ショーペンハウアーがこれを否定したのと同じくらいの激しさで、ニーチェによって肯定された。ニーチェが意志の側に立って論争するそのやり方は、プラトンの『ゴルギアス』に登場するカリクレスを思い起させる。

意志の哲学は、固有の前提と帰結を有している。さしあたり次のことは明らかである。意志の哲学は、かの古典的な完全性や調和、均衡等のイメージとは合致しないということである。というのも、意志が始まるところ、すべてが動き始めるのだから。思惟はダイナミックになり、運動にさらわれる。とはいえどこへ、何を目指して動くのか？　確かに、純粋な意志に一定の制約があること、これは心にとめておかねばならない。「可能から存在への推論は妥当ではない」〔A posse ad esse non valet con-sequentia〕。たとえば成功は、本人の意志のみに拠るわけではなく、どれほど意志を張りつめてみても、それで何かが必ず成功するというわけではない。芸術家が創作した優れた絵画や大理石像からは、造形作業のテクニックや職人的な苦心の痕は消し去られているが、これと同様に、意志的なものは後ろへ退いているほうが、むしろ、運動が完了し、完璧であったことをよく表しているのである。意志することと成功することとは、同じではない。だから、力への意志があるだけでは、まだ何も実現していない。力への意志は挫折し、破滅することがある。それはとりわけこの意志が、自分が由来するところの存在に対して、誤った関係に立っている場合である。もしかすると力への意志は、力の戯画化に陥るだけかもしれない。このカリカチュアを見て気づくのは、意志をいかに張りつめても、ほとんど、あるいはまったく何も生み出せなかったということである。そうした場合、力への意志は、ある種の芸術家が創作した彫像と同じようなものである。この芸術家は、並外れた力を印象づけるため、筋肉と個々の部分だけは拡大するが、基本的体軀を拡大することはしないのだ。体全体の力は、この基本的体軀から難なく生み出されるというのに。あらゆるところに力への意志が働いていると述べることは、この力への意志に信憑性を付与し、それを効果的で、成果があがるものとする権能が点検されない限り、一面的なものにとどまる。しかし、意志を過大評価することからして、そこには既に破壊的なものがある。そこに含意されているのは、運動に対する、直接的行動に対する過大評価、盲目的で本能的に行動する人間への、生に内在する裸の生命力への過大評価だけではない。この運動は、機械的で強制的なものを持つことにもなるのだ。というのもこの運動は、いかなることがあっても、たとえ成功が見込めないときでも、無理にでも何かを成し遂げようとするからである。このエネルギッシュな思想は、静けさや充溢、富める存在を指し示すことがなく、同様に、身体的、物理的な力の充溢を示すこともない。最高の力を我々が完璧な静けさのうちに想像すること、崇高さの最高概念を運動とともにではなく、荘厳にして落ち着いた力とともにイメージすることには、充分な意味がある。しかし力への意志は、力を手に入れることに執着する。この意志は、力を欠いているがゆえに、力に飢えているからこそ、力を欲するのである。

意志の哲学の登場には、人間精神の特定の状態、破壊行為が常に関係している。このことは、ルターの著書『奴隷的意志について』や、ニーチェの「あらゆる価値の転換」の記述[11]に読み取ることができる。意志の哲学の正当性は、破壊という状況を認識した点にある。この認識には今日、決定的に重要な問いが結びついている。つまり、誰が破壊するのか？　何が破壊されるのか？　破壊される存続物はどの程度の規模なのか？　どんな位階がここに確認されるのか？　あの古い秩序を没落に追いやる新しい秩序の根源的力は、どこにあるのか？　最後に、——これが本書のテーマに関係してくるのだが——技術はこれらすべての問いに対してどんな関係にあるのか？　という問いである。

技術は——どの考察もこのことを認めているが——今日の時代に十全の機能を果たしている存続物である。技術は新しい合理的な労働組織を作り出した。この労働組織を技術は、機械的自動制御の助けを借りて拡大している。この機械的自動制御こそが、近づきつつある技術的完成を特徴づけるものなのだ。技術は変化を促し、革新を迫り、破壊する力である。技術が機能を果たしているのは、それが新しい秩序の根源的力を含んでいるからではなく、古い秩序の取り壊しを行うための、落差を均し、根本的平準化をもたらすための、最強の根源的力だからである。というのも技術は、プラトンの表現を用いるなら、機械的均等性という意味での算術的均等性を求めることによって効果をあげるのだから。

すべての機械的なものは根源的力を制御するがゆえ、ごく当然に次の認識が成り立つ。つまり、技術が完成に達した状況において、人間は最大限の根源的諸力を支配することになるという認識である。これによって我々は技術的進歩の限界に触れ、この進歩を遮るものを認識することになる。というのも、権力闘争の中で人間が、力ずくで抑え込まれた根源的諸力を決然と使用するであろうことは、すこぶる確かだからである。自然に対する破壊的収奪により人間が獲得した過剰な根源的力は、こうしてその矛先を人間自身に向け、人間を破壊によって脅かすのだ。それは人間が呼び出した根源的精霊の復讐である。敵意を露わにして人間に向かってくるのは、根源的な、機械によって抑え込まれた力の集積なのである。これこそがまさにあの退行現象であり、技術進歩の程度に応じて、この退行現象の規模も決まってくる。立錐の余地なく建物の密集した居住地や、技術化が最大限に進んだ地域、すなわち、破壊の危険にさらされた地域が、我々の眼に認められ、他から判別されるようになったことで、我々は破壊がもたらす退行現象の向かう先と、技術の進歩と破壊との関連性を知るのである。そしてここでようやく、この過程の悪魔的側面がすっかり露わになる。人間が自分の思いのままにできると信じていた死んだ時間、いたるところで服従させてきた死んだ時間が、今度は、この死んだ時間に指図され支配されている機械を介して、人間を拘束し、従えるようになったのだ。死んだ時間は労働者を嘲笑し、労働者が死んだ時間のために拵えたその同じ鳥籠に、労働者を閉じ込める。理論上、死んだ時間は無限にあり、計測しきれないように見えたが、この時間が生きた時間と争い、生きた時間が機械的時間の概念に屈服したとき、あらゆるゆとり《ムーセ》が、あらゆる時間が終わりとなった。そこでは空間もまた萎んでしまい、かつて人間にとって見渡すことのできないものであった大地は、狭く小さくなった。機械的な思惟は常に、死者に対して、死んでいると見なすものに対して暴力的である。人は宇宙を生命のない隷属的なものと思い込んでいる。もし宇宙が実際に隷属的で生命のないものなら、技術を完成させるという企ては、危険を伴わない、ただの大がかりな行為に過ぎない。だが、どこであれ死んだものが見出されるところには生きたものが存在するのであり、生なくして死に意味はなく考えることすらできないがゆえに、生命のないところで死に出会うこともありえない。それゆえ機械的なものは、ことごとく生の中へ深く切り込んでくるのである。機械的なものが、自らの機構と人間組織をどこで作り始めるにせよ、それらを作り始めると同時に、機械的なものは自らの強制に対する抵抗をも組織化する。そしてこの抵抗は、振子時計の力と厳格さで、死の時間を計測するあの時計の正確さで、人間を捉える。「普段、悪魔らはまどろんでいる。まずは彼らを目醒めさせねばならない。彼らを活動させるには、その前に人間が彼らの領域へ押し入らねばならない」と言われる。今日、悪魔らが完全に目を醒ましていることに、何ら疑いを挟む余地はない。

このような状況ゆえに、今日では、破壊に対する不安が人間精神を陰鬱にしている。人はその神経のうちに、破壊に対する不安を感じる。というのも、人の神経が過敏になっているのだ。このことは、技術のうちのある領域が完成に向かいつつあることと密接に関連している。人はあらゆる騒音にビクつきながら、破局《カタストロフィ》の予感のうちに生きている。なぜなら思考は、頼るものがなくなるとどんどん破局の周囲を回り始めるからだ。人間精神が何ら打開策を見出せず、天賦の才を用いる代わりにただ不安ばかりに身を任せるとき、とりつかれてしまうのが、破局という事柄なのである。それゆえ今日いたるところに破局の理論の代弁者が登場している。彼らは、世界の老化や世界時間の教説の背後に隠れ、天変地異説を展開し、月を地球に衝突させ、文化の滅亡を予告し、次の戦争ですべては終わりだと指摘する。しかし実際には何一つ終わることはなく、ただ彼らの思考が限界に達するからというので、不安のうちへ跳び込んでゆくのである。破局とは、頼れるものがなくなった精神が、未来に投影する虚構なのだ。

ところで、誰もがいつか死ぬことは確実であり、預言者でなくとも未来に大きな事故や変化を予想することはできる。一方で、死の力は生に即してのみ証明される。そしていつの時代にも、破壊と、破壊されるほどにまで老化した存続物とのあいだには正確な関係がある。この存続物はどの時代でも、どれほど人間が努力しようと、決して救うことはできないのだ。

既に述べたように、揺るぎない確実な知、科学的認識の進歩は、厳密な自然科学者にとって、彼が前提とする法則性が破綻のないものであるときにのみ、可能である。実験は、限りなく何度でも再現されうるのでなければ、つまり同じ問いに対していつも同じ答えが導かれるのでなければ、科学者の信用を完全に失ってしまうであろう。認識は、死んで硬くなった媒体によって進歩し、科学はこのような認識とともに老いてゆく。科学の進む先は、すべての運動を同じように反復する硬直したメカニズムである。世界とは機械であり、人間は自動装置というわけだ。技術者が構築する機械は、この世界的機械機構の摸像であって、「機械の機械」として、技術工場が所有するピストンや歯車、チェーン、ベルト、ターンテーブルを動かしているのである。技術に割り当てられた知は因果的な知であり、因果性に従って働く自然現象のメカニズムの中で人間が調達しうる洞察に由来している。この知が拡大し成果を生むことによって、この知が前提とする機械的強制力がますます明らかなものとなる。というのも、技術的進歩は、その概念に従えば、人間をこの強制に屈服させる完璧なメカニズムに達して終わるのであるから。死の時間が幅を利かせるようになるのだ。生は、いたるところで効力を発揮する自動制御に従属し、これに制御されるのである。

科学とは、さながら巨大な修道院のようなものである。その修道院にある労働のための無数の独居房には、男たちが住んでいる。確かにそれは、天に仕える聖職者たちの修道会ではない。彼らは貞潔によって結ばれているわけでもない。しかしそれでも、真の科学者の情熱の中に、何かしら修道士的なもの、禁欲的なもの、子を宿さない肉体のようなものがあることは、見紛いようもない。科学者が生きている世界とは、精神的な父権、侵すべからざる男性性の世界である。あらゆる合理的な思考は、その由来に照らせば、おしなべて父権的なものであり、それは科学的な思考だけでなく、技術的思考についてもあてはまる。実際我々は一つの世界に生きながら、その世界の精神的な父権が維持され、確固たるものであることを望んでいる。同時にまた、科学の合理性は、それがどのような領域に向かう場合であれ、因果的なものである。合理的で因果的な思考ができない者は、精密科学者たりえない。それゆえに女性は、科学から排除されているのである[112]。そこに彼女たちが求めるべきものは何もない。彼女たちが科学の労働部屋に侵入してくるときには、青踏会[113]のインテリ女や、性別を持たぬ働き蜂といった姿をとらざるをえない。さもなければ、男性のお供としてやって来るほかない。しかしここでは、蜂の巣とは違い、働き蜂は普通ではなく、例外的な存在である。〈女たちは教会では黙っていなさい[114]〉というあの言葉は、科学についても当てはまるのだ。母権的なものはすべて科学からはかけ離れており、またそこから遠ざけておかねばならない。もしそれが権力を握るようなことがあれば、科学自体を破壊し、合理的思考の力を挫いてしまうことになるのだから。女性が科学を確立することはなく、また女性は発明者でもありえない。彼女たちが技術を生み出したためしなどない。女性は、技術者たちがそうであるような、工作人《ホモ・ファーベル》の類型ではないのである。同様に、彼女たちは機械工でもないし、機械の操作にも向いてはいない。女性を自らの組織の労働者として組み込むために、技術的進歩は女性解放を促進するが、それによって女性は力を奪われるのみならず、その使命という点でも損害を被ることになる。技術的な仕事に従事している女性の姿には、いつもどこかしら奇異なものがある。機械のもとへ赴くときは女性のもとを去らねばならない、と言ったローレンスは正しい。[115]そもそも女性がここに何の用があるというのか？女性の力は別の領域にこそあるのだ。機械を一目見れば、我々には自分がここで向き合っているのが、存在の死の側面、性別を持たぬ不毛のメカニズム、生気のない自動人形たちの世界なのだということが分かる。機械とは、魔法の呪文で生命を与えられる泥でできたゴーレム[116]ではないし、知的活動を行うホムンクルス[117]でもない。それは命のない自動人形であり、疲れも知らず単調に同じ作業工程を繰り返すロボットである。それは、メカニズムに可能な程度において合理的であり、つまり、その仕事の機械的な精確さは、機械的な精密さで働く分別を前提としている。この分別については、ボードレールがある詩の一節、技術者にぴたりとあてはまる辛辣な詩句の中で、次のように述べている。

まるで鋼鉄の機械のように
びくともしないこの酔っ払いの悪党どもは
夏も冬も　一度たりとて
本当の愛を知らなかった[118]

ここでの考察を締め括るにあたって、次のことに注意を喚起しておきたい。つまり、いまや悪魔のような速さで登場し、いうなれば騒音人《ホモ・クレピタンス》となった工作人に対して、神話は好意的ではない、ということだ。ティターン神族の中で最も知的なプロメテウスは、あつかましくも工作人の後援者を僭称したが、その反乱は失敗に終わった。彼が火を神々から盗まねばならず、さらに、まさしくその窃盗によって、このティターンと人間たちに対する神々の怒りが呼び覚まされる、というその成り行きの中には、驚くほど深い意味がある。太陽の花《ヒマワリ》の茎でできた火筒の中に隠して、彼が地上にもたらしたその火とは、いったいどのようなものであったのか？　彼がそれを盗み出した場所について、神話は確かなことを語っていないが、彼の用いた手段が示唆するところでは、その出自はヘパイストス[119]の鍛冶場ではなく、太陽であった。彼が奪い取ったのは、偉大な太陽の火の一部だったのだ。だが、この強奪のいったい何がそれほど問題なのか？　太陽の火なくして生命など考えられない。それゆえ、生命をもたらす要素として太陽の火が人間の役に立つということに、神々の怒りの矛先が向けられていた、などということはありえまい。火はそれよりもずっと以前から、そういうものであったのだから。神々の怒りの理由は、神話にも記録されている通り、火が利用され始めたということにある。それは危険と結びついている一つの冒瀆行為であり、この行為こそ、長らく我々の意識を悩ませてきたものなのだ。火には聖別・聖化・純化・贖罪といった力が宿る、という一連のイメージが、そのことを端的に示唆している。

　技術は太陽の熱を直接的に利用できるわけではない。そして、技術にはその熱を自らの組織のために用立てることがどうしてもできない、という事実は、おそらく重大な意味を持っている。技術は、太陽の熱が形を変えて眠っている貯蔵庫、つまり、その熱で満たされた大地の物質を略奪するのである。鍛冶場の火とは、さしあたり地上に由来するものであり、その根源的な力を具現する精霊としてサラマンダーが現れるのは、そのあとのことだ。地上の火とは、すなわち技術の始まりである。技術はまずこの火を使うことから始め、火を動力源とする機械装置を生み出す。技術に奉仕する我々の奉公人たちは皆、鍛冶屋たちから生まれたのだ。彼らの中から枝分かれして金具工が生まれ、その後、技術が専門分化する時代が訪れると、今日では数え切れないほどにまで増加した、あのすべての技術的労働者たちが生まれることになるのである。

いまや時代は鉄の種族　日のあるうちは決して休まぬ
労働と苦悩に圧し潰されて　彼らは夜も決して休まぬ
（ヘシオドス）〔120〕

ヘパイストスもまた工作人の後援者の一人である。火の放射を浴びて肌が色艶を失っている鍛冶屋たちと同じく、彼は煤と汗にまみれて蒼白である。なぜ彼は、そしてヴィーラント〔121〕は、片足を引きずって歩くのか？　そして、鍛造術を教える者が、きまって小人や奇形であるということの意味は何なのか？彼らは、財宝に対する非合法のコネを持っているのだ。つまり、金属が眠る坑道や洞穴、山の奥深いところに内通しているのである。鉱石を加工するための知識には、古くから畏怖がつきまとうのはなぜなのか？　この種の手仕事にはダイダロスの時代より、災いと不幸がつきものなのはなぜなのか？　神々が工作人を愛してはいないこと、ときには彼を力ずくで屈服させ、かと思うと、ときにはヘパイストスの場合と同じように、ただその傍らに彼を置いて、なかば滑稽な人物として大目に見てやろうとしていることは明らかである。あのティターン〔プロメテウス〕の反抗と不遜を、神々は制圧しようとする。けれども、あらゆる技術はティターン神族を起源としており、工作人は常にティターン神族の子孫なのだ。だからこそ、我々が工作人に最初に出会う場面は、火山の光景なのである。だからこそ、工作人は途轍もなく巨大なものを好み、大規模な量と物質の増大とによって突出している作品を欲するのである。だからこそ、彼は美の均整さに対する理解に欠けており、その手際は独特の仕方で非芸術的なのだ。ティターン神族の戦い、つまりプロメテウス神話が伝えるところによれば、あらゆる民族の中でも最も芸術的な民族、美の均整さに最も精通した民は、ティターン神族と結託するという誘惑に打ち勝ったという。

そして、古代の技術が果たした——我々の技術の場合と比べれば——ささやかな役割は、ここにおいてはっきりと確立され、その輪郭を与えられている。そのことは疑いようもない。工作人は、その熱心さとあくせくした仕事ぶり、不断の刻苦勉励、常軌を逸した権力追求の姿勢ゆえに、神々から疎まれている。ゼウスの威厳が、その泰然自若たるあり方にあるのに対し、プロメテウスの力は、彼が引き起こす騒擾と反乱の中にある。すなわちそれは、ゼウスを黄金の王座から引きずり降ろし、世界から神々を追放し、自ら世界の主人たろうとする飽くなき努力なのである。

技術者は、その精神的な知においても、片足に不具を抱えている。彼はすべてのキュクロープスと同じように、隻眼なのだ。彼の経験主義が既にそのことを示唆している。自らの努力がどこに向かおうとしているのか、という問いに彼が煩わされることはない。彼の即物性《ザッハリヒカイト》は、まさしくこの問いを回避できるという点にこそある。なぜならそうした問いは、彼の労働に対して引かれた境界線の外側にある問題だからだ。彼に期待されるのは、ただこの分野の知識の専門家であれば提供しうるような技術的見識のみである。技術的な知識の範囲外の見識を、彼に求めることは許されない。その即物的性格は、彼が自ら内省することを妨げるばかりではない。いかなるメカニズムにも屈服することのない、あのより精神的な知へと至る道も、彼には閉ざされてしまっている。

その一方で、彼の権力追求には限界もある。我々には、いまや完成に近づきつつある技術の領域、それが影響を及ぼす範囲を見通すことができるから、その限界も認識できる。技術は収奪なくしては考えられないが、人間と手段を容赦なく残虐に喰らい尽くすその収奪も、長期的に見れば継続不可能なものである。技術的な進歩のためには、現存するものの消費が必須の要件だが、収奪の結果、いずれはそうした在庫が使い尽くされる時がやって来る。我々は、この在庫品が無尽蔵であるように見せかけようとする努力をしばしば目にするけれども、搾取の方式がますます合理化されつつあるという事態が、既にそのような保証の努力と矛盾している。なぜなら、この合理化の度合いこそ、富がどのくらいの規模で減少していくかを測る尺度なのだから。[18] 資源の採掘場所の耐久期間を見積もる計算には、常に何かしらいかがわしいものがある。そしてこのいかがわしさは、数値上のデータの信頼性が疑う余地のない場合であっても、決して消え去ることはない。なぜならそうした計算は、いずれも次のことを見逃しているからだ。つまり、技術的進歩が消費する在庫品には、人間も含まれている、という事実である。メカニズムの発展に応じて、根源的な力は増大し、この力は、人間および機械的な装置に対して、破壊的な矛先を向ける。それゆえ、メカニズムの展開には限界があるということになるのだが、上述の計算に際しては、そのことが考慮されることはない。こうした計算式は、ついには次のような事実まで忘却してしまう。すなわち、人間の組織は、いまだ組織されていない富に依存しており、それを使い尽くしてしまうということ、そして人間の組織は、それ自体が自己目的化し、組織されていないものを破壊するとき、

⑱「いついかなるときであっても、純粋な自然科学の課題とは、技術が発育するための土壌を開墾することにある。そして、耕された土地はすぐに消耗されてしまうものであるから、常に新たな土地を獲得していくことが肝要なのだ」（ハイゼンベルク）。この命題の意義は、それが技術に備わる消費という性格を認識している点にある。未開拓地には何の制約も課せられてはおらず、その資源は無尽蔵である、という前提から議論を始めることは一向にかまわない。しかし、こうした資源は誰もが自由に活用できるものではない。財宝が眠る洞窟には、そこに入るための合言葉を知るアリババの存在がつきものだからだ。合理的な思考では未開拓地にアクセスすることはできない。それが働く場所は、常に耕された土地の上なのである。〔引用は、ヴェルナー・ハイゼンベルク（訳注54参照）の講演集『自然科学の基礎をめぐる諸変化』（一九三五）にある「精密自然科学の基礎をめぐる最近の諸変化」からの一節。〕

いよいよ病的に蔓延し、寄生を始めるのだということを。

機械的な前進と根源的な退行の連動、それを解消することができるような発明などありはしない。この連動関係に注意を向けるなら、同時に我々は、前代未聞の新たな技術的発明の数々に対して寄せられるあの期待を、どう判断すべきかの基準を手にすることにもなるだろう。そうした期待の中には、次のような保証の文句も含まれる。すなわち、技術的進歩は人間のために――たとえば原子崩壊によって――想像を絶する規模のエネルギーを開拓してくれるだろう、とか、それによって人間は、この領域でかつて達成されたあらゆるものを凌駕する力を、根源的なものから引き出すことに成功するのだ、とかいった類の確約である。このような期待は――たとえユートピア的ではないとしても――極めて現実味の薄いものだ。しかし、ユートピア的ということで言えば、そのような空論が持ち出される際の単純さと、その根底にある素朴な楽観主義こそそうであろう。もしもそうした発見や発明が成功してしまうようなことがあるとすれば、そのこと以上に人間はいったい何を恐れるべきだろうか？　人間にとってそれ以上に恐ろしいものなどいったい何がありえるだろうか？　そんな発見がなされてしまえば、いったいどれほどの破壊の可能性が開拓されることになるだろう！　この種の発見を題材とするユートピア小説は、とある高貴な人間によって、それが人類の幸福のために利用されるさまを好んで描く。けれども、そのような発見の活用が、誰か特定の個人の意志に依存しているという考えに対して、我々は恐怖を抱かねばならないのではないか？　たとえそれがどれほど高貴な人物であれ、悪意に満ちた非人道的な犯罪者以上に、我々はその人間をこそ恐れるべきなのではなかろうか？　そのような手段を一人の人間の手に委ねてしまうというのは、いかなる犯罪にも増して非人道的な考えである。

技術の権力追求が挫かれることはない。我々は、それが次から次へと新しい手を打っては、その組織の拡張を次々に遂行していくさまを目撃している。こうした事態が生じる中で、国家に対する技術の関係も変化していく。国家そのものが、技術からすれば一つの組織として理解されるが、その組織は完成されねばならないから、ある種の完全な自動作用に従うことになる。技術者が確言するところでは、国家が自らの使命を果たすことができるのは、それがついに完璧な技術性へと到達したとき、つまり、もはや何一つ見逃すことのない中央の機能主義と、もはや何ものもそこから逃れることのできない一つの組織とが、国家の概念と目的とを特徴づけるようになったときであるという。しかし、まさしくこうした規定によって、概念上国家と定義されるものは解消されることになる。それというのも、国家の概念の前提としては、国家でないもの、決して国家になりえないもの、それが国家でありうるための可能性を与えてくれるもの、つまり、おそらくは国民として理解されうる民族《フォルク》という存在、ただしそれ自身は国家ではない存在が、必要になるからだ。もしもこの前提が解消されてしまえば、もしも国家が、支配すべき組織化されていないものがもはや何一つ残されていないような、一つの技術的な組織となれば、国家はその概念に照らして解消されてしまうことになるのである。

補遺　世界大戦

二つの大きな戦争が二十世紀の前半を席巻した。それはすべての国に波及し、民族や国々や大陸を分け隔てるすべての柵を壊して侵入し、人類史上初めて地球の全領域へと広がり、大陸、島、海やそれらの上に広がる大気圏からなる地球《グローブス》を覆った。これらの大戦は、極地帯や広大な砂漠、およそ無人の、近づくことが至難でそれゆえ辺鄙な領域にはわずかな影響しか与えていないとしても、惑星全体がその舞台であり、その規模は全地球的なものとなり、その作用は直接あるいは間接に全人類に及んでいる。それゆえ、これらの戦争が世界大戦と呼ばれるなら、それはまずその空間的な広がりという点においてであり、このことは、地表の一部分での戦争、しばしばあまりに小さいためにそこで行われる戦争について誰も知らないような、そんな過去の戦争とは異なっている。なぜなら、「遠いトルコあたり」〔122〕で起こっていることを気にするのは近隣住民だけであり、関係のない者にははるか彼方の出来事として、なかばあるいはまったく知られないからである。世界大戦が誰の目にもつかないということはありえない。そもそも世界大戦が起こるのは、地上がもはや白紙委任状《カルト・ブランシュ》ではないこと、住人同士がお互い相手のことを何も知らない空白の部分などもはや存在しないことが前提となる。発見の時代は終わったのであり、地上は知られ、分割され、測量され、その全領域が人間の介入に対して開かれており、地上のどの地点も交通網の中にあるか、そうでなくとも到達可能である。発見の時代の終了を象徴する出来事が、両極の占有であった。それによってコロンブスの仕事は完了した。それ以降発見者は存在せず、いるのは科学や好奇心、商売や楽しみのためにうろつきまわる旅行者ばかりである。人が入り込めるかもしれない地理学的あるいは政治的意味での前人未踏の地はもはや存在しない。乗り越えらえる境界はどれも〔既知の領域のあいだの〕政治的境界である。

地球の知識と支配、つまり、その彼方にはもはやどんな空っぽな、あるいは誰からも権利を主張されていない空間も存在しないような占有状態が、世界大戦の前提である。既にここに、前の時代の戦争との違いがある。戦争はしかしながら単に空間的に広がっただけではなく、その形も変化した。ナポレオン戦争は大陸戦争としてより狭い空間しか占めていなかっただけではなく、産業化の時代よりも前の戦争、つまり、精密な自然科学の諸成果を大量に利用できるようになり、現代技術の自動運動が発達していく時代よりも以前の戦争なのである。ナポレオン皇帝の軍隊は、歌にも歌われているように、「兵士と馬と荷車もろとも」打ち倒された。皇帝軍は自分たちを運ばせるような機械を持ってはいなかったのである。当時戦争は、今日の我々にはつつましく感じられるやり方で糧を得ていた。戦争を行うための手段は農民的・手工業的な経済に由来していた。回顧する観察者にとってナポレオン戦争にはまだ何か牧歌的なものがある。というのも、この戦争には世界大戦に見られる厳しい労働性格が欠けているからである。ナポレオン戦争が小さな栄誉しか与えられなかったのも、このことと関連している。この戦争からは旧来の貴族に加えて軍功による新しい貴族が誕生したが、しかし彼らは古くからの貴族に比べるとわずかのあいだしか存続しなかった。さらにある種の余剰も見られた。それはアレクサンドロスが母国マケドニアへもたらしたあのアジアの富、つまり新しく開かれた大陸の財宝ではもはやなかったが、それでも滋養にあふれた二番刈りの干し草が勝利者のものとなったのだ。戦争のうちには精神的な種類の過剰な炎もまだ隠れており、さらには出来事の中で明らかになる造形的な力も潜んでいた。とりわけそれが当てはまるのは、ナポレオンとフランス軍の活力の表れと見なしうるイタリア出兵の時代である。晩年のナポレオンの身体的肥満は、国民の若い情熱の炎も消え、フランス国民による他の国民への重圧が次第にはっきりと感じられるようになった時代を特徴付けている。勝利、名声、略奪は、フランス第一帝政が通過した各々の段階である。ナポレオンが行った戦争は、戦争の生じるもととなった状況と同様、過去に属している。世界戦争の考察は、我々がどれほどナポレオン皇帝と彼の戦争遂行から遠いところに来ているかを教えてくれる。

この百年のあいだに変わったものは、技術的装備である。この装備の中で、そしてこの装備とともに人間は変化した。技術的な機械機構と人間組織は決定的な効力を発揮するまでになり、二十世紀最初の巨大な戦争に見紛いようのない刻印を押すこととなった。戦争の遂行は機械化され、その影響はいたるところで人間に帰ってくる。戦争に投入されるとてつもない量の機械労働が人間を変形した。新しい状況が現れ、劇的な交代が生じた。それゆえ一九一四年という年は、過去からの決別の年なのであり、この決別の深さと重さは長年にわたって感じつづけられるだろう。その切れ目は、苦痛によって引かれる溝である。人間はこの苦痛の中で、自分が本質において何を失ったのかを感じるが、新しい本質において何を手に入れたのかはまだ知らない。

この戦争を他の戦争から区別し、際立たせるのは、この戦争が持つ新しい労働性格である。そこには厳しく汚れた労働、不自由さの多い労働が相当程度含まれているばかりではない。戦争そのものが労働と化し、労働が戦争を規定している。兵士は労働者へと変貌した。これは、戦争遂行手段が機械化されるときには避けて通れない過程である。今日の戦場は、大爆発に見舞われた工業地帯そっくりで、破壊された機械が雑然と無数に積み上げられた工場によく似ている。煌びやかで絢爛たる軍服は過去のものとなり、まばゆい装飾金具を身に付けた騎兵隊は、かつて戦場まで随伴したドラムや太鼓やティンパニーや角笛の楽隊ともども、姿を消した。幟は今や戦う部隊のシンボルではなく、サーベルはもはや将校を象徴する武具ではない。それらは初めのうちまだ戦地まで持参されるが、無用の長物として背嚢のそばに置かれたままとなる。何であれ象徴的なものは軍事から消え、戦争と軍人に付いてまわった生の余剰としての装飾も姿を消した。ベルトコンベアで大量生産された制服や武器には装飾的なところがまるでなく、現代の兵士は目立たぬ作業着のような制服を着ている。その制服に身を潜め、できるだけ目立たぬようにと気を配る細心さは、昔の戦いで自分に注意を引こうと、自分が敵の目に入るようにと努めていた兵士の細心さに匹敵する。現実や人間に付いてまわる陰鬱さ、倹約、単調といった特徴は、新しい戦争が持つ極めて合理的でつましい労働性格と関連している。この戦争は、ひどい苦しみ、黙って捧げられた自己犠牲、義務として引き受けられた辛酸にこと欠かないにもかかわらず、誉れと言えるものがまるでなく、これによって戦争の過酷さは計り知れぬほど厳しいものとなっている。誉れはもはや、戦争から自由に得られるものではなく、現実の出来事に誉れと言えるものがないことが、戦争の特徴となった。そこで要求される勇気には輝かしいところがほとんどない。それは何を置いてもまず、耐え忍ぶ勇気である。それは、人が機械の圧倒的な攻撃を黙って引き受けることによって実証される勇気であり、待つことができる勇気、甘受することができる勇気である。この勇気は、貧困と正確な対応関係にある。兵士の貧しさときたらひどいもので、これを取り除くことはできない。収益が一切禁じられ、あらゆるチャンスが奪われているのだから。兵士は自分の所有する物を何も身に付けておらず、ポケットにもまず、本人を特定できるものがない。兵士はまったく無名であり誰にも知られていないがゆえに、戦死の際や、記憶を失くしたときに名前が確認できるよう、首にブリキの札を下げているのだ。死そのものがもはや何の荘厳さも持っていない。死は機械技師の姿で現れ、共同墓穴を死体でいっぱいにする。死は人を砕き、引き裂き、粉々にし、人の上に毒ガスを送り込み、人を地中に生き埋めにする。不毛で、生命のない破壊された風景、もはや何の慰安も見当たらないこの風景の中で兵士は、自らの孤独と無防備と慰めのなさを知る。周囲にあった形あるものはすべてボコボコにされ、粉砕され、力ずくで変形されている。ここではもう環境の治癒力に頼ることは不可能だ。人間の逼迫した状況、人間が生きている危機的状況が露わとなる。修得しなければならぬのは、とにかく身一つで生きる術である。人間に課せられたのは、この、守られていないという状況そのものに慣れることだ。戦争の労働性格は有無を言わさぬ形で示され、合理的に冷たく、厳しく、現実の出来事へと変換される。労働性格に属さぬものは脱落するか、無意味でくだらぬお喋りとなる。すべての優れたものは見えなくなり、いかなる感動も、機械機構と人間組織とのメカニックな結合の中で窒息する。現実の経過は工場で見られるような特徴を帯び、匿名となり、集団的になるが、この特徴はあらゆる決定に見てとることができる。この戦争は、勝利の日もまた敗北の日も、常に日常だ。初めのころ、つまりこの戦争が往時の戦争のイメージで思い描かれていた開戦当初、運命愛に輝いていたもの、それは、冬の夜の照明弾のようにはかなく消えた。名誉、栄光、感激は、仮借ない現実の戦闘の中で集中砲火にさらされた歩哨、物量戦の兵士にとって、ひどく縁遠いものなのである。義務というもっと冷たい概念で考えてみても、兵士がなぜ集中砲火に耐えることができるのか、理解できない。集中砲火は幾日も、幾週も、ひと月ものあいだつづくが、この鐘のような爆音を聞きながら兵士は、自分に向き合い、自分の考えばかりに囚われながら、死とすぐ隣り合わせで、死と同じ穴に籠もって、じっと待っているのだ。義務感のみでここにとどまることなどできるだろうか？　兵士をここにとどまらせているのは、彼が置かれているあの逼迫した状況、現実の出来事と彼の生との有無を言わせぬ機械的連結にほかならず、この絡み合いから逃れる術は与えられていないのだ。脱走しようが自殺しようが、逃れたことにはならないのだから。この逼迫状況の深刻さ、有無を言わせぬ絡み合いの深さは、恐れを知らぬ者にこそ意識される。恐れを知る者は、眼前の出来事から逃れる道がないことに驚愕する。自分がここから退き、助かったとしても、現実自体、何も変わらないこと、それは誰もがはっきりと感じている。一人一人の逼迫した状況は、一般的で包括的な逼迫の一部であって、この状況が敵と味方に共通点を生み、戦闘を継続させているのである。この逼迫状況に織り込まれているのは、兵士がもはや自分を英雄のように感じないということである。どれほど勇敢で、忍耐強く、自己犠牲を厭わないとしても、やはり自分が本来の意味での英雄ではないことを、彼は感じている。「英雄」とは、無傷のものに取り囲まれた無傷の人間を前提とするのだから。英雄には癒す力が付きものだが、兵士はもはや、そうした力を持ち合わせてはいない。秩序をもたらすわずかな力ですら、兵士から奪われてしまった。そもそも、もう何の環境も持ち合わせてはいない。彼を取り囲んでいるものは破壊に見舞われているのだから。兵士とは、どれほど勇気があり、どれほど忍耐力があろうとも、打ち破れた人間である。無傷な全体性をもはや得ることができないがゆえに、打ち破かれた状態にある。実際、兵士こそが現実の主たる餌食なのであり、あらゆる破壊が試される対象なのだから。一番勇気があり、一番我慢強い戦士にこそ、破壊の威力は最も深く試される。まったくもって理念を欠いたまま計画通りに進められる物量戦は、自らの因果的思考の網に囚われ、自らのメカニズムによって滅ぼされてしまう人間の姿を示している。こうした努力は、貧困に向かって進むのと同じであり、不毛なのだということが、彼にはまだ分かっていない。目の前に現れている光景、物量戦の舞台で自分を単調に取り囲んでいるこの光景を、彼はまだ、自らの意志と関連づけることができない。それゆえ、多くのことがよそよしく、自分には関係ないもののように思われるのだ。ここで眼前に見えているのは、人間自身の意志の裏面であるというのに。しばしば彼には、戦争そのものが無意味に思われるが、しかしこの戦争は、機械を拵えて技術的進歩を推し進めようとする人間自身の意志への応答にほかならない。物量戦の中で露わとなるのは、機械機構と人間組織が結合したとき、どれほどのことが成し遂げられるかということなのである。この戦争は、どんな予想をも上回り、比類なく大量に消費する戦争であり、敗者のみならず、勝者の息をも詰まらせてしまう。それゆえ、次のスペインのことわざが当てはまる。

敗者は打ち負かされ、勝者もまた負ける。

だが、戦争のせいにしてはならない。これは人間の思考のうちに見出されるものなのだから。思考の中で計画され、案出されたもの、それが今、外に現れ、炎の環となって人間を取り囲んでいる破壊なのである。人が世界のうちに投じ入れたもの、思考として、願望として、夢として世界の中に持ち込んだものが、世界の中から、人間に向かって出て来たのだ。鏡に写った瓜二つの像としてではなく、変貌した姿で。変貌したことにより、本当の姿、真実に忠実な姿となって。このギョッとするような仮面は、人の前に姿を現すよりも前から人のうちにあったものなのである。悪魔は顔を得るために人を利用する。そしてこの顔は、いつも歪んでいる。人間が容赦なく搾取し荒廃させるその同じ地球上で、自由に、平和に、裕福に生きられると思うのは虚妄である。そのような状態は、この上なく恐ろしい戦争よりもはるかに耐えがたいものだろう。そうした状態が不可能なこと、あってはならないということ、それを証明する紛れもない証拠が、新しい形で戦われている戦争なのだ。一九一四年という年は、諸民族および個々人の生活にとっての転換点であった。戦争は上昇する諸力と下降する諸力の試金石なのだ。破壊されるべく機が熟していたもの、それが何であったのか、戦争の領分の中で見極められた。決済の規模がどれほどのものになるか、おぼろな予感はあったものの、かかわった者の誰ひとり、今次の破壊がどの程度の深さに達するかを知らなかった。災いは一歩一歩現れた。初めのうち、戦争のイメージと概念はまだ過去に結びついていた。それは、この戦争に結び付けられたすべての観念に見てとることができる。戦争にはあれこれと計画や手段や目的が想定され、それらが想像力の根拠となって、あらゆる面で終結を予想させた。こうして戦争そのものの観念が限定されていた。開戦時を特徴づけるのは、人々が戦争のうちに持ち込んだ諸々の幻想である。しかし、現実の出来事が想定された限界を越えたことによって、戦争は思考を変え始めた。思考変革を引き起こしたのが物量戦であったことは、明白である。物量戦から帰還した兵士は、労働がなされる新しい工場を目撃してきたのだ。戦場から持ち帰った知識は彼らの顔に刻印されていたが、それは注意深く、即物的な、醒めた労働者の顔だった。厳めしさは認められるものの、疲労と苦悩の影もあった。物量戦は生産工場を前提とし、その機械的製造工程に連結されて製品を消費していく限りにおいて、まさに工場であった。物量戦とは、機械的手段で行われた戦闘の謂いである。なぜなら、ここで物量と言うのは道具としての機械のことであり、戦争が遂行される手段としての自動機械を意味するのであるから。戦争自体が今や、機械的に叩かれる太鼓に似ているのだ。開戦時の高揚感だけでは持ちこたえられない。固く、網のように枝分かれした、地中深くに掘られた塹壕システムの中で、高揚感は停止する。この塹壕の中で高揚感は、長いこと止まったままで、錆びつき、腐り、しまいには塹壕のあったところにすり鉢状の弾孔風景、死体と粉砕された機械でいっぱいの、月面のようなクレーターが現れる。このクレーター、すなわち爆発によって大地にこじ開けられた穴もまた、塹壕と同じく、人間が置かれた状況を特徴づけている。これらの塹壕、クレーター、防空壕、シェルター、地下、穴の中に、破壊にさらされ、孤独な、丸腰となった人間が潜んで、身を守っている。戦争は、戦争遂行が機械化されればされるほど着想に乏しいものとなる。広範囲に及ぶ作戦はもはや成功しようがない。戦略はしぼむ。戦争が、もっぱら消耗させる力としてイメージされていることが、それを証している。物量戦とは消耗戦の謂いである。敵を次第に崩していき、ぼろぼろに疲弊させようとするのだ。へとへとにさせ、消耗させ、最後に崩壊を引き起こすのである。

時間的・空間的に見ると、この戦争は広がりを増し、複雑になり、見通しがたいものになった。それは計画や計算のできないものとなった。巨大な新種の人間組織がそれとともに発達したのである。戦闘の消耗に役立つ組織が、合理的な方法でこの戦争に組み込まれ、労働性格を付与したのであったが、この組織自体にはこの戦争を支配する力はなく、それに指令を出すことも限定することもできなかった。組織は予期しなかったほどに拡大し、それが細部に至るまで合理的に構成されればされるほど、それだけいっそう消費の度合いを強め、巨大ポンプのようにこの戦争に資財を引き込んだ。この組織が大規模になるにつれて、戦争は政治家や指揮官の手に負えなくなった。それは、従来にも増して、政治的・戦略的に念入りに形作られた芸術作品との類似性を失った。というのも、この戦争とともに自然の根源的な法則性が破壊的な形で人間に襲いかかったからである。この点においても、機械の諸力を処理することと結びついた、この戦争の新たな労働性格が示された。従来の戦争、とりわけ十八世紀の戦争は、司令部がもっと多くを差配することができたし、戦争そのものが従う法則が存在していたという印象を与える。マールバラ公[123]、オイゲン公[124]あるいはテュレンヌ[125]が戦闘を意のままに操ったように、国政は戦争を制御した。国政は、戦争を開始させたり終結させたりすることのできる自由を失っていなかったのである。けれども、一定の軍事費を前提とし、それが使い尽くされたとき終わりを迎える戦争や、民衆が引きつづき労働に専念しているあいだに雇われの職業軍人によって遂行される戦争、ヨーロッパの均衡のとれた国家間体制と、顧慮する必要のない未開発の大陸を前提とした戦争を、第一次世界大戦と比較して意味があるのは、戦争の相違点を確認しようとするときだけである。騎士道の規範を重視する貴族によって指揮されていた戦争と、諸国民の戦争とを混同することはできない。最終的に技術的機械機構や技術的組織が、この戦争に見紛いようのない一つの性格を付与するのである。十八世紀の戦争理論家とはかなり異なった認識を持っていたクラウゼヴィッツは、芸術や科学が戦争の中に見出されるとはいえ、戦争は芸術でも科学でもないと述べている。見誤ってはならないのは、十九世紀において戦争遂行が次第に科学的になってきたということであり、それについてはモルトケ[126]やプロイセンの参謀本部が証明している。科学的思考が戦争にくまなく浸透し、その後、技術が戦争にくまなく浸透していく。技術の専門家たちは、戦争遂行が機械的になるのに応じて軍隊の指揮陣営に入り込む。情報機関、空軍、戦車隊、ガス戦などを指揮下におくのが彼らなのである。

一九一四年にはまだ、過去の戦争を研究することで明らかとなるある種の法則を戦争に適用することができると信じられていた。これまで戦争から免れていた領域を、この戦争が予想外の仕方で開拓し始めたということに気づいたとき、こうした信仰はしぼまざるをえなかった。この戦争は空間的にもはや局限化できず、そこから無事でいられると考えていた諸国をその領域に巻き込んだ。それよりもなお重要なのは、この戦争が国家構造や諸国民の構成を内部から変え始めたこと、この戦争の組織がこれらの構造に深く浸透し、それらを蝕んでいたということである。まず現存していたありとあらゆる蓄えが動員され、喰い潰された。すべての固定資産が動員され、所有権秩序は破壊された。この戦争が必要とした資財はあまりに膨大であったため、それらを徴発する計画は所有権の独立性ともはや相容れなくなったのである。蓄えられていたものは、ありったけこの戦争へ投入されねばならなかった。それだけでは足りず、原資への徴発があとにつづいた。この戦争は、将来の在庫の確保、維持、再生のための配慮を必要とした資財をも喰い潰し始めたのであった。この戦争はさらに、それが遂行される基盤を蝕み、そして未来を左右する仕方で平和を不確かにした。それゆえ、この戦争はまず敗者の側に広がり、いたるところで内戦へと移行したのであった。表面的な考察をする人にとっては、この新たな混乱が民主化に帰結したことを確かめることで充分であったのかもしれない。事実、事態はそのように経過したのだが、しかし、古い社会構造の解体、機械的に理解された平等を招くような平準化、貧困、そして技術の飽くなき進歩、これらは安定した政治体制を生み出すのではなく、むしろ戦争から内戦へ転じ、内戦から再び戦争へと突入する、恒久的な革命の兆しなのである。この戦争の勝者はまず一連の破壊から守られたいという期待に浸っていたようだった。その点について勝者は誤った見解を抱いていた。というのも、武力で手にした勝利は、勝者を一人残らず襲い戦後に決定的性格を刻みつけた危機から、彼らを守ってはくれなかったからである。戦後という概念は、ここで起こったことをよく表現している。この戦争の勝利もまた蝕まれていたのだ。戦争のために使われた資財は、その結果得たものとまったく釣り合いがとれなかった。消耗はあまりにひどく、それは労働秩序にのちのちに至るまで深刻な影響を残したので、労働秩序は回復の見込みもないほど病的になり始めた。しかしながら、戦後に現れた特有かつ深刻なアンバランスが持っている意味連関を理解するのは、技術の進歩とこのアンバランスを結びつけて、技術の進歩が恒常的な原資の喪失を招いていることを洞察する者のみである。今や人間が逃げ込もうとしているあらゆる生産作業は、損失が増えゆくなかで行われているので、救いにはならない。それ自体が技術の労働領域となり、技術の完成を促進している戦争は、これらの問題を解決しないどころか先鋭化している。戦争は、技術者が大地を搾取するその暴力的な方法がいかにして人間に応用されるかを示しているのである。それは出来事の精算を行い、人間に請求書を突きつける。もしかするとこの戦争は、人間が考えを改めなければならないことについて、目を開かせてくれるかもしれない。

この戦争は空間的・時間的広がりを増し、複雑になり、見通しがたいものになった。こうした認識と、この戦争には固有の法則性が内在しているというイメージとが結びついた。それはその他諸々の戦争ともはや同じではなかった。というのも、それは、人がかつて抱いていた戦争のイメージを超えたからである。それは地震や大災害《カタストロフィ》に似ていた。大災害を特徴づけるのは、それが歴史的に条件づけられたものを上回るということであり、歴史の尺度ではそれを理解することがもはや不可能だということである。大災害の根底にあるのは、予測不可能で突然人間に襲いかかる自然の根源的な条件である。この戦争は黙示録的な性格を示している。技術はあらゆる労働工程において何らかの合理的なものを含んでいるのだが、現象全体としては合理性を欠いているのみならず、合理性を無視してさえいる。それと同様に、この戦争も、合理的な労働過程を基盤としながらも、認識可能な合理性に従ってはいない。計算しても、どれほど念入りに考慮しても、こうした予想はあらゆるところで失敗にいたる。この戦争は自らを支えるべき予算というものをもはや持たず、自らの領域にあるものすべてをとにかく喰い尽くすのだ。そして、この領域の境界を定めることはもはや不可能であり、そこにはあらゆるものが服するのである。より厳密に言えば、この領域に服するのは、技術的組織によって徴発されうるすべてのものである。しかし技術が完成に近づきつつある状態では、こうした介入から逃れられるものはごくわずかである。技術的組織に服するのは、兵士や軍備の労働者だけではない。痩せこけた老人がすするスープからは脂がなくなり、乳児が飲むミルクは薄く青色になってしまい、誰もこの組織から逃れられないのだ。貧困化や飢餓のしるしは、身体に刻み込まれるのである。

第一次世界大戦と第二次世界大戦を比較するなら、戦争と進歩する技術との関連がさらにはっきりする。両大戦を隔てている二十年のあいだに、どの国でも技術的な装備はさらに徹底したものへと仕上げられた。技術の自動化は目覚しい発達を遂げた。これによって通信機構や、航空編隊、戦車構造の領域で戦争に恩恵がもたらされたのだ。戦争は車輪の上に載せられ、機械的な仕方で動き始めたのであり、とりわけ兵隊が徒歩で移動して戦った第一次世界大戦とは、この点において顕著に区別される。戦車による攻撃と空爆で始まったのが第二次世界大戦である。諸国家の技術的な潜在力が、そのまま戦争遂行能力に変換される。戦争と技術は互いに、ますます正確に嚙み合っていく。戦争は技術を完成へと至らしめ、技術は戦争に、これを遂行する諸々の手段を提供する。これらの手段が短期間で消耗しても、技術を操作する合理的な思考が弱体化するわけではない。むしろ合理的思考は活気づけられ、強大な機械機構を拡充することにかけて発明家としての真価を発揮する。技術は、極めて大規模な兵器技術となり、戦争はいよいよもって技術化していく。戦争のための機械に見られる進歩は、労働組織においても確認される。労働組織は、概して機械的で強制的な傾向を帯びる。すべてが組織化されるのだから、いずれの自由意志も終焉を迎える。第二次世界大戦では兵士と労働者は同じ状況に置かれている。両者ともに技術的な機械と組織に依存しており、また等しく、機械機構からの介入にさらされているのだから。両者はともに労働者である。この点こそ、ひたすら完成へと向かって突き進んでいく技術的進歩の一つの指標なのだ。戦争は、あらゆる労働関係を包括しまた規格化することによって総力的《トタール》なものになる。戦争は技術的に完成されることによって総力戦となる。兵器工場で働く労働者と前線の兵士のうち、一方は兵器の製造に携わり、他方はその使用に従事するのだから、両者はその労働内容において確かに異なってはいる。しかしこうした違い、そしてまたそれ以外の違いも副次的なことである。戦争をいわばベルトコンベアとして思い浮かべてみれば、あるいはこのベルトコンベアに依存するものとして戦争を考えれば、戦争についての正しい概念を得たことになる。つまり、まずは兵器の調達や製造が行われ、次にその輸送がなされ、最後には敵に対してそれが使用されるという、ベルトコンベアの流れと考えるのである。このベルトコンベアの流れと解き離しがたく結合されたことにより、戦争全体は機械的な仕方で展開し、これによって戦争は固有の労働性格を帯びる。そしてその点でこの戦争は、以前の戦争とは区別されるのである。この労働性格は技術の自動化に由来し、それが不断に働くことによって、戦争の遂行に特徴を与えるのだ。強力な戦争機械がひ弱な戦争機械を突撃によって圧倒するところでは、「電撃戦」となる。力がかなり拮抗している場合、消耗戦・衰弱戦が展開され、すべての備蓄が、尽きるまで投入されつづける。ベルトコンベアに配置されているのは労働者と兵士であるが、攻撃はこのベルトコンベアに向かってなされる。飛行機による空爆が行われるようになって以来、戦場の兵士たちと同様、軍需工場や住宅地にいる労働者にも、容赦なく攻撃が加えられる。農業はいまなおかなりの程度手仕事に基づいており、まだ必ずしも機械的な労働方式に従っているわけではないが、しかし、農業を技術的組織に併合する、あるいはそれに近づけるために、あらゆる試みがなされている。技術の動かす力、動員する力は、運輸機構が次第に重要性を増しているという点に表れている。技術が完成されていくのに比例して、運輸機構も細かく整えられていくのである。運輸機構は輸送労働者たちの管轄であり、彼らを抜きにして世界大戦は考えられないであろう。なぜこのことに触れるかと言えば、技術的組織の欠陥の増大は、大部分、運輸機構によるものだからである。

第一次世界大戦の諸経験、つまりその技術的な諸経験は、第二次世界大戦で活用された。思慮深い考察者には、この二つ目の大戦が一つ目の大戦よりも長引き、より甚大な被害や破壊をもたらすだろうということは、当初から察しがついていた。この推論は、技術の進歩という観点から当然導き出されるものであったから。両大戦のあいだに諸国家が見舞われた政治的な変化はことごとく、機械や組織の拡大と関連している。人間についての観念も、国家についての観念も、より機械的なものになったし、技術的な諸概念があらゆるところで政治的観念の中へと侵入してきた。国家は、イメージとしては技術の中枢のように見えてきており、いわばコックピットに比較することができる。そこではボタンやレバーを押すだけでお望みの作用を生み出すことができるのだ。政治的な意見形成は機械的なやり方で操作されるのであり、すべてのプロパガンダと同様、機械的な手段を用いての大衆感化となる。見ることと考えることは、絶えず機械とかかわることによって動的なものとなる。いたるところに機械的な労働方式への依存が見られる。

第一次世界大戦にもまして第二次世界大戦は、計画や目標、手段や意図のすべてが戦争によって喰い尽くされていくさまを如実に示している。戦争の期間や規模を取り決めによって制限することはできない。戦争がどのような方向に向かうのか、その先行きは、極めて綿密な頭脳の持ち主であっても予測不能であり、計算によってそれを操作できるとする主張のうちには法螺や尊大さが混じる。戦争は根源的な勢いを持って、自らのレールの上を転がるのであり、ただ完膚なきまでの疲労困憊のみがそのレールの終わりを告げるのである。こうした成り行きを制御したり見通したりできるどんな政治家も戦術家も存在しない。存在するのは限定された局面のうちで考え、限定された局面を判断できる、技術の専門家たちだけである。そのような専門家たちの視野は、せいぜいのところ、その眼差しの狭さと鋭さによって、諸現象とそれらの連関を囚われなく概観する能力を欠いていることによって、我々を驚かすに過ぎない。戦争は全体的《トタール》になった。戦争は全体的《トタール》な機械機構と、全体的《トタール》な人間組織に依拠している。そして〔人的・物的資源の〕在庫は、その全体が戦争に従属させられている。すべてのもの、最後のものまでもが今や要求され、資源は一段と暴力的に消費される。諸国家は、途方もなく巨大な、自動化された軍需工場へと転換していく。組織化はいっそう厳しさを増す。組織はいたるところで必然的に強制労働に基づくこととなり、大勢の強制労働者を組織の内部構造へと組み込んでいく。欠乏現象は耐えがたい程度にまで達する。というのは、配給システムがあらゆる領域にまで拡大されるのだ。同時に、破壊はかつて想像したことのない規模になる。それはもはや戦場に限定されるのではなく、今や機械製造の中心地や、大規模な工業地、工業都市もまた破壊に見舞われる。これらの場所から輪が広がるように、破壊はさらに地方へと延び広がる。戦争に従事している人々とそうでない人々との違いははっきりしなくなる。なぜなら総力戦《トタール》というのは、そのような差異をことごとく凌駕するものであり、この両者の違いはもとより、そもそもこの概念のうちには区別というものが存在しないからである。破壊への道と、勝利への道〔Via triumphalis〕とは同じであり、勝利への道を取り囲んでいるのも、跡形なく打ち砕かれた町々や建物や住宅であり、人間の所有物が路上に散乱している。燃えている瓦礫や、黒く焦げた石壁があちこちにあり、国土のいたるところに撲殺された人々の死体が累々と散らばっている。何世紀もかけて築き上げられた諸都市、そのすべてが一夜のうちに、一瞬のうちに炎上し、過去の思い出や記憶の証は人々の目の前から永遠に葬り去られる。今となってはそこには、こうした都市を守る者は誰もいない。保護を失ってしまった人間にはもはや、こうした町々のために何らなす術がない。技術の時代は、こうした町々との繋がりをもはや維持しなくなっており、それらを一掃するのだ。この破壊を、今後もまたそうなるであろうモデルとして、受け容れねばならない。したがって、自分たちの都市が今回は破壊の被害を受けずに済んだということなど、諸民族や諸国家にとって何の慰めにもならない。被害を免れたのは偶然に過ぎず、必然なのはむしろ、将来、技術のさらなる拡大に結びついてくる破壊なのである。

今やあの動員の力も姿を現すことになる。機械機構と人間組織の結合から生じ、厳しく仮借ないやり方で人間を標的に据える、あの力だ。人間はこの大地とのあらゆるつながりを根こそぎにされる。軍隊のみならずすべての住民もまた動員される。疎開によって何百万という人々が都市から追い出される。そして、戦争の終結を特徴づけるのは、諸民族全体がかつての居住地から引き離され、さながら畜殺される家畜のように鉄道で搬出されていくという事態である。機械的な輸送手段を用いたこのような配置の転換は、いかなる榴弾よりも効果的に歴史の諸構造を寸断する。こうした措置もまた、一連の新しい技術的方法の範例ないしその導入と見なされるべきだろう。それによって災禍は際限なく増大してゆく。これらの新型の方法がもたらす効果は、まるで爆薬に火がついたような勢いで波及し増幅していくものだからだ。

大量の血を養分とする戦争は、完全に大衆の問題となってしまった。いったい戦争は何を目指しているのか？　戦争によって露わにされる憤慨と苛酷さ、非宥和性の増大は、いったいどこからその養分を得ているのか？　人間をこれほどまでに不安と憎悪へと、この引き裂きがたく結びついた二つの感情へと駆り立てるものは何なのか？　こうした問いに答えようとすれば、やはり次のことを理解し認識するよりほかにない。すなわち、それらが技術的な機械機構と人間組織に関連した問いであるということ、そして、人間がいよいよもって無防備な状態に陥りつつあるということだ。人間が身を置いているのはある種の非常事態であり、技術的な収奪とそれがもたらす損失によって、その状況は拡大の一途を辿っている。人間は一つの危機の中を生きているのだ。人間の手で取り除くことができないその危機は、日増しに悪化し、人間が自ら考え出した機械システムへの依存の度合いを深めていくほどに、いっそう収拾のつかないものとなってゆく。その機械システムの法則性は、人間において実証されている。

戦争と技術の関係を見抜いている者からすれば、戦争が遂行される際の諸々の形式には、もはや何一つ不可解な点など認められないだろう。いま生じていることには因果的な連関があり、それは理にかなっていて必然的に破壊を伴うものである、ということが了解されるだろうし、この破壊の規模は、技術が置かれているその都度の状態に応じて精確に定められたものである、ということも分かる筈だ。この凄まじい一連の破壊は、技術者の思考の中であらかじめ形作られていたものであるということ、この思考がそうした破壊を呼び起こして、その威力を解き放ったのだということ、廃墟と亡骸に覆われた世界および人間を取り巻く巨大な瓦礫の荒野は、この思考の相関物であり対応物であるということ、そうしたことを認識できれば、多くを理解したことになるだろう。我々が機械システムによって操作され導かれてゆく先は、一つの死せる世界である。そして、我々が先に進んでいくために利用する自動機械の敏捷性が高まれば高まるほど、死はその世界でいっそう迅速に拡散してゆく。ここでの死とは、しかし、ギリシアのハデス〔127〕のように、年が変わるたびに花々や実りや生命が再び芽吹いては生まれ出る、といった類のものではない。それは、因果律の思考とその機械化された時間概念とに対応する死なのである。

技術的な労働の方式が地球全体に広まったことで、戦争もまた惑星規模の拡張を見せている。ヨーロッパでもアフリカでもアジアでも、南洋の島々でも熱帯地方の原生林でも、戦争はいたるところで同じ手段によって遂行される。空間を架橋して越境していく自動機械が、人間と兵器を運んでいくところならどこであれ、戦争は遂行可能なのだ。機械的なコミュニケーションの方法を産出することは、技術の主要な関心事の一つとなっている。搾取に値するものが見つかりそうな場所はすべて、それがいかに辺鄙な場所であっても、技術はそれを見逃さない。戦争は技術的な思考のレールの中を動いているのだが、その思考は、この地球上のすべての給油所を一つの交通の網の目の中に紡ぎ入れてしまった。給油はあらゆる自動機械の労働にとって不可欠の前提条件であり、そもそも給油所がなければ自動的に遂行される戦争など考えられない。この自動機構こそが、戦争にその特徴を付与している当のものなのだ。この自動機構ゆえに、諸国全土を包んでいる夜の闇の中に、そして、諸国民すべてを覆う防空壕と地下室の生活の中に見出されるような、一連の保護措置がとられることとなった。この自動機構ゆえに、前線で軍隊によって行われるものであった戦争は、すべての後方地域を巻き込む戦争へと変貌した。この自動機構は、最大規模の破壊をもたらし、これ以上ないほど情け容赦なく人間を脅かす。火薬の発明から原子爆弾の発明に至るまで、技術とは常に爆発物の技術であったが、自動化された技術は戦争に関して、これまで立ち入ることのできなかったいくつもの領域を切り拓く。今や戦争が、技術という手段を用いて、ほかならぬ技術的な機械機構と人間組織を攻撃しているとしても、そこから誤った結論が導かれてはならない。こうした破壊が証拠立てているのは、機械的な労働方式が占める優位であり、そこから分かるのは、強大な技術的潜勢力が、より脆弱な潜勢力をいかにして圧倒してしまうか、ということである。技術的思考の工場が、これらの破壊によって被害を受けることはない。その工場では、そこから引き出された教訓を糧に、新しい発明や方法の仕上げ作業が着々と進められてゆく。技術的思考が持つ破壊の力は、破壊の被害からは無傷のままに保たれるのだ。このことが技術の進歩を保証しており、技術が完成の状態に向かって近づいていることを証明しているのである。

クラウゼヴィッツが戦争や戦闘の性格、戦争術や戦争理論について詳述していることを考えるにつけ、あらゆる点で明らかなのは、戦争が変質したということである。新種の技術と結びついたことによって、戦争は特殊な依存状態に陥った。戦争の創造精神はこれに苦しんでいる。戦争が技術的専門家の活躍の場となり、長時間かけて進む機械的損耗に適応し、機械的製造工程のベルトコンベアに従うとき、非精神的なもの、死にたくなるほどの単調さと陰鬱さが否応なく戦争のうちに入り込んで、これを特徴づけるようになる。戦争からはテュルタイオス的なもの(128)が跡形もなく消え、かつて戦争に活気と気高さを与えていた舞踏や歌や音楽との結びつきはすっかり放棄された。戦争における決断はもはや決定力を持たず、格が下がったように見える。もはや記憶にとどめておくこともできなくなったすべての大会戦や小規模戦は、実際に起こっていることの意味を明らかにするよりも、むしろ隠してしまう。この出来事には、形を取らないという特徴があり、分解的な力が働いている。戦闘が仮借なく、しぶとく、一方が優勢になったり他方が優勢になったりを繰り返している様子には、関与する者をしばしば驚きで満たすほどの非現実性がつきまとう。神話に喩えるなら、ヘパイストスがアレスを網に捕えたときのようなものだ(129)。技術の力はとても強く、戦争を自らに完全に従属させ、技術の方が戦争の手段と目的を定めるほどなのである。戦争は終結しても機械技術の影響が終わることはなく、人間はこれに左右される。

世界大戦の総労働性格は完全なる消耗へと進んでゆくため、世界大戦が要求する費用は、勝者にも敗者にも破壊的なものである。消費はあまりに大きく、勝利すらも呑み込んでしまう。戦争の終わりは戦争そのものと同じくらいひどいものだ。労働秩序は目茶目茶となる。そこから生ずる危機に対しては最強の国々といえどもどうすることもできない。戦争は内戦へ転換する。技術の時代が革命的だということ、恒常的に革命的だということは、言い換えれば、技術時代の進行に安定した状態などないということである。回転するダイナミックなこの動きには印象深いものがあるが、これを前進させるには極めて重い犠牲が必要であるし、当然、車輪の上に載せて機械的に運搬できないものは、すべて置いていかれる。恒常的な革命というイメージ自体が機械的なイメージであり、ベルトコンベアを思い起こさせる。それは死んだ時間の中を、滑るように、あるいは断続的に動きつづけるのだ。恒常的な革命の前提となるのは、もはやいかなる状態も維持され保存されるに値しないということ、技術的進歩がもたらした結果には常に適応しなければならないということ、「寝た子は起こすな」〔me kinein eu keimenon〕という[130]格言はもはや当てはまらないということである。技術的な進歩が繰り返し自分自身を呑み込み、自らの機械機構と人間組織を間断なく平らげてしまうことも、恒常的革命のイメージで説明がつく。これは、初めのうちはわずかであったものが巨漢の怪物と化し、自らを養うために地球全体を貪り、そして地球全体では満足できなくなったときに、ようやくはっきりする。世界大戦とは技術が肥大化した段階において起こるものなのであり、こうした戦争は激しい飢餓感ゆえに自分が捨てたものまで呑み込み、自らの排泄物も放っておかない。

問題なのは、第三次世界大戦をどのようにして防いだらよいか、より精確に言うなら、誰がそれを防ごうとするのか、である。どんな国も、最強の国であっても一国のみで世界大戦を防ぐ手段は持ち合わせていない。最強の国といえども同盟を結んだ相手には敵わないからである。とはいえ、平和を維持するために世界組織を作るのは諸刃の剣となる。そのような組織の特徴は、この組織が戦争遂行の独占を求め、この独占性に基づき、誰を平和の破壊者と見なして攻撃すべきか決めるということである。戦争遂行を独占するほど強力となった同盟は、すべての戦争、すべての攻撃と防御、許容されるすべての戦争手段の定義をも行う。しかし、極めて大きく技術が進歩し、その進歩が諸国家の戦争能力を絶えず高めている時代、平和を維持するための堅固な〔国際〕委員会がいわば永久運動〔perpetuum mobile〕的に存続しうると考えるのは、矛盾した考え方である。そうした委員会が提供できる手段は、技術的組織から拝借したものでしかありえない。技術の発達がもたらした爆発的展開に対する諸国家の無力は明らかである。この爆発的展開を制御できる国はどこにもない。すべての国家組織には、技術的組織が入り込んでいるのだから。技術的組織は国家を内側から浸食する。人間は自分が最初に動かした技術的法則性をもはや支配することができない。この法則性の方が、人間を支配するのだ。

内容概観

一．技術的ユートピア。ユートピア的考察に材料を提供するのは、今日ではもはや国家ではなく技術である。科学と寓話が結びついたものとしてのユートピア。

二．ユートピア的な預言の陰鬱化。技術が労働方法を機械化することによってゆとりが増大することはない。そもそも技術とゆとりとは何も関係がない。機械が処理する労働の量は肥大化する。機械によって手作業は縮約されるが消えるということはなく、技術的人間組織の内部で重点を移動するのである。機械装置に依存した手作業の量は増大する。

三．技術的進歩が富を生むことはない。技術的進歩による搾取の活況。富の概念規定。アリストテレスによる定義。労働方法の合理化によって富は生まれない。技術的進歩に相応する労働者の状態が貧困であることは、今後も変わることがない。

四．技術的人間組織が解決するのは、技術的問題のみである。人間組織の概念規定。その限界、その目的。技術的人間組織の特徴は富の増大ではなく、貧困の拡大である。欠乏組織としての技術的人間組織。技術と損失経済の結びつき。

五．機械の考察。機械機構の飢え。技術は収奪と結びつく。技術的労働方法が合理的であるというのは見せかけに過ぎない。なぜならこの合理性は、収奪と資産の破壊に従事するものだからであり、収奪は、地球のみならず人間をもその対象とする。収奪の原理は技術者の思考のうちにある。ゆえに自由経済であれ計画経済であれ、同じ原理が働く。技術的専門家たち（テクノクラシー）はこれを何も変えることがない。

六．労働方法の合理化は、技術的労働行程の完成（完璧化）へと導く。経済的思考と技術的思考のあいだには争いが起こり、この争いは経済的思考の敗北で終る。技術的完成への努力は、損失経済と同一である。

七．本物の経済が持つ特徴。デメーテルの神秘。人間と雌牛。

八．技術の完成への志向は自動化の増大と同一である。自動化の特徴。時間の問題の意味の増大。

九．デカルト、および「思惟するもの」と「広がりを持つもの」の二元論。ゲーリンクス。デカルト理論による、機械的に規定可能なものの増大。技術的搾取過程の基盤としてのデカルト理論。トマス派とスコツゥス派の論争。デカルトとベーコン。経験論と合理主義の融合。スピノザの位置。デカルトと資本主義。貨幣経済の動力学への依存。

一〇．ガリレイ＝ニュートン力学が時間概念に及ぼす影響。カント。時間概念の機械化と時間測定方法の機械化。時計。時間概念の自動化。

一一．自然科学と機械化された時間概念。

一二．凡ての機械化された時間は死んだ時間である。時計の歴史について。カルヴァン主義と時計産業。ルソー。測定可能な時間の必要性と消耗性。時間の細分化とそれが労働者に与える影響。技術と細分化された時間。死んだ時間と自動化。

一三．動かし結びつける技術的原理としての車。歯車装置としての技術。

一四．ラプラスの虚構。決定論と統計的蓋然性。精密科学における時間問題の浮上。正確さの概念。

一五．意志の非自由性についての理論。均衡がとれていること（Indifferentia aequilibrii）。ライプニッツとビュリダンの驢馬。自由意志と機械的に条件づけられた必然性との相違。踏み車としての技術。マルクス主義とスピノザ主義。

一六．機械化の帰結は、労働の専門化と細分化として表れる。因果性から機能主義への道。労働者の機械奴隷への変身。労働者の諸組織。

一七．労働問題の成立。労働者を保護する必要性が増すのは、機械機構と人間組織の相互依存性が増大した結果である。

一八．機械の暴力性。機械は損失を伴いながら働く、それゆえ労働と労働者の組織化を強いる。制度と組織の相違。搾取の原理。プロレタリアの成立。労働者の失意。

一九．技術の時代は動力学の形成とともに始まる。労働者と搾取する機械。安全性への欲求と因果的正確さ。

二〇．カント。カントが区別した意図的な技術と意図的でない技術。目的論と力学。シェリング。

二一．機械論者と生気論者の論争。因果論的思考と目的論的思考は機械の中で協働する。技術的合目的性の概念とその限界。

二二．技術的合目的性の限界。技術者の思考は時計製作者の思考である。

二三．技術と機械的人間組織の原理。機械機構と人間組織は相互関係にある。コンベアベルト。統計的思考。

二四．科学的精密さの概念。模倣的発明としての機械。機能主義と、人間の労働に及ぼすその帰結。機能主義と自動化。機能主義の消費力。

二五．技術的人間組織と他の人間諸組織との区別。技術と法。

二六．科学と技術の関係。技術的進歩の補助科学としての生物学。技術的人間組織と医学。

二七．技術的人間組織が貨幣・通貨制度に及ぼす影響。通貨の没落。

二八．技術的人間組織が教育と知の概念に及ぼす影響。全人的教養の破壊。百科全書的知識。ヒューム。

二九．技術と栄養摂取。

三〇．技術的人間組織による国家の機械的改変。

三一．悟性が科学の中で自らに課す諸課題。悟性の規定。科学的悟性の収奪的特徴。

三二．科学的真実という概念。正しさと真実。死んだ時間の中での機械と人間の死んだ動き。

三三．死んだ球としての地球。技術の消費力は惑星規模で組織化された給油所、惑星規模で組織化されたガソリンスタンドのシステムに表れている。地球の火山化と恒常的革命の時代。工場の稼動事故。人間と事柄の歪曲。危険地帯。

三四．技術的完成の概念。機能的思考の破壊力。

三五．技術と大衆形成は互いに呼応する。大衆の特徴と概念。動員可能で移動可能な人間。イデオロギー。移動可能な知識。

三六．機械機構とイデオロギーは密接に関係する。俳優の問題。宣伝とプロパガンダ。

三七．イデオロギーと引き剝がし（剝離）。写真。

三八．合理性と非合理性。機能主義の流れの中の人間。動員（流動化）の技術。

三九．人間の援助の源。ローマ史の理論。ローマにおける大衆形成。

四〇．技術とスポーツは互いを前提とする。

四一．祝祭の破壊。映画のメカニズム。

四二．自動化の麻酔的魅力。意識の機能化。

四三．技術はユートピア主義者が考えるような牧歌的生活に行き着くのではなく、惑星規模で組織化された収奪として終る。搾取の原理は総動員へと、そして総力戦へと高まっていく。技術的進歩と戦争遂行。

四四．安全性と安全性への欲求。欠乏諸組織の課題。

四五．哲学体系。ライプニッツ。カント。機械的に組織化された進歩に相応するものとしてのヘーゲルの弁証法。

四六．意志の諸哲学。破局の理論。技術的完成の限界。機械の不毛性。プロメテウス。ヘパイストス。巨人的、キュクロプス的諸力の解放としての技術。機械的進歩と根源的退行の関係。

補遺　世界大戦の前提。戦争は新しい労働性格によって特徴づけられる。労働兵士の無名性と苦悩。機械的に敲かれる太鼓としての、コンベアベルトとしての戦争。第一次・第二次世界大戦。自動化された軍備工場としての国家。総労働性格と凡ての消耗。技術の巨大競技場の中での戦争。

訳者解説1

技術をめぐる交友、ユンガー兄弟とハイデガー

――『労働者』『技術の完成』『技術への問い』を繋ぐもの

今井　敦

ドイツの作家フリードリヒ・ゲオルク・ユンガー〔一八九八‐一九七七〕が亡くなってから四十年が過ぎ、今年は生誕一二〇年にあたる。とはいえ、この作家の名を記憶している人はさほど多くない。このことは、十年前に相次いで浩瀚なユンガー伝を上梓したウルリヒ・フレシュレやアンドレアス・ガイアも認めているところである。実際、ユンガーと言えばすぐ兄のエルンスト・ユンガーを思い浮かべる人ばかりで、陰に隠れてしまっているというのが現実である。

もっとも、日本の大学でドイツ語を学んだある程度の年齢より上の人であれば、かつて講読のテキストとしてフリードリヒ・ゲオルク・ユンガーの短編がよく使われたことを記憶しているのではないだろうか。ドイツ語圏でも、五〇年代から七〇年代にかけて彼の作品はよく読まれ、同時代文学のアンソロジーやレクラム文庫に入っていた。

創作者としてのフリードリヒ・ゲオルク・ユンガーが没後忘れられてしまったのに対して、彼の名が今でもよく言及される分野が二つある。一つは、ヴァイマル共和国期のいわゆる「保守革命」研究にお

いて。もう一つは技術論の分野である。ユンガーが遺した著書のうち今日まで版を重ねているのは、一九四六年に刊行されたエッセイ『技術の完成』〔Die Perfektion der Technik〕であり、ユンガー伝の著者アンドレアス・ガイアは、これを彼の「哲学的主著」と呼んでいる。一方、フリードリヒ・ゲオルク・ユンガーが公刊した最初の本『ナショナリズムの行進』〔Aufmarsch des Nationalismus 1926〕は、いわゆる「革命的ナショナリズム」の史料と看做され、現在でも復刻版の形で手に入る。没後書かれたユンガー論は例外なく、この「革命的ナショナリズム」の論客として、または技術批判者としての彼を対象としており、思想家としての彼は決して忘れられた存在ではない。

フリードリヒ・ゲオルク・ユンガーのエッセイ『技術の完成』は、二十世紀初頭から現在に至るまでの技術論、あるいは環境論の系譜の中で重要な位置を占めている。影響を受けた思想としては、『西洋の没落』〔一九一八／一九二二〕において終末論的技術論を展開したO・シュペングラー、『人間と大地』〔一九一三〕によってエコロジー思想の先鞭をつけたルートヴィヒ・クラーゲス、また、エルンスト・ニーキッシュらいわゆる「保守革命」思想家たちによる技術論、そしてもちろん、兄エルンスト・ユンガーのエッセイ『総動員』〔Die totale Mobilmachung 一九三〇　邦訳月曜社〕と『労働者』〔Der Arbeiter 一九三二　邦訳月曜社〕を挙げることができる。これらの流れを汲んで書かれた『技術の完成』は、公刊前後からマルティン・ハイデガーやヴェルナー・ハイゼンベルクらの注目を浴び、特にハイデガーの技術論には少なからぬ影響を与えたと考えられる。一九九二年の時点でも、社会学者シュテファン・ブロイアーはこれを、「近代のエコロジー論争を先取りした、驚嘆するほどに広い視野を持つ本」と評価している。

進歩とリベラリズムへの懐疑がうずまき、文明が人間にとっての脅威と感じられた二十世紀前半のヨーロッパで、「技術が全体としての人間に与える影響」を明らかにしようとしたこの『技術の完成』は、当時の技術批判の集大成と見ることができ、地球の隅々、人間生活のあらゆる領域に技術が浸透した今日こそ、詳しく検証されるべきではないか。これが、我々がフリードリヒ・ゲオルク・ユンガーの技術論に取り組もうと考えた理由である。

しかし、フリードリヒ・ゲオルク・ユンガーの技術論を考える際に無視できないのは、若き日の彼の急進的ナショナリズムである。第一次大戦の文字通り泥沼化した戦場にあって死を垣間見た彼は、戦後、兄エルンストとともにいわゆる「新しいナショナリズム」を提唱した。彼らは結社のごとき権威国家の実現を主張し、ドイツのヘゲモニーを夢見る一方で、第一次大戦によって市民の時代は終焉を迎えたと考え、その残滓としてのリベラリズム、デモクラシー、議会主義を拒絶、ヴァイマル共和国打倒を目指した。なるほど、君主制を時代遅れとし、人種主義のナチズムにも拒絶的ではあったが、当時の彼らの極端な右派的言動は、のちの彼らの思想を評価する際にもマイナスに働いてくる。すなわち、ファシズムを待望した若きユンガー兄弟の政治論が、のちの技術論と共通の基盤に立つものであるとしたら、「第三帝国の先達・開拓者」としての責任を彼らに認めようとするトーマス・マンのような立場からすれば、ユンガー技術論の価値もまた疑われかねないことになる。

しかし、これから見ていくように、『技術の完成』における政治的立場は、ナショナリストの時代のユンガーの立場とは逆転している。『技術の完成』においては右派的主張がまったく見られなくなった一方で、あらゆる点で技術に支配され、すべてが流動化した大衆社会が予告され、そこに現われる「俳優」、いかさま師としての独裁者が批判的に言及される。ここには明らかに思想的脱皮が、あるいは政治への幻滅が見て取れる。とはいえ、両方の背後に反近代という共通のスタンスがあることもまた確かであり、そうした共通部分の確認と、それがナショナリズムから技術批判への発展、あるいは転回にどう関与しているのか、以下では、兄エルンストが用い、フリードリヒ・ゲオルク・ユンガーやハイデガーにも受け継がれた、「総動員／総流動化」〔die totale Mobilmachung〕としての技術という思想を軸に、見ていきたい。

『ナショナリズムの行進』

まずは、『技術の完成』を上梓するまでのフリードリヒ・ゲオルク・ユンガーについて、兄エルンスト・ユンガーと絡めながら、伝記的事実および第一次大戦後から三〇年代初めまでの政治思想を見ておくことにしよう。

フリードリヒ・ゲオルク・ユンガーは、一九二〇年に発表された戦争日記文学『鋼鉄の嵐の中で』によって一躍著名な存在となった作家エルンスト・ユンガーの三歳下の弟であり、自らも詩人、小説家、エッセイストとして活躍した。一八九八年九月、ハノーファーに生まれている。父は化学者で薬局を経営しており、ユンガー家には父の実証主義的思考と、富裕な市民家庭の満ち足りた雰囲気が支配的であった。フリードリヒ・ゲオルクは十二歳のとき、兄と一緒にワンダー・フォーゲルに参加している。一九一四年に大戦が勃発したとき、エルンストはすぐ志願して出征したが、二年後にはフリードリヒ・ゲオルクも十七歳で志願兵となった。翌年、前線に送られた彼は、ランゲマルクの塹壕戦で敵の砲撃に遭って重傷を負い、戦線を離脱する。このとき、負傷して転がっていた彼を収容して野戦病院に運んでくれたのは、偶然にも、兄エルンストの率いる部隊であった。先述の『鋼鉄の嵐の中で』には、このときのことが兄弟双方の視点から印象的に描かれている。

大戦後、フリードリヒ・ゲオルクは法学を修めて試補の資格を得るが、実務には就かず、文筆家として身を立てることを目指した。兄と同様彼の場合も、大戦で死んだ者らへの鎮魂と十一月革命への失望が、文筆活動の出発点となった。一九二六年、兄が編者を務めた叢書の一冊として、初めての著書『ナショナリズムの行進』を刊行したのである。

新しいナショナリズムの到来を宣言し、自分たちを新しいナショナリズムの担い手として告知したこの本の中で、フリードリヒ・ゲオルク・ユンガーは、自分たちが議会制を拒絶し、いかなる政党にも属さず、魂の力とヒロイズム、「血の共同体」を信奉し、リベラリズムやデモクラシーを敵とする旨を述べている。とはいえ、ここで彼が言う「血の共同体」とはナチズムのような人種主義ではなく、戦争体験を共にした新しい世代の結社といった意味である。この本に序文を書いたのは兄エルンストであるが、その中でエルンストは、彼ら若いナショナリストたちの出自を、次のように説明している。

戦争が我々の父親なのだ。戦争がその燃えさかる塹壕の中で、我々新しい種族を生み出した。我々は誇りを持ってこの出自を認める。それゆえにまた我々の価値観は英雄的なもの、戦士のものであって、物差しで世界を測ろうとする小商人のものではない。

この序文は、彼らの敵が政治的領域にとどまらないことをうかがわせている。すなわち、「物差しで世界を測ろうとする小商人」の価値観とは、特殊なものの価値を認めず、すべての価値を同質なものの量的相違へと還元し、量り数えるという手段によってそれらを「客観的」、「合理的」、「科学的」に把握することができるとする合理主義のことであり、それは彼らにとって、すべてが数値化され交換可能となることによる経済の支配、社会の流動化、その結果としての生の弱体化を意味していた。それゆえ『ナショナリズムの行進』において彼らは、「普遍的なもの」ではなく「特殊なもの」を希求すると宣言したのであった。そこには、「最大多数の最大幸福」という西欧近代が志向する目標への反発、反大衆的でエリート主義的な姿勢が読み取れる。フリードリヒ・ゲオルクは次のように述べる。

結びつきが失われたことにより生まれたナショナリズムは、新しい、血の結びつきへの憧れによって促進される。それゆえナショナリズムは、生の機械的把握に抗い、運命の連帯感から、この機械的把握と戦う。というのも、ナショナリズムの有機的意識は、機械的思考に激しく対抗するのだ。それゆえナショナリズムは、機械的なものが特徴とする普遍妥当性を否定せねばならぬ。生は知的公式の総和ではなく、国家は、運動と形式の中で実用的洞察を実現する物理的機械ではない。合目的性は、決定的なものではない。

機械的思考の一つは、普遍的で恒常的な進歩という考えである。この考えには、啓蒙主義の思い上がった浅薄な楽観主義と、文明化された知性の途方もない自惚れが隠れている。この知性は、宇宙の意味がいわば自分のうちに実現されており、自分が人類という虚構物の頂点にいると信じて疑わない。（中略）結局これらはすべて、生とは快楽であり幸福であり、それにできる限り皆が同じ割合で関与すべきだという理論に帰着する。進歩の倫理的パトスは、この理論を必然的に腹蔵するのだ。

彼らによれば、進歩や啓蒙、「機械的思考」、そこから生まれた「精神の共同体」は、リベラリズム、デモクラシー、大衆、国際主義へと至ったが、それらは元来、自然や生の摂理に反するものであり、第一次大戦後の社会に混沌たる状況を招いた。それゆえ、「社会と血と大地に条件づけられた」秩序、人格的指導者を頂く国民《ナチオーン》、「血の共同体」、すなわち、ナショナルな「権威国家」によって、これを克服せねばならぬ、というのであった。非合理で仮借ない生と、力への意志を称揚する彼らの思想には、世俗化されたニーチェ受容が影を落としている。しかし、注意しなければならないのは、こうした思考の背景に、生の機械的把握によってもたらされた生の無価値化、すなわちニヒリズムへの危機感があったことである。

過去において、すべての近しい共同体の力が殺がれ、弱体化されたことにより、とくに壊れやすい、いつくしむべき存在が破壊された。それら共同体の意志から生まれたものである限り、絶対的なものは否定され、至るところで絆が弛められた。国や教会、結婚、家族、名誉といった多くの制度によって定められていた紐帯が、あらゆる労力を注いで破壊された。どうあっても絆を解こうという衝動、解体への、制約なき自由への度外れた衝動が、社会を流木のように休みなく漂流させ、すべての抵抗を腐食酸で溶かしてしまった。この衝動は、もはや何ものにも固定されず、いかなる中心によっても統御されない大都市の刹那的大衆を生み、彼らはいわば象徴的に大地からアスファルトによって切り離されている。（中略）これが、普遍的進歩と評されているものの本質的内容だ。

若きフリードリヒ・ゲオルク・ユンガーは、大都市を嫌い、進歩と大衆社会に懐疑を抱きながらも、奇妙なことにその一方で、大衆、とりわけ労働者層をナショナリズムに取り込むことを主張し、中央都市に集権化された、武装結社のような国家を目指した。彼らの運動は反近代の立場を取りながら、近代化による社会変動を逆手に取った右からの革命運動であり、過去のしがらみに固執する反動や復古主義とは合い入れないものであった。しかし、近代化を嫌悪しながらもこれを利用すべきだとするフリードリヒ・ゲオルク・ユンガーの姿勢は明らかに矛盾を孕んでいたと言える。『ナショナリズムの行進』の中で彼は、「技術の発展が地球全体を電気エネルギーの電圧網で覆い」、「ついに全地球の占有、管理、活用がその最大の力の中心によって実現された」今、どの民族がこの中心的力を獲得するか、最後の勝利者を決める「帝国主義の最終戦争」が開始されることを預言し、これに勝ち抜かねばならぬ、と主張したのであった。

二〇年代から三〇年代初頭にかけて、ユンガー兄弟はベルリンに住み、左右両極の知識人と交わりながら、右派系の雑誌に多くの論考を寄せていた。この時代の彼らの活動がどのようなものであったか、弟ユンガーとトーマス・マンとのエピソードが示唆に富んでいる。共和政を支持しフランスとの融和を説くマンが、あるインタビューの中で、ドイツのナショナリストの知的水準について否定的に語ったとき、フリードリヒ・ゲオルクは雑誌に「魔法を解かれた山」〔Der entzauberte Berg 一九二八〕と題する文章を寄せ、マンに嚙みついた。

「崇高なる戦場を」駆け抜けた若者たちの運動としてナショナリズムを理解していた彼に言わせれば、書斎に座って「語句をこね回し」、フランス小説の続きをドイツで書こうと無駄な骨折りをしている前時代的「ブルジョア」作家マンには、ドイツを代表したり、「魔の山と何の関係もない事柄」に口を挟んだりする資格はない、今大切なのは市民社会の安穏と秩序を守ることではなく、「時代の中にダイナマイトを持ち込むこと、あらゆる生に深みを与えるあのすばらしい感情、情熱を煽ること」であり、「労働者階級を国民《ナチオーン》のために義務付け、祖国をその内奥から革新すること」だ、と主張したのである。

この文章を読んだマンは、内容よりも書き手の才能に印象を受け、「若者らしい私的心情吐露としては共感がもてなくはない」としながらも、これは「まるで責任感を欠いた」、「ダイナマイトのようなロマン主義」であって、結局のところ「文学」に過ぎない、と評した。

エルンスト・ユンガーのエッセイ『総動員』

こうした中、一九三〇年に兄エルンストは、自らが編集した『戦争と戦士』と題する論集の一編として、エッセイ『総動員』〔Die totale Mobilmachung〕を発表した。この本の序文においてエルンストは、自分たちが「英雄的リアリズム」の立場を取ることを述べている。彼の言う「英雄的リアリズム」とは、歴史の経過を、存在そのものが自らの法則性に基づいて展開する成り行きと捉え、これを承認するのみならず、時代を積極的に前へ進めようとする姿勢であった。それは、大戦前には当たり前と思われていた諸価値が崩壊し、社会的紐帯が断たれて混乱に陥った近代化の現実を、冷ややかに承認するのみならず、自ら犠牲となってこの破壊を促進しようとする態度であった。この立場からエルンストは、「総動員」の必然性と、その推進を唱えたのである。彼の主張は次のとおりである。

近代兵器が投入された第一次大戦のような戦争においては、もはや戦場と銃後の区別はなかったし、戦後も革命から内戦、そして軍備拡張へと進んでおり、戦争と平和の区別ももはやない。今日では、誰もが、何もかもが、戦争のためにそれぞれの役割において動員される。大戦では、戦場に赴いた兵士や戦闘機械のみならず、兵站に携わる人々、兵器産業で働く人々、ジャーナリスト、本来平和主義者であった筈の政治家や知識人、それどころか自宅でミシンを使って縫物をする女たちまで、直接間接に戦争に参加していた。その意味で皆、「兵士」であった。もはや一つの活動として戦争遂行に動員されないものはない。逆に、兵士が行う戦闘行為も、もっぱら技術兵器を操作するだけのいわば「労働」と化している。その意味で戦争は巨大な労働過程に変貌したし、兵士と労働者は同一となった。

こうした時代分析に基づき、エルンストは、ドイツが敗れた原因を、「総動員」において時代に立ち遅れたからであり、理性という西欧的借り物の理念を掲げて戦ったがゆえであって、今後の課題は、ドイツ的なものが蔵するすべての根源的エネルギーを戦争のために動員することである、と主張した。

骨の髄に至るまでの武装が、神経の末端に至るまでの軍備が必要である。そうした軍備を実現することが、総動員の仕事なのだ。総動員とはすなわち、現代生活の広く枝分かれし、幾重にも細分化された電流網を、スイッチのたった一ひねりで大きな戦争エネルギーの流れに合流させる行為なのだ。

戦闘体験と社会観察に基づいて着想されたこのエッセイ『総動員』はしかし、軍備論であると同時に文明論でもある。

煙を吐き、炎を上げる鉱区。交通の物理と超物理。エンジン、航空機、数百万規模の大都市。これらと一緒に、完全に束縛を解かれながらも仮借ない規律に服している我々の生活それ自体を観察してみるだけで、充分だ。我々は快感の混じった驚きを覚えつつ、次のように感じる。ここには働いていない一つの原子もない、我々自身、この疾駆する過程に根本から売り渡されている、と。総動員は実現されるのではない、おのずから実現するのである。それは戦時であれ平時であれ、大衆と機械の時代に生が我々を従わせる密かで有無を言わさぬ要求の表現である。それゆえ個々の人生はますますはっきりした形で労働者の人生となり、騎士や王侯や市民の戦争のあとには、労働者の戦争が続くのだ……。

エルンストによれば、進歩がもたらしたもの、「理性の仮面」の下に隠れているのは、「半分グロテスクな、半分野蛮な機械崇拝、素朴な技術礼拝」であり、それが向かう先は、戦争、「総動員」体制である。しかし、そのグロテスクで野蛮な時代の正体を直視し、「総動員」という時代の趨勢を先取りする形で「ドイツ的なものの動員」を進めること、これこそがドイツに覇権を齎す道だ、およそこのように、革命的ナショナリストであり「英雄的リアリスト」を自任する彼は、一九三〇年には主張したのであった。

同じ年の十月十七日、ユンガー兄弟は、劇作家アルノルト・ブロンネンに誘われ、ベルリンのベートーベン・ホールで行われたトーマス・マンの講演『ドイツの呼びかけ――理性に訴える』を聴きに出かけている。フランスとの融和を説き、市民階級と社会民主主義が協力してファシズムに対抗することを訴えたこの講演には、プロイセン文化大臣、出版社主S・フィッシャー夫妻、ハインリヒ・マンら、著名人が聴衆として顔を揃えていた。その中で、ブロンネンの目的は講演の妨害であり、これにはゲッベルスの命で突撃隊の隊員たちも駆り出された。ブロンネンらが野次を飛ばして講演を妨害し、そこに警察も介入する騒然たる雰囲気の中、なんとか最後まで講演をまっとうしたマンは、危険を避け、ブルーノ・ヴァルターの案内で裏口から会場をあとにしたのであったが、このときユンガー兄弟がどんな行動をとったのか、誰も伝えてはいない。エルンスト・ユンガー伝の著者ヘルムート・キーゼルは、エルンストがこの事件をはっきり記憶していたにもかかわらず生涯、公の場で語らなかったのは、このとき自分が取った態度を自分で肯定できなかったからではないか、と推測している。同時期ユンガー兄弟は、ブロンネンの勧めによって何度かゲッベルスに面会しているが、仲間に取り込もうとするゲッベルスを最後まで撥ねつけたとされる。三〇年代初め、まさにこのナチとの接触が、ユンガー兄弟をナショナリズムから遠ざけ、これに批判的距離を取らせる契機となった。

『労働者』

二年後、一九三二年にエルンストは、時代診断の書『労働者――支配と形態』を上梓する。二年前のエッセイ『総動員』において取られた「英雄的リアリズム」は堅持しながらも、この書では既にナショナリズムは凌駕されている。ただし、ここでも総動員の概念は重要なキーワードである。ここでは、新しい時代を統べる究極的現実として、「労働者の形態」と呼ばれるものが提示され、技術システムや労働計画、官僚テクノクラートによって社会の全領域が統御された「労働国家」が、歴史の向かう方向として予言される。「労働国家」は、今やナショナルな枠組みを越えて「惑星規模の支配」に達するというのが、この本の歴史哲学である。

しかし、世界が安定した「労働国家」を実現する過程で、凡てが流動化し混沌となった革命的状況を潜り抜けなければならない。その際、あらゆるものを動かす手段であり、労働者による権力掌握の媒体となるのが、技術とされる。著者自身の言葉で言えば、「技術とは、労働者の形態が世界を動員／流動化するやり方」なのである。

エルンストによれば、技術の進歩がもたらす機械化および標準化の作用は、市民社会に有効であった「個人」というあり方、自由意思を持った個性としての人間のあり方を終焉させ、人を「類型」に変えた。類型としての人はもはや、自由な決断によって政党や協会に加入するのではなく、「従者」として行進するのみである。彼らは技術に通暁し、機械との融合を果たした新しい「種族」であって、前線においては戦士、生産現場では狭い意味での労働者であるが、もはや個人の相貌を失い、一人が死んでも類型としては滅ぶことがない。

ここで言われている「労働者」とは、社会的・経済的概念ではなく、プロレタリア革命が望まれているわけでもない。「労働者の形態」とはむしろ、あらゆる現象の背後にあってそれらを統べる究極的存在であり、「意味付与の源」、「形而上学的力」とされる。「形態《ゲシュタルト》」とはすなわち、時代の様々な現象を観察したとき、それらの典型としてまた原型として見えてくる姿、つまり、ゲーテ的意味での「根源現象」、あるいは時代精神とでも言い換えることができるものである。

著者は、同時代の社会に見られるあらゆる行為、あらゆる態度を、それが戦闘であれ、交通、スポーツ、教育、休暇の過ごし方であれ、いずれも労働と化していると考え、同時代の凡ての現象の背後に「労働者の形態」を見たのだった。そしてこの「形態」としての労働者の具現と言えるのが、「類型」としての労働者である。

こうした文脈の中で、「総動員」の概念はもはや、戦争準備の謂いではなく、時代の「総労働性格」を表現する概念として、技術的進歩を介したあらゆる人や物の「総流動化」を意味すると同時に、個々の存在者を単なる一機能として「有機的構築物」の中に組み込んでいく、そういう意味の概念として用いられている。エルンストの言う「有機的構築物」とは、人間と機械が融合しつつ構成されるものであり、究極的には国家機構を形成する。

エルンストによれば技術は、「総革命の最も効果的な、最も抵抗の余地なき手段」であった。『労働者』において、「総動員」が意味するのはつまり、古い社会秩序の破壊、あらゆるものの流動化、惑星規模での技術的総変革であり、新秩序構築のための総駆り立て体制だったのである。この変動の先に実現される静的な状態、「技術の完成」とは、兄エルンストにおいては、弟とは異なり、労働国家による世界支配であった。

「収奪」としての技術

ユンガー兄弟は、ナチスが政権を掌握する少し前くらいから政治的発言をやめ、政権掌握後の三四年にはフリードリヒ・ゲオルクが、詩集の中でナチス批判を行った。『罌粟《けし》』と題されたこの詩は、ナチス政権の「低級さ」と大衆扇動を批判し、その指導者を「詐欺師」と罵っている。この詩は、出版者ベルマン・フィッシャーの目に留まり、フィッシャーからこれを受け取った亡命中のトーマス・マンをたいそう喜ばせた。日記によるとマンは、自ら家族の前でこの詩を朗読して聴かせたという。まもなくフリードリヒ・ゲオルクはゲシュタポによる尋問と家宅捜索を受け、ボーデン湖畔のユーバーリンゲンへ国内亡命することになる。

そのユーバーリンゲンで一九三九年春から夏にかけて執筆された大部のエッセイが、戦後『技術の完成』の題名で出版されたフリードリヒ・ゲオルク・ユンガーの技術論である。

この書で扱われているのは、技術が「人間の共同生活に何をもたらすか」という問いであった。つまり技術的問題を専門的に扱おうとしたものではなく、技術者を越えた視点から、技術と人間、技術と社会の関係を論じたもの、と言うことができる。

厳しい技術批判が展開されるこのエッセイであるが、そこには著者自身が二〇年代に取っていた立場からのズレ、兄エルンストの技術観との相違が顕著に読み取れる。以下、エルンストと比較しながら、フリードリヒ・ゲオルクの技術論を概観し、そのあと、それにもかかわらず、『技術の完成』で述べられた時代解釈の根底には、「総動員／総流動化」〔die totale Mobilmachung〕の技術観があることを明らかにしたい。

まずフリードリヒ・ゲオルクは、技術に関して一般に抱かれている二つの期待が幻想であることを明らかにしている。一つは、技術が富を生むという幻想であり、もう一つは、技術が労働時間を減らすという幻想である。

フリードリヒ・ゲオルクによれば、技術は何ら新しいものを創造することはない。技術が「生産」と呼んでいるのは実は、資源を掘り起してそれを目的に即した形に加工することである。こうして出来た製品は分配され、消費される。つまり技術は、自然や人間の内に何らかの利用可能性を見出し、これを運び出しては作り変え、機械や組織に組み込み、使い捨てる。それどころか、本来なら手を付けずにとっておくべき「資本」〔Substanz〕にまで手を出し、蕩尽してしまう。自然と人間の搾取ともいえるこうした技術のあり方を彼は、「収奪」〔Raubbau〕と呼ぶ。それゆえ技術が生むのは富ではなく、地球全体を覆う貧困なのだという。

自動機械の発達は、人を労働から解放するのではなく、労働形態の変化をもたらす。つまり、技がものをいう自立した手作業に代り、機械の手足となってこれを補助する単純でいびつな作業が人間に要求される。機械の発達によって収奪は加速度的に増大していくから、労働時間が減ることは決してない。むしろ、余暇のあいだも人は物理的時間に縛られ、余暇の過ごし方さえ、労働の性格を帯びる。

兄エルンストのエッセイ『労働者』との決定的違いは、技術と労働者の捉え方に現われている。エルンストは、「労働者の形態が世界を動員／流動化する手段」として技術を捉え、技術の進歩を後押しすることで、「労働国家」による世界支配を目指した。すなわち、「形態」としての労働者を技術の主人と捉えて、「労働者」と「国家」の主体性を認めていたわけである。これに対してフリードリヒ・ゲオルクは、はるかに悲観的立場をとる。

自動機械に象徴される近代技術は、そこで用いられた法則性が人の手を離れ、自ら発展していくことにより、やがては凡ての人を「労働者」として従える。その際、ひとたび機械と結びついた人間は、自らの主体性によって技術の支配から逃れることはできない。機械が結合され、互いに連絡をつけて巨大な「機械機構」〔Apparatur〕へと拡大していく一方、労働者は技術的な「組織」〔Organisation〕に組み込まれる。労働が労働者から乖離し、それ自体で独立するのと並行して、労働者自身も規格化・標準化され、様々な作業に投入可能、取替え容易な機能と化し、労働に対する支配と決定権を失う。機械機構と技術的な組織の拡大は、労働者を厳しい管理下に置く。

フリードリヒ・ゲオルクによると、こうした事態は労働者が資本家に代り、生産手段を手中にしたとしても変わることはない。なぜなら、労働者を搾取しているのは資本家ではなく、技術そのものであるから。技術時代には誰もが個人としての相貌を失い、真の意味での余暇を奪われ、「機械的に繰り返される死んだ時間」に囚われた惨めな労働者と化す。エルンストが世界変革のための媒体と考えた技術は、フリードリヒ・ゲオルクにおいては媒体や手段ではなく、国家や社会をも服従させる自律的法則性であって、彼の言う「労働者」とは、決して支配的な「形態」でもなければ、英雄的な「類型」でもない。

とはいえこれは、フリードリヒ・ゲオルク自身が一九二六年に出したマニフェスト『ナショナリズムの行進』の主張とは明らかに異なる。当時の彼は近代化に嫌悪を催しながらも、技術的変革を利用してナショナルな権威国家の構築を呼びかけていたのだから。

フリードリヒ・ゲオルク・ユンガーにおける「総動員／総流動化」

しかし、時代診断という点でこの本は、エルンスト・ユンガーのエッセイ『総動員』や『労働者』を受け継いでいる。とりわけそれは技術を、凡てを可動〔mobil〕化する力として捉えている点に見てとることができる。

オスヴァルト・シュペングラー同様、フリードリヒ・ゲオルク・ユンガーもまた、科学や悟性の背後に、「技術的思考」特有の力への意志を想定している。彼によれば、真理の発見のみを任務とした、自己目的としての純粋科学など存在しない。凡ての科学的認識は、発見した法則を応用し、それによって世界を変え、収奪することを目的としている。自然それ自体、初めから悟性によって理解可能な形で存在しているのではなく、悟性の方が自然の内に理解の型を持ち込むことによって、初めて経験可能な、計算可能なものとして現われる。技術的なものとして、すなわち、同じことの反復として経験されるようになった対象は、そこから取り出し、移動させ、何かに用立てることが可能なもの、すなわちmobilなものとなる。この意味で科学は、「技術的思考」が自然を支配するために自然の内に送り込んだ「斥候」なのだ、という。フリードリヒ・ゲオルクによれば、「技術は人間を合理性のない凡ての結びつきからは解放するが、その代わり合理性という関係の下に服従させる」のであり、これによって人間もまたmobilにされてしまう。「技術とは、凡て不動〔immobil〕なものの動員であり流動化なのだ」、というのである。

つまり、フリードリヒ・ゲオルク・ユンガーにおける動員〔mobilmachen〕の概念は、対象としてまだ認識される以前の存在を、何かに使える機能として掘り起こし、周囲から、また根もとからこれを切り離して動かせるものに、活用可能なものにする、という意味がある。こうして取り出された一つ一つは、巨大都市に見てとれるような大規模な消費機構の中に流し込まれて消費される。

その際、特定の場に根を張った「不動な」存在はなくなり、あらゆるものが地球全体を覆う流通システムに組み込まれ、それぞれの機能において利用され、交換可能となることにより、「凡てのアイデンティティは見失われ」る。これにより人間は、「境界もなく土台もなく」、不安に苛まれることになる。

そしてフリードリヒ・ゲオルクは、国家もまた、人格性を奪われ、自動装置のように硬直した官僚機構になると言う。国家は技術を制御することができないばかりか、逆に技術の方が、国家を内側から「技術的組織」に変貌させることにより、国家に対して勝利するのである。

彼の考えでは、近代技術は人間によって生み出されはしたが、人の手を離れ、自らの法則性に基づいて凡てを呑み込みながら展開していく。技術は労働、国家、教育、医療、栄養摂取など、あらゆる領域に入り込み、これを支配する。しかし、技術によって掘り起こされ、消費される資源には限界がある。また、技術に服従することによって人間の内に抑え込まれた自然の根源的力は、いつか爆発しようと機会を覗っている。それは、人間が機械的法則性から逸脱した瞬間、たちまち大規模な事故の形で現れる。「収奪」の自動装置と化した「技術的集合体」は、際限なく肥大するが、呑み込むものが尽きたとき、全面戦争や世界的貧困を招来する、すなわち技術は、地球的危機をもたらすのである、これが、フリードリヒ・ゲオルク・ユンガーの辿り着いた考えであった。

『労働者』においてエルンスト・ユンガーは、支配の主体として「労働者の形態」を想定した。そしてこの「形態」に身を投じ、あえて「総動員／総流動化」を促進する決断のうちに人間の「自由」を認めたのであったが、弟フリードリヒ・ゲオルクは、技術支配のどこにも人間の主体性を見つけることはできなかった。「人間は、自分が始動させた機械的法則性をもはや制御することができない。この法則性の方が、人間を制御するのだ」、と述べている。彼にとって技術とは、自動機械と化した力への意志が、自然と人間を支配することにほかならなかった。『技術の完成』は明らかに「英雄的リアリズム」や「支配」志向の批判であり、自らが二〇年代、兄とともにとった政治的行動主義の撤回であったと考えられる。

マルティン・ハイデガーの「ゲシュテル」概念との類縁性

初めに述べたように、ユンガー兄弟の技術論はマルティン・ハイデガーの技術思想に影響を与えた。実際、技術と「総動員／総流動化」について述べたユンガー兄弟の文章は、多くの点でハイデガーの技術論を彷彿とさせる。

ハイデガーは、一九五三年の講演『技術への問い』において、近代技術の本質を「挑発的に掘り起こすこと」〔das herausfordernde Entbergen〕という言葉で、また、「ゲシュテル」〔Gestell〕の概念を用いて表現した。フリードリヒ・ゲオルク・ユンガーは「収奪」という意味で Raubbau の語を用いているが、これは「濫掘」と訳すこともできるもので、この語をハイデガーの「挑発的に掘り起こすこと」〔das herausfordernde Entbergen〕と較べてみたとき、誰もが似ているという印象を受けるであろう。ハイデガーの言う「掘り起こすこと」〔Entbergen〕とは、「隠れているものを露わにすること」の意であり、ギリシア語でいうところの「アレーテイア」を意味するとされる。ハイデガーによれば近代技術とは、「露わにする」〔entbergen〕ことの一つのやり方であり、人間と自然を有用なものの「在庫」〔Bestand〕として、有無を言わさず掘り起こし調達するとされる。この意味で彼は、「掘り起こすこと」〔Entbergen〕の語に「挑発的・召喚的」〔herausfordernd〕という形容詞を付し、「露わにする」ほかのやり方、すなわち芸術とりわけ詩から、近代技術を区別したのであった。

ゲシュテル概念については、『技術への問い』の中で、次のように定義されている。

ゲ・シュテル〔Ge-stell〕の意味するところは、現実のものを、発注〔bestellen〕という仕方で在庫〔Bestand〕として露わにする〔entbergen〕よう、人を動員〔stellen〕すなわち召喚〔herausfordern〕する、その出頭〔Stellen〕の召集である。

ここで言われる「ゲシュテル」とは、動詞 stellen の集合体であり、あらゆる物的・人的資源を「発注」〔bestellen〕の連鎖の中に組み込んでいくことという意味で理解できる。ところでそもそも、stellen という動詞には、兵士などを「召集する」、「出頭させる」という意味があるから、「集合」を意味する接頭辞 Ge- を合わせて考えたとき、この語は、「総動員」die totale Mobilmachung と同じ事情を表すものと理解することができるわけである。つまり凡ての存在者を測定可能で計算可能な有用性として露わにし、そうしたものの在庫として捉えられた人的・物的資源を、有無を言わさず運び出し、合理的システムに流し込み、加工し、備蓄し、分配する、そうした近代技術の自律的仕組みを表現する言葉として「ゲシュテル」は理解できる。これはまさにフリードリヒ・ゲオルク・ユンガーが「技術」の名の下に述べた事情ではなかったろうか。

一九三九年ころのハイデガーがエルンスト・ユンガーの『総動員』『労働者』を詳しく研究していたのは事実であり、エルンスト・ユンガーの技術論から多くの示唆を得たことは、ハイデガー自身が述べている。しかし、フリードリヒ・ゲオルクとハイデガーの関係はどうであったか。これに関しては、二〇

○七年に刊行されたダニエル・モラートの研究がつまびらかにしている。モラートによれば、フリードリヒ・ゲオルク・ユンガーとハイデガーは、出版者ヴィットーリオ・クロースタマンを介して一九四二年に知り合った。このときフリードリヒ・ゲオルクはクロースタマン社に『技術の完成』の原稿を持ち込み、出版準備をしていたのだが、ハイデガーはクロースタマンからゲラ刷りを受け取って読んだのである。そしてこのことが、ハイデガーの方からフリードリヒ・ゲオルクに連絡を取り、一九四二年十月、ボーデン湖畔ユーバーリンゲンの自宅にユンガーを訪問するきっかけとなった。すなわち、ハイデガーが没する一九七六年まで続いた彼らの交友の出発点には、フリードリヒ・ゲオルク・ユンガーの著書『技術の完成』があったわけである。また、ハイデガーがどれほどフリードリヒ・ゲオルクの技術論を評価していたかは、次の事実にも表れている。一九五三年、バイエルン芸術アカデミーの主催で「技術時代における芸術」と題された連続講演会が企画され、ハイデガーも「技術への問い」と題した講演を行うことになったとき、この哲学者は、自らイニシアチブを取ってフリードリヒ・ゲオルクを講演者に招いたのである。演壇にはほかにヴェルナー・ハイゼンベルクが立ったし、聴衆席にはエルンスト・ユンガーの姿があった。このときフリードリヒ・ゲオルクが行った講演『言語と計算』が、やはりハイデガーが中心となりバイエルン芸術アカデミー主催でのちに開催された、言語に関する連続講演会（一九五九年）のきっかけになっている。

ハイデガーの考えでは、ルネサンス期に「主体」〔Subjectum〕の座に着いた人間が、凡ての存在者を自らの前に立てる〔stellen〕という行為、すなわち「対象化」〔Vergegenständlichung〕によって、近代が始まった。こうした行為を基盤とする近代西洋形而上学および近代科学技術は、凡ての対象を「労働」〔arbeiten〕のための有用な材料として出頭させる。その際、「労働」とは何を意味するかといえば、それはニーチェ的、形而上学的意味での「力への意志」ということになるだろう。エルンスト・ユンガーにおける「労働」、F・G・ユンガーにおける「技術」とは、対象化されたものへの収奪的加工であり、動員、搾取、支配を意味する。こうしたもの、すなわち、相手の制圧を目指すものとしての技術は、必然的に権力闘争へ、戦争や破壊に至る。それは人間の手を離れ、自ずから展開していくが、最終的には惑星規模での「総動員・総流動化」を引き起こす。すなわち、技術は決して中立的でも平和的でもありえず、「技術の完成」とは、力への意志による世界支配の達成なのである、このように考えたユンガー兄弟の技術論は、ハイデガー技術論の土台になったとまでは言わないにしても、同じ基盤に立っていると言うことができよう。

ユンガー技術論への批判

『技術の完成』は三九年に執筆後、出版社 die Hanseatische Verlagsanstalt から何らかの理由で刊行を拒否され、修正ののち、一九四二年に『技術の幻想』〔Illusionen der Technik〕の題名で同社から出版告知された。が、ハンブルクの空襲で組版が失われ、四四年に今度はクロースタマン社によって初版が印刷された。ところがこれもフライブルクへの空襲でほぼ灰燼に帰し、ようやく戦後、四六年に出版にこぎつけている。三年後にはアメリカでも英語訳が刊行された。

刊行当初この本は、カール・ヤスパースやマックス・ベンゼ、物理学者フリードリヒ・デッサウアーらによる厳しい批判を受けることになった。だがこれは、この書がいかに当時の知識人の注目を浴びたかを示す事実でもある。ヤスパースは、一見対立するように見える兄エルンストと弟フリードリヒ・ゲオルクの思考に、容易に正反対へと転換しうる同質の「唯美的姿勢」を見て、これを批判した。ヤスパースによると、二人の技術論（『労働者』と『技術の完成』）は相反した方向を持ってはいるが、思考法において同じであり、一面的、また感情的なもので、「とりわけ精神的産物の享受によって生きる唯美的姿勢」が認められる、「このような思考においては本音のところ実際何も真実ではな」く、「内容において、それどころか姿勢や調子のすべてにおいて簡単に転換がなされてしまう」と言う。少なくともフリードリヒ・ゲオルクの『ナショナリズムの行進』と『技術の完成』を比較する限り、この指摘には無視できないものがある。

マックス・ベンツェの批判は、作家であるユンガーは技術というものの現実を理解しておらず、技術の本質について語る資格がないというものであり、また、フリードリヒ・デッサウアーは、戦後の現実がもたらした苦難の中で技術を悪の権化のように吹聴して技術に不幸の責任をなすりつけることが、いかに技術に対する無知や誤解に基づいた論拠によってなされているかを指摘し、批判している。しかしデッサウアーの批判は細部の誤りを指摘し、ユンガーの技術論に見られる技術への侮蔑的姿勢を指摘することになってはいるが、ユンガーへの根本的反論にはなっていない。自然搾取、自然支配の原理として捉えられた技術や科学へのユンガーの批判に対して、デッサウアーはしっかり応答しているとはいえない。

一方、無視できない批判として、ユンガー兄弟やハイデガーの技術論に見られる歴史哲学的で傍観的な姿勢、特にホロコーストの特殊性から目をそむけ、技術的進歩がもたらす合理的残虐性の一現象としてこれを相対化しようとする傾向を弾劾する声がある。アンドレアス・グロスマンがその一人であるが、ユンガー兄弟やハイデガーの同時代人では、ハンナ・アレントがそうした批判者に数えられよう。

いずれにせよ、ユンガー兄弟の技術観は「総動員／総流動化」に技術の本質を認めており、それは今日のグローバル化されまたモバイル化された流動化社会を予見したものと言える。とりわけフリードリヒ・ゲオルクはこの作用がもたらす限界と地球規模での危機を見抜いた。半世紀以上も前にこうした問題を先取りした功績は、決して小さなものとはいえないであろう。

*当解説文は左記の二つの論文を一つにまとめ修正を加えたものである。

① 今井敦「革命的ナショナリズムから技術批判へ——F・G・ユンガーの技術論（1）」日本独文学会京都支部編『Germanistik Kyoto』第一三号、二〇一二年七月三〇日、一 - 一九頁。

② 今井敦「ユンガー兄弟の技術論——「総動員／総流動化（die totale Mobilmachung）」概念を軸として」日本独文学会編『ドイツ文学』第一四八号、二〇一四年三月、五六 - 七〇頁。

*一見晦渋なユンガーの技術論であるが、長くてとっつきにくいと思われる向きには、最後の「補遺」をまず、読んでみていただきたい。そこにはユンガーの思想の核心部分が凝縮されている。

訳者解説2

エコロジーの書としての『技術の完成』

中島　邦雄

エコロジーは客観的・合理的な科学だろうか、それとも文学の扱う心情の領域に属するものだろうか。生物学者ヘッケルによって始められた学問であり、「生物多様性」や「持続可能な開発」といった概念が使われていることからも一般には科学や技術の問題と考えられている。しかし、エコロジーの運動はドイツでは、むしろ心情の問題として出発した。

ドイツのエコロジー運動は二十世紀初頭のワンダーフォーゲルをきっかけとする青年運動とともに始まった。ワンダーフォーゲルの若者たちは都市を嫌い、田舎や野山を旅したが、そこに見られるのは、当時産業化が進み工業的となっていった消費社会に反対し、自然豊かな故郷に根ざした共同体に価値をおく保守主義的・ロマン主義的な志向であり、現在の日本でいえば、里山や漁村に憧れを抱く気持ちに似ている。十二歳のフリードリヒ・ゲオルク・ユンガーも一時的ではあるがこの運動に参加した。こうした青年運動は科学や技術にはむしろ反感を持ち、場合によっては近代化に対して反動的な様相を帯びることもあった。この傾向は時代とともに強まって国粋主義的となり、ナチスの中へと吸収されていく。フリードリヒ・ゲオルク・ユンガーはナチスとは袂を分かったが、こうした流れの中でエコロジー的な思想を形成したといえる。

本書『技術の完成』は、題名からもわかるように技術論であって、執筆時には作者は特にエコロジーを意識してはいなかったように思われる。しかし、近代技術の発達は同時に自然環境の変化や破壊を引き起こし、両者は一体となっている。作者は、技術の発展とともに個々の機械だけでなく人間もまた組織されて地球全体が「機械機構」へと変化していく恐ろしい未来をえがいているが、そうした行程の輪郭を定め、際立たせるものとして、対照的なもう一つの世界が言及される。そこに作者のエコロジー的意識が吐露されているのである。

フリードリヒ・ゲオルク・ユンガーのエコロジーは、時間と「豊かさ」と余暇をめぐって論じられる。時間について言えば、「機械機構」と化していく世界を流れるのが「死んだ時間」(die tote Zeit)であるのに対して、その対極にあるのは「生きた時間」(die Lebenszeit)である。分割しつぎ足して管理することができる一様な、それゆえ空虚な労働の「死んだ時間」に対して、「生きた時間」とは有機体における「すべての成長と開花と成熟、すべての老化と衰えと枯死」、さらには諸民族の言語表現を貫いて流れている時間であり、「どのような瞬間も決してほかの瞬間と同じではない」がゆえに、任意に分割することもつぎ足すことも不可能である。「豊かさ」には「所有としての富」と「存在としての富」がある。製品を消費する「所有としての富」が、貧困の対立概念として「死んだ時間」に属するのに対し、「ナイル川のように過剰を贈与する」自由な、自らあふれでる富が「存在としての富」であり、「生きた時間」に対応する。余暇を退屈せずに存分に楽しむことができる時、そこには「生きた時間」が流れている。この「生きた時間」に回帰し、その秩序を守ることが彼にとってのエコロジーである。

植物を植え付け、育て、栽培する人間、または動物の世話をする人間は、彼の保護に委ねられているものたちの成長に心を配るときだけ、この仕事を首尾よく行うことができる。彼が世話をし、ふやす人である場合にのみ、彼の活動は効果的に継続されるのである。彼は必要以上に森の樹木を伐採したり、家畜を殺したりしてはならない。彼は一面的で乱暴なやり方で自分の利益や得をはかってはならない。なぜならここには実に深くて親密な相互関係があるからだ。大地は、大地を利用し浪費することしか頭にない人間には耐えられない。それでたちどころに人間に対して協力を拒むのだ。（本書五三頁）

ところで、自然が有限でありいったん破壊されると取り戻せないという意識が確立した時、自然賛美のロマン主義はエコロジー意識へと変わったが、そこには断絶とともに連続があった。フリードリヒ・ゲオルク・ユンガーのエコロジーは啓蒙主義的な近代化のプロジェクトの中では、時代遅れの保守主義と映らざるを得なかった。

第二次大戦後、ドイツでエコロジー運動が再び活発になった時、「緑の党」という左翼的・民主主義的な人々によって政治的エコロジーが担われることになったが、そこではフリードリヒ・ゲオルク・ユンガーの書はタブーとされた。しかし実は、左翼のエコロジストたちからも本書は密かに受容されてきたと言われている。このようなことが生じたのも、産業化による自然破壊の進行を目の当たりに見て感じる現在の私たちの生活実感を、本書が深いところで言い当てているからであろう。

『技術の完成』の二十七年後、エコロジーの高まりとともにフリードリヒ・ゲオルク・ユンガーと同じ時間論をふまえたメルヘンが現れた。ミヒャエル・エンデの『モモ』である。副題に「時間泥棒と、人間のために盗まれた時間を取り戻した子供についての奇妙なお話」とあるように、貧しいけれども温かい人間関係に育まれた町の人たちの「生きた時間」を盗み取って「死んだ時間」にしてしまう盗賊たちの物語である。時間を取り戻すために訪れた時間の国で主人公モモは時間の本当の姿を見るが、そこにはフリードリヒ・ゲオルク・ユンガーが「生きた時間」を描写するために持ち出したイメージ、すなわち開花と成熟と枯死が用いられている。

労働者の寸刻みの空虚な時間によって成り立つ現代社会の合理的な、しかしあくなき資源の収奪と、その対極にある充実した自由な時間、この前者を抑制するために「持続可能な開発」といったエコロジー的な科学技術が考え出されるのであるが、しかし同時にそれに重ねられて、私たちの心の内には産業化以前の田園風景への深いユートピア的な郷愁があるのではないか。フリードリヒ・ゲオルク・ユンガーの『技術の完成』で描かれるディストピアが説得力を持つとするならば、その一端は、時間論をはじめとして作品についでのように加えられた、こうした作者のエコロジー観にあるといえよう。

訳者解説3

フリードリヒ・ゲオルク・ユンガーにおける社会思想の視座

桐原　隆弘

ここでは、本書の「社会思想」としてのいくつかの側面を指摘してみたい。ここで社会思想というのは、考察対象を特定分野に限定せず、哲学、物理学、生物学、経済学、法学といった幅広い学問分野を見渡しながら、社会全体について一定の理論的見解を提示する試みを指すものとする。本書においてユンガーのカバーする実に広範な学問領域はそれだけで既に目を見張るものがあるが、各々の学問分野をめぐる状況の展望を介して、技術批判のモチーフが全体として浮かび上がる点に本書の醍醐味があると言えよう。

本書は、第二次世界大戦当時までの技術水準をときに俯瞰しながら、またときにまるで機械装置の中での作業に従事する組織化された労働者自身であるかのように克明な叙述を行いながら、社会全体に技術、および技術を核とする組織が隈なく浸透した現代社会の在り方を執拗なまでに批判する。その際の思想的基盤として、一つには、ニーチェの技術文明に関する簡潔な予言を挙げることができる。

ニーチェは『力への意志』の八六六章に収録された一八八七年秋の草稿において、「機械装置」〔Machinerie〕による「地球の経済的な総体的管理」〔Wirtschafts-Gesamtverwaltung der Erde〕が人間の機械装置の「歯車」としての役割への「順応化」、そしてそれに伴う人間性の「平板化」、「卑小化」、「平準化」をもたらすこと、そしてこれらに対して「高次の形態の貴族主義」にふさわしい「距離の感情」を備えた「超人」が、「総合的な、総計する、是認する人間」として、これらに「敵対」しながらも、これらを「下部構造」としてその上に「おのれの高次の存在形式」を打ち立てるであろう、という見通しを述べている（ニーチェ全集一三巻『権力への意志』、原佑訳、ちくま学芸文庫）。ユンガーは彼の著作『ニーチェ』（一九四九年）の最終章「大衆」〔Die Masse〕において、『力への意志』から該当箇所を引用しつつ、『技術の完成』の基本構想を述べている（Friedrich Georg Jünger, *Nietzsche*, Frankfurt am Main, 1949, S. 154ff.）。

特に重要な論点は、「経済的オプティミズム」の非妥当性、すなわち「万人の経費は総計すれば総体的損失となる、人間の値段がいっそうさがるのである」というニーチェの洞察であろう。技術の進歩によって生産力は向上する。しかしそれによって富は増すであろうか。ニーチェは「人間の値段がさがる」〔Der Mensch wird geringer〕と言う。これは「人間や人類のますます経済的な消費」〔immer ökonomischerer Verbrauch von Mensch und Menschheit〕あるいは「人間の酷使〔搾取〕」〔Ausbeutung des Menschen〕によるものだろうから、一人一人の人間が文字通り「安価に」労働力として経済機構に動員される事態を指すのでもあろうし、またそれに伴って人間としての「価値」を低下させるということでもあるだろう。こうした事態をニーチェは「万人の経費は総計すれば総体的損失となる」〔Die Unkosten aller summieren sich zu einem Gesamt-Verlust〕と表現したのである。まさにこの、経費の増大、大量の人員・物資の投入が「損失」〔Verlust〕すなわち「価値減少」〔Wert-Verringerung〕を引き起こすというニーチェの認識こそが、本書のキーワードの一つ「損失経済」〔Verlustwirtschaft：四章、六章、四三章〕に反映されているのである。

しかしながら、ユンガーはこのニーチェの思想をやや平板な仕方で解釈する。「損失経済」とは労働と労働生産物の増大による「ゆとり《ムーセ》」の消失、富ではなく貧困の一般化、さらには資源の収奪による自然の荒廃、といった事態を指す（三章、四章、五章参照）。これは本書の基本主張ではあるものの、批判を呼び起こしやすい論点でもある。こうした見方は技術に関する専門的知見が不完全なまま、あいまいな論拠に基づいて技術全般に対して否定的な診断を下し、技術のもたらす人間への恩恵を過小評価しているとのフリードリヒ・デッサウアーの批判は、平凡ではあるもののひとまず的を射ていると言えよう。

他方、「未来の貴族主義」というニーチェのスローガンはあまりに抽象的であり、新たな種類の「距離の感情」がかつての身分社会のそれとどう違うのかについてもニーチェは明確な見通しを与えていない。これに対しユンガーは、機能主義に対する生命体の全体性（二六章、二九章）、機械機構と労働組織による収用・動員・収奪に対する古典自由主義的所有権（二五章、補遺二六二頁）、それぞれの復権を要求している。そしてこれらの主張を支える彼の哲学的洞察および哲学史的展望のうち、最も重要なのはおそらく、「意志と発展の哲学」（ヘーゲル、後期ニーチェ）と「認識と調和の哲学」（ライプニッツ、ヴォルフ、カント）との対比であり、前者に対する後者への相対的に高い評価である（四五章、四六章）。安定した秩序を保つ自然を基体とし、その自然の「世話をし、かつふやす」〔schonen und vermehren：七章、および本訳書では訳出しなかった『技術の完成』後半部の『機械と財産』一八章〕ことこそが本来の経済原理にほかならない。

この経済原理は使用不可能なものと使用可能なものとの境界を維持するため、対象化・素材化された自然を単に一方的に機能的に処理し、処分利用するだけの技術原理よりも優位に立たねばならない。例えば、自動車の機能性の向上は目的に適ってはいるものの、大国のほとんどすべての国民が自動車を所有・利用するならば、そのために必要とされる膨大な資源量は、決して（より高い見地から見て）合目的的とは言えず、むしろ、技術社会を支配する部分的合理性そのものを問い直す観点が必要なのである。具体的にはユンガーは、（四章、五章において指摘されているような）土地、動植物および資源の搾取・乱獲に対し、（五章、七章において詳述されているように）古代ギリシアの家政をモデルとする、自然と調和した持続可能な経済社会への明確な見通しを示している。このような意味においてこそ、本書は現代のエコロジー思想の源流の一つとなったのであろう。

こうしたユンガーの思想に対応するのが、技術的人工言語に対する自然言語の優位に関する言語哲学的主張であり（F・G・ユンガーの言語論を中心にまとめられた論文集に以下のものがある：Friedrich Georg Jünger, *Sprache und Denken*, Frankfurt am Main, 1962）、また細分化する悟性認識または科学的因果性認識に対する理性的全体認識または「対応関係」〔Entsprechung〕の認識の重要性（三四章、三五章）、とりわけギリシア以来の人文学の伝統（「全人的教養」）の優位（二八章）に関する主張である。後者の学問論的洞察は、論理的・抽象的思考に対する神話的思考（想像力〔Imagination〕および産出的構想力〔schaffende Einbildungskraft〕）の再評価（Friedrich Georg Jünger, *Griechsche Mythen*, Frankfurt am Main, 1947, S.7）、科学とは一線を画する「観相学」〔Physiognomik〕の方法の再評価ならびに本書におけるその実践として具体化されている（一一章、一八章、二四章、三二章）。

以上より明らかであるように、フリードリヒ・ゲオルク・ユンガーはニーチェの（来るべき）技術文明の批判を受け止めこれを具体的に展開するなかで、ニーチェ自身の洞察をある面で平板化しながら、彼の展望を社会思想として一定の地保を占め得るものへと昇華させている。先ほど触れたように、実証的根拠を欠いた技術呪詛であるとの本書への非難は、一面では妥当なものである。とはいえ、ユンガーの叙述における実証性の欠如は、それ自身彼の叙述固有の特徴でもある。本書は、哲学的知見に裏付けられながらも全体としては自由な立場の著述家の作品らしく、概念対立を直観的イメージで表明しつつ（例えば「リンゴそのもの」と「リンゴの諸成分の集合」―二六章、真の栄養〔バター〕と代替栄養〔マーガリン〕―二九章、「生命力」と「仮面をかぶった死人」―三二章、メカニズムの強制力から漏れ出す根源的自然の悲鳴―三三章）、社会、人間、自然の全面的な平準化・機能化・組織化への危惧を切々と説き、かつ他方では、持続可能な経済社会への見通しをも示していく。このような叙述は、実証的裏付けを欠いているにもかかわらず、全面化してゆく技術的思考の基本特徴とその問題性をまさしく「観相学」的観点から浮き彫りにしているのである。

ところで、ユンガーの叙述を支える方法論は、今触れた「観相学」の観点のほかに、比較的単純な（自然と人為を初めとする）二元論でもある。分析し細分化する悟性〔Verstand〕と全体の調和を洞察する理性〔Vernunft〕との相関関係も、ヘーゲルなどに比べるならはるかにスタティックである。単純明快、といえばその通りではあるし、実際、技術文明の中で「顔」を失い、平板化・平準化された大衆社会に対し、一方では（三章に見られるように）富《ライヒトゥム》を決定づけるのは「所有《ハーベン》」ではなく「存在《ザイン》」だというラディカルな主張を唱えつつも、他方最終的には自らの「財産《アイゲントゥム》」を確固たる基盤とする、全人的教養を備えた人格なるものに拠り所を求めるのは、ニーチェの見通しの一つの（伝統と近代化のはざまに立つ市民《ビュルガー》の観点からの）具体化であると言えよう。もっとも、そこに伴っている進歩への批判、静的秩序の称揚は、彼自身は「技術のロマン主義的否定」を認めないとしている（三八章）にもかかわらず、本書の根底にあることは疑いえない。そしてそれは例えば、対自然・対社会関係の中での人格・自我の発展ないし病理、および歴史の進歩ないし退歩という、ヘーゲルが『精神現象学』で、またホルクハイマー／アドルノが『啓蒙の弁証法』で展開した弁証法的方法とは対極的な位置にある（弁証法についてのユンガーの見解は四五章を参照）。

ユンガーが技術的合理性批判を基軸に据えているのに対し、弁証法的方法による社会批判は、技術的・道具的合理性を含めた合理性の包括的批判を目指している。後者の系譜に立つ代表者と言えるマルクスについて、ユンガーは、彼には技術批判の観点が欠落していると指摘している（一〇二頁）。この問題は、特定の歴史発展段階での技術力を所与としてこれを人間社会がどう活用し、社会正義を実現していくかという観点と、技術力そのものに人間社会と自然とがますます取り込まれていくとする観点との相克として捉えなおすこともできよう。この点については、「シンギュラリティ」仮説などのような、技術力が人間知性を凌駕するとの時代診断とも関連付けながら、今後も引き続き検討していかねばならないであろう。

なお、本書の訳出にあたっては「F・G・ユンガー研究会」を二〇〇八年以来、当初はほぼ毎月、終盤には年に数回のペースで開催してきた。つねに新たな参加者を迎え入れながら、ユンガーの文章を丁寧に読み解き、かつその意味内容やアクチュアリティをめぐって参加者の間で喧々諤々の議論を行う機会は、私たちのユンガー理解を、さらに現代技術文明への知見を深めるきっかけとなった。訳文に関しては可能な限り複数のメンバーでチェックを行ってきたが、思わぬ誤読・誤解があるかもしれない。読者諸賢の率直なご指摘を頂ければ幸いである。

私事にわたるが、二〇一一年三月一一日の東日本大震災当日、私は当時北九州で開催されていたF・

G・ユンガー研究会の帰りの電車の中で（携帯電話を凝視している乗客同士の会話から）地震の報に初めて接した。帰宅後、テレビ中継で被災地の状況が映し出されているのを目にした時の衝撃、そして東京電力福島第一原子力発電所の惨状が次第に明らかになっていくなかで抱いた恐怖心を忘れることはできない。

今でこそやや「冷静に」ユンガー技術論の思想的意義についてあれこれ思弁を巡らせることのできる状況にはなったが、当時はユンガーによる技術文明の脆弱さの指摘、とりわけ技術事故を自然に対して人間が組織的にかけた圧迫に対する反作用として捉える見方が、まさに今回の事故を予見するものであるかのように思われたものだ。巨大技術においていかに安全性を確保すべきか、わが国のような資源のない大量生産・大量消費国でいかに安定的にエネルギーを調達すべきか、こうした問題は依然として喫緊の課題である。そうした一般的・専門的課題に取り組む際、技術文明全体を歴史的かつ哲学的に展望する本書のようなアプローチは、直接に処方箋を提供することはないにせよ、専門研究および一般的・市民的討議に考察のためのさまざまな示唆やヒントを与えることができるかもしれない（例えば六章で扱われた「採算性」〔Rentabilität〕に対する「技術性」〔Technizität〕の優位という視座は、原発だけでなく、AI、仮想通貨、生殖医療などの先端技術が私たちの社会経済生活を牽引しつつある実情について考察する際に示唆に富むものと思われる）。

なお、本書の訳出作業・訳文検討作業を含むF・G・ユンガー技術哲学および自然倫理をめぐる研究のために、科学研究費（研究代表者：桐原隆弘　課題番号：24520024 および 15K02013）の助成を受けた。

主な参考文献（三つの解説全体）

(1) Friedrich Georg Jünger: *Aufmarsch des Nationalismus.* Hrsg. von Ernst Jünger, Nachdruck von der Auflage 1928 (Erste Auflage: 1926), Quellentexte zur Konservativen Revolution, Die Nationalrevolutionäre, Band 11, Toppenstedt 2010.

(2) Friedrich Strack (Hrsg.): *Titan Technik. Ernst und Friedrich Georg Jünger über das technische Zeitalter.* Würzburg 2000.

(3) Andreas Geyer: *Friedrich Georg Jünger, Werk und Leben.* Wien 2007.

(4) Ulrich Fröschle: *Friedrich Georg Jünger und der 'radikale' Geist. Fallstudie zum literarischen Radikalismus der Zwischenkriegszeit.* Dresden 2008.

(5) Daniel Morat: *Von der Tat zur Gelassenheit. Konservatives Denken bei Martin Heidegger, Ernst Jünger und Friedrich Georg Jünger 1920–1960.* Göttingen 2007.

(6) Oswald Spengler: *Der Mensch und die Technik, Beiträge zu einer Philosophie des Lebens,* München 1931.

(7) Ludwig Klages: *Mensch und Erde,* in: *Sämtliche Werke,* Bd. 3, Philosophie III, Bonn 1974 [erster Druck: 1913], S. 614–636.

(8) Ernst Niekisch: *Menschenfresser Technik,* in: *Widerstand. Zeitschrift für nationalrevolutionäre Politik,* 4. Heft 1931, S. 108–115.

(9) Fred Slanitz: *Wirtschaft, Technik, Mythos. Friedrich Georg Jünger nachdenken,* Würzburg 2000.

(10) Sontheimer, Kurt: *Antidemokratisches Denken in der Weimarer Republik. Die politischen Ideen des deutschen Nationalismus zwischen 1918 und 1933.* München 1968.

(11) Breuer, Stefan: *Anatomie der Konservativen Revolution.* Darmstadt 1993.

(12) Breuer, Stefan: *Die Gesellschaft des Verschwindens. Von der Selbstzerstörung der technischen Zivilisation.* Hamburg 1995 [Erstausgabe: 1992].

(13) Bense, Max: *Technische Existenz,* in: *Technische Existenz. Essays,* Stuttgart 1949.

(14) Jaspers, Karl: *Vom Ursprung und Ziel der Geschichte*. München / Zürich ^{8}1983 [erste Auflage]
(15) Dessauer, Friedrich: *Streit um die Technik*, Freiburg im Bresgau 1959 [Erstausgabe: 1956]
(16) Hansen, Volkmar / Heine, Gert [Hrsg.]: *Frage und Antwort. Interviews mit Thomas Mann 1909–1955*. Hamburg 1983.
(17) Harpprecht, Klaus: *Thomas Mann*. Eine Biographie. [Veröffentlichungsort nicht angegeben] 1995.
(18) Jünger, Ernst: *Die totale Mobilmachung*, in: *Krieg und Krieger*, hrsg. von Ernst Jünger, Berlin 1930, S. 9–30.
(19) Jünger, Ernst: *Der Arbeiter. Herrschaft und Gestalt*, Stuttgart 1982 [Erstausgabe: 1932].
(20) Heidegger, Martin: *Zur Seinsfrage*, in: *Gesamtausgabe. Band 9. Wegmarken*, Frankfurt a. M., 1976.
(21) Heidegger, Martin: *Die Technik und die Kehre*, Stuttgart 1962.
(22) Mann, Thomas: *Tagebücher 1933–1934*. Hrsg. von Peter de Mendelssohn. Frankfurt a. M. 1977.
(23) Großmann, Andreas: *Kunst, Geschichte und Technik. Konstellationen von Heideggers Denken im Lichte seines Gesprächs mit Hegel und Friedrich Georg Jünger*, in: *Zeitschrift für philosophische Forschung*, Band 52 (1998), I, S. 40–63.
(24) Martin Heidegger: *Die Technik und die Kehre*, Klett-Cotta, Stuttgart 1962
(25) Martin Heidegger: *Zur Seinsfrage*. In: ders.: *Gesamtausgabe. Band 9. Wegmarken*, Klostermann, Frankfurt a. M., 1976

当翻訳はF・G・ユンガー研究会による共訳である。メンバーは左記のとおり。

監訳者（五〇音順）：担当章の翻訳と全体の統括・点検・修正
今井敦（龍谷大学）
桐原隆弘（下関市立大学）
中島邦雄（水産大学校）

翻訳担当者（参加順）：担当章の翻訳と他章の点検
島浦一博（九州国際大学）
能木敬次（日本経済大学）
福山美和子（ドイツ語通訳）
熊谷エミ子（龍谷大学非常勤講師）
西尾宇広（慶応義塾大学）
小長谷大介（龍谷大学）
稲葉瑛志（京都大学非常勤講師）

アドヴァイザー：翻訳の点検および全般的助言
飯森伸哉（龍谷大学非常勤講師）
増田靖彦（龍谷大学）
川野正嗣（京都大学大学院生）

各章の当初の翻訳担当者は左記のとおりであるが、研究会形式で翻訳を進め、共同作業で修正と推敲を重ねたため、いずれの章の翻訳にも多くのメンバーが関わっている。全体のとりまとめと最終的な点検・修正・推敲は今井、桐原、中島の三人が行った。また、人文書院の編集者、松岡隆浩さんには煩雑な校正稿をしっかり読んだ上で適切なアドバイスをいただいた。ここに感謝の意を表したい。

緒言・第1章（今井）、第2章（島浦・能木）、第3章（中島）、第4章（島浦）、第5章（今井）、第6章（中島）、第7章（島浦）、第8章（今井）、第9章（中島）、第10章（島浦・中島・今井）、第11章（今井）、第12章（福山）、第13章（中島）、第14章（島浦）、第15章（今井）、第16章（福山）、第17章（中島）、第18章（桐原）、第19章（今井）、第20章（福山）、第21章（中島）、第22章（桐原）、第23章（今井）、第24章（福山）、第25章（中島）、第26章（桐原）、第27章（今井）、第28章（福山）、第29章（中島）、第30章（中島）、第31章（今井）、第32章（桐原）、第33章（福山）、第34章（中島）、第35章（中島）、第36章（今井）、第37章（熊谷）、第38章（桐原）、第39章（西尾）、第40章（今井）、第41・42章（小長谷）、第43章（今井）、第44章（熊谷）、第45章（中島）、第46章（熊谷・西尾）、補遺（中島・今井・稲葉・熊谷・西尾・今井）

訳注

緒言

〔1〕対人論証とは、相手の人柄や品行などを非難ないし賞賛することによって議論を逸らせること。

一

〔2〕トマス・モア（Thomas More 一四七八－一五三五）が一五一六年にラテン語で刊行した作品。原題は *De Optimo Reipublicae Statu deque Nova Insula Utopia.*『ユートピア』の邦題で知られる。

〔3〕ジュール・ヴェルヌ（Jules Gabriel Verne 一八二八－一九〇五）は、フランスの小説家、ＳＦ作家。主要作は『海底二万里』、『地底旅行』など。

〔4〕エドワード・ベラミー（Edward Bellamy 一八五〇－一八九八）は、アメリカのＳＦ作家。主な作品は『顧みれば』など。

〔5〕シャルル・フーリエ（Francois Marie Charles Fourier 一七七二－一八三七）はフランスの社会思想家。空想的社会主義の代表的人物。

〔6〕ラ・レユニオン（La Réunion）は、ここではフーリエが主張した共同生活団体（phalanstère）の一つ。

〔7〕オーギュスト・コント（Auguste Comte 一七九八－一八五七）は、フランスの哲学者。社会学の創始者とされる。実証哲学を大成した。学問の歴史を神学的、形而上学的、実証的の三つの段階を経て発展するものと主張した。

二

〔8〕ここで考えられているのは、イギリスの小説家ハーバート・ジョージ・ウェルズ（Herbert George Wells 一八

六六 - 一九四六）の『タイムマシン』（一八九五）のことであろう。ただし、この本の出版は十九世紀末であり、正確には二十世紀ではない。

〔9〕 オルダス・ハクスリー（Aldous Leonard Huxley 一八九四 - 一九六三）の『猿とエッセンス』（一九四八）のことであろう。

〔10〕 ここで「ゆとり」と訳したMuße は、一般的には「労働」〔Arbeit〕と対比される「余暇」を意味する語であるが、ギリシア神話における学芸全般を司った女神たち、ミューズ〔Muse〕を連想させるため、ユンガーは無為な時間と区別して用いている。

〔11〕 ディオゲネース（Diogenēs ho Sinōpeus 前四〇四頃 - 前三二三頃）のこと。犬儒派はキュニコス学派とも呼ばれる古代ギリシア哲学の一つ。アンティステネスが創始者とされる。無欲、諦念、無所有を説き、犬のような生活を送ることを勧めた。ディオゲネスは樽をねぐらにしていたという。

〔12〕 『技術の完成』には第四版（一九五三）以降、「第二書」として『機械と財産』が付加されている。これは一九四九年にまず単独で刊行されたものである。

三

〔13〕 本章末尾の合理化と貧困の結びつきに関する記述、および「損失経済」に関する第四章を参照。

〔14〕 以下のユンガーの叙述は、ガブリエル・マルセルの『存在と所有』（渡辺秀・広瀬京一郎訳、理想社、一九七〇年、原書一九三五年）、エーリッヒ・フロムの『生きるということ』（佐野哲郎訳、紀伊国屋書店、一九七七年。原題：TO HAVE OR TO BE? 原書一九七六年）における「持つこと」と「あること」の対比に類似している。

〔15〕 「富〔plouthos〕とは家長や政治家の用いる道具〔organon〕の総量である。」アリストテレス『政治学』山本光雄訳、岩波書店〔アリストテレス全集15〕、一二一頁。

四

〔16〕グアノとは、海鳥やコウモリ、アザラシなどの糞の堆積物で、有機肥料となる。糞化石。

五

〔17〕フランスの作家アントワーヌ・リヴァロール（Antoine Rivarol 一七五三‐一八〇一）のこと。一七八四年にベルリン・アカデミーの懸賞論文に当選した『フランス語の普遍性について』の中の「明晰ならざるはフランス語にあらず」は有名。

〔18〕アンリ・ヴァン・デ・ヴェルデ（Henry van de Velde 一八六三‐一九五七）はベルギーの画家、建築家、デザイナー。アール・ヌーヴォーからモダンデザインへの展開を促した。

〔19〕熱力学第二法則には、「高い温度の部分から低い温度の部分へ熱が移動する過程は、ほかに何の変化も残らない場合には不可逆過程である」とある。「カルノー・サイクル」はフランスの物理学者カルノー（Nicolas Léonard Sadi Carnot 一七九六‐一八三二）が考えた、熱機関の熱効率が最大になる理想サイクル。

〔20〕ロス・アラモスはアメリカ合衆国ニューメキシコ州の都市。一九四三年原子力研究所が設立され世界初の原子爆弾が製造された。

〔21〕テクノクラシーは、アメリカの経済学者・社会学者ソースティン・ヴェブレン（Thorstein Bunde Veblen 一八五七‐一九二九）やハワード・スコット（Howard Scott 一八九〇‐一九七〇）が提唱した概念。

八

〔22〕アルキュタス（Archytas 前四二八‐前三四七）は、古代ギリシアの哲学者、数学者、天文学者、音楽理論家、政治家、軍事戦略家。鳥の形をした飛行機械を製作したといわれ、「アルキュタスの鳩」と呼ばれている。

〔23〕プトレマイオス＝フィラデルフォス（Ptolemaios II. Philadelphos 前三〇八‐前二四六）はプトレマイオス一世の息子であり、プトレマイオス二世。エジプトの王。

〔24〕アルベルトゥス・マグヌス（Albertus Magnus 一二〇〇頃－一二八〇）は十三世紀のスコラ哲学者、レーゲンスブルク司教。二十年以上の年月をかけて人造人間（アンドロイド）を製作したが、アルベルトゥスの弟子トマス・アクィナスはこれをハンマーで破壊した。

〔25〕ロジャー・ベーコン（Roger Bacon 一二一四－一二九四）はイギリスの哲学者。

〔26〕レギオモンタヌス（Regiomontanus 一四三六－一四七六）はドイツの数学者・天文学者。

〔27〕エルンスト・テオドール・アマデウス・ホフマン（Ernst Theodor Amadeus Hoffmann 一七七六－一八二二）はドイツ後期ロマン派を代表する作家であり、作曲家。

〔28〕ヴォーカンソン（Jacques de Vaucanson 一七〇九－一七八二）はフランスの技術者、発明家。自動鴨を発明した。この鴨は羽搏き、水を飲み、穀物を消化排泄したという。

〔29〕デカルト（René Descartes 一五九六－一六五〇）はフランスの哲学者。近世哲学の祖、合理主義者。

九

〔30〕ゲーリンクス（Arnold Geulincx 一六二四－一六六九）はデカルト哲学を批判的に継承し、機会原因論（偶因論とも言う）を唱えた。機会原因論とは、心身間には直接の相互作用はなく、唯一の原因である神が、精神と肉体のどちらか一方を機会因として他方に働きかけるとする立場。

〔31〕スコラ学は中世ヨーロッパの教会や修道院、大学などで行われた哲学や神学などを指す。その内容はキリスト教会の教義を理性的に弁証することにあった。盛期（十三世紀）の代表者に、アルベルトゥス・マグヌスやトマス・アクィナス、後期（十四～十五世紀前半）の代表者に、ドゥンス・スコトゥスやオッカムなどがいる。

〔32〕「所産的自然」〔natura naturata〕とは、スピノザ哲学で被造物・世界を表し、これに対して神や創造主は「能産的自然」〔natura naturans〕と呼ばれる。

〔33〕フランシス・ベーコン（Francis Bacon 一五六一－一六二六）のこと。イギリスの政治家・哲学者。科学的な方法と経験論との先駆者。

〔34〕トマス・アクィナスの学説のこと。トマス・アクィナス（Thomas Aquinas 一二二五／四－一二七四）はイタリアのドミニコ会修道士で、アルベルトゥス・マグヌスに師事。信仰と理性との調和を説き、「信」と「知」を明確に区別すると同時に、両者の有機的な関係を基礎づけた。中世最大の哲学者とされる。

〔35〕スコトゥス学派はドゥンス・スコトゥスの学説を信じる学派のこと。ドゥンス・スコトゥス（Duns Scotus 一二六五頃－一三〇八頃）はイギリスのフランチェスコ修道会士。知識と信仰を峻別し、信仰を論議のらち外においた。知性に対する意志の優位を主張、個体に実在性を認めた。

〔36〕オッカムのウィリアム（William of Occam 一二八〇頃－一三四九頃）はイギリスのフランチェスコ修道会士。一三二八年以降ドイツに渡る。普遍論争では、事物はすべて個体的存在であり、普遍とは心的言語にして自然的記号である概念であるとする「唯名論」の立場を主張した。

〔37〕実在論は中世スコラ学で普遍は実在するか否かをめぐって展開された普遍論争において、普遍は個物に先立って実在するという立場。

〔38〕唯名論は普遍論争において、普遍は個物の後に人間が作った名前に過ぎぬという立場。

〔39〕スピノザ（Baruch de Spinoza 一六三二－一六七七）はオランダの哲学者。哲学・自然学・政治学の分野で研究をしたが、神学分野では、信仰の本質は神への服従であり、真理の探究は理性にゆだねるべきであると説いた。主著『エチカ』では、無限実体である神から精神および自然世界の一切を「幾何学的方法によって」演繹することによって、近代的な精神と自然の二元論を克服し、全体的かつ統一的な思想を構築することが試みられている。

〔40〕パスカル（Blaise Pascal 一六二三－一六六二）はフランスの哲学者、科学者、数学者。一六五四年の深い宗教的体験以降、ジャンセニズムの代表的神学者として、理性に対する心情の論理から信仰を弁護する。遺稿『パンセ』が主著。自然科学の分野では「パスカルの原理」や「パスカルの定理」が有名。

〔41〕「部屋」とは、定置網などの大きな網の中に仕掛けられ、捕獲した魚をさらに追い込んで集める魚捕《うおとり》のような装置を指していると思われる。

一〇

〔42〕カント（Immanuel Kant 一七二四‐一八〇四）『純粋理性批判』「超越論的感性論」のうち「時間について」からの引用。

一一

〔43〕ヨハン・カスパー・ラヴァーター（Johann Caspar Lavater 一七四一‐一八〇一）は近代観相学〔Physiognomik：人間の容貌からその内面の性情を解明しようとする疑似科学〕の祖として知られる。観相学は疾風怒濤《シュトウルム・ウント・ドランク》の風潮のもと大流行したが、ドイツ初の実験物理学教授ゲオルク・クリストフ・リヒテンベルク（Georg Christoph Lichtenberg 一七四二‐一七九九）は、方法論的厳密性を要求する立場から観相学を激しく非難した。なお、ゲーテはラヴァーターが観相学を提唱するにあたって影響を与えたが、ラヴァーターから離反して以降は観相学からも距離を置き、顔立ちや骨相など不変の要素ではなく、表情やしぐさなどの変化から病理現象など内的状態の変化を読み取る「病相学」〔Pathognomik〕の方へに関心を移した。

一二

〔44〕神聖ローマ帝国皇帝カール五世（Karl V 一五〇〇‐一五五八）。スペイン王としてはカルロス一世（Carlos I）。膨大な時計コレクションを所有していたといわれている。イタリア出身の時計・自動機械製作者ファネロ・トゥリアーノはカール五世とその長子スペイン王フェリペ二世に仕えた。

〔45〕オルベのゴットシャルク（Gottschalk von Orbais 八〇三頃‐八六八）はドイツの神学者。永遠の栄光と劫罰への二つの予定を分ち、救済は前者を与えられた人々にしか及ばないとの予定説を立てた。マインツ会議で異端の嫌疑を受け、幽閉のうちに没する。

〔46〕ジョン・ウィクリフ（John Wycliffe 一三二〇頃‐一三八四）は英国の神学者。ローマで教会を批判し、聖書に信仰の基礎をおくことを唱えて聖書の英訳を企て、宗教改革の先駆となった。のちコンスタンツの公会議で異

端者と宣告される。

〔47〕ジャンセニスト。ジャンセニズムは、十七〜十八世紀、フランスから興り、カトリック教会に論争を巻き起こした教派およびその神学。アウグスティヌス研究に基づく恩恵論に由来し、イエズス会と対立。のち、ローマ教皇により禁圧される。

〔48〕和協信条は宗教改革時代のルター派最後の信条書で、ルター死後のルター派内部の分裂を克服するため作成。ルター正統主義の決定的立場を釈明している。

〔49〕クリスチアーン・ホイヘンス（Christiaan Huygens 一六二九－一六九五）はオランダの物理学者、天文学者。自作の望遠鏡を使って土星の輪と衛星チタンを発見。一六五六年ころ、振子時計を発明した。光学では反射と屈折に関するいわゆるホイヘンスの原理を提唱して波動論の基礎を作った。ヨハネス・ヘヴェリウス（Johannes Hevelius 一六一一－一六八七）はダンツィヒ（現グダニスク、ポーランド）の天文学者。ダンツィヒの天文台で生涯観測活動を続けた。史上初の詳細な月面図を作成。また、当時最高水準の星表を作った。

〔50〕ウニの二細胞期の受精卵を分割してもそれぞれ完全な個体に成長する能力を持つことを発見したのは、フリードリヒ・ゲオルクの兄エルンスト・ユンガーが師事したハンス・ドリーシュ（Hans Driesch 一八六七－一九四一）であった。

一四

〔51〕ピエール＝シモン・ラプラス（Pierre-Simon Laplace 一七四九－一八二七）はフランスの天文学者、数学者。「フランスのニュートン」とも呼ばれ、主著は『天体力学』全五巻、『確率の解析的理論』、『確率についての哲学的試論』など。

〔52〕プラクシテレス（Praxiteles）は紀元前四世紀のギリシアの彫刻家。オリンピアのヘラ神殿の「ヘルメス」が有名。生没年未詳。

〔53〕光量子とは、一九〇五年にA・アインシュタインによって導入された光の粒子性を示す概念である。現在では

光子と呼ばれる。

〔54〕ヴェルナー・ハイゼンベルク（Werner Heisenberg 一九〇一－一九七六）はドイツの物理学者。行列力学による量子力学の定式化に寄与した。一九三二年にノーベル物理学賞を受賞。

〔55〕大数の法則とは、さいころを多数回振ることで、特定の目が出る確率が六分の一に近づくように、数多くの試行を重ねることにより、事象の出現回数が一定の値に近づくとする法則である。

一五

〔56〕ジャン・ビュリダン（Jean Buridan 一三〇〇－一三五八）はフランスの哲学者。彼が作ったとされる譬え話「ビュリダンの驢馬」は、意志決定論を論ずる際よく引き合いに出される。

〔57〕ゴットフリート・ヴィルヘルム・ライプニッツ（Gottfried Wilhelm Leibniz 一六四六－一七一六）の著作『弁神論』（*Essais de Théodicée* 一七一〇）第一部四九。

〔58〕ドイツ語には「人の意志は人の天国」（Des Menschen Wille ist sein Himmelreich）という格言がある。人の意志はたとえそれが馬鹿げたものに見えても尊重しなければならないという意味。

〔59〕スコラ哲学においては、necessitas consequentiae（Notwendigkeit der Aufeinanderfolge, bedingte Notwendigkeit 条件付きの必然性）と necessitas consequentis（Notwendigkeit der Folgerichtigkeit, absolute Notwendigkeit 絶対的必然性）とが区別されていた。前者は、一定の原因の下で一定の結果を引き出す因果的必然性のことであり、後者は、推論における論理的必然性を表している。

〔60〕『球戯について』（*Dialogus de ludo globi*）は、中世ドイツの哲学者兼数学者であり、枢機卿や大司教として教会政治にも影響力の大きかったニコラウス・クザヌス（ドイツ語名：Nikolaus von Kues ラテン語名：Nicolaus Cusanus 一四〇一－一四六四）の著書。

一七

〔61〕ツンフトは中世末期から近代初期のドイツに成立した手工業者の同業組合組織で、同業組合に加入しない者に対しては営業を拒否したり、特定の商品の生産、販売などについての規定を設けるなどの権利を持っていた。

〔62〕マンチェスター学派とは、十九世紀前半、マンチェスターを中心に経済的自由主義、特に自由貿易を主張した一群の急進主義者達のこと。穀物条例を撤廃させた。十九世紀後半のドイツにも影響が及び、ドイツ・マンチェスター学派はドイツ東部の地主や商業資本家を代弁して自由貿易を主張した。

一八

〔63〕ウィリアム・トムソン（William Thomson 一八二四‐一九〇七）は熱力学第二法則の定式化に寄与した。熱力学第二法則の一つ「仕事が熱に変わる過程はほかに何の変化も残らない場合には不可逆的である」はトムソンの原理として知られる。この原理の考えによって宇宙全体が最終的に熱的死に至ることにも言及した。

〔64〕獅子同盟〔societas leonina〕は、メンバーの一部に利益のすべてが集中し、他のメンバーが利益から除外される同盟を意味するローマ法の用語。狩りのためにライオンと他の動物が協力した場合、ライオンが獲物を独り占めしてしまうという喩えに由来する。

一九

〔65〕シモン・ステヴィン（Simon Stevin 一五四八‐一六二〇）はフランドル（現ベルギー）出身の数学者、技術者、自然科学者。十進法の導入や軍事技術の発案、利子計算の業績、静力学および静水力学の大著などで知られる。

二〇

〔66〕カントによれば、有機体産出の目的論的原理は機会原因論〔Okkasionalismus〕であるかまたは予定調和説〔Prästabilismus〕である。前者は、生殖行動において物質が結合される機会ごとに最高の世界原因（神）が介入

することで、有機的存在者が形成されると主張するのに対し、後者は、神は最初に創造したものに素質のみを与え、あとは有機的存在者自身が自己と同様のものを生み出すことによって種の同一性が保たれると主張する。またカントは、自然界において経験的に確証しうる、したがって因果系列の枠内で把握しうる、任意の目的・手段系列をたどる際に終局をなすもの（たとえば自然の事物を手段として実現されうる人間の幸福）を自然の「最終の目的」〔der letzte Zweck〕とし、これに対し自然の因果系列を超えた、創造そのものの超感性的な目的を「究極目的」〔Endzweck〕とする。

〔67〕 アリストテレスは『自然学』の中で、技術は自然がなし遂げられないことを完成させる一方で自然がなすことを模倣していると述べている。

〔68〕 シェリング（Friedrich Wilhelm Joseph von Schelling 一七七五－一八五四）はドイツの哲学者。フィヒテの知識学を批判し、絶対者において自然と自我とが合一すると説く同一哲学を唱える。ドイツ・ロマン主義文学に大きな影響を及ぼした。

〔69〕 本書が公刊された後の一九五〇年代に合成ダイヤモンドの作成が成功を収めている。合成技術の発達により、現在では天然ダイヤと合成ダイヤが競合するまでになっている。

〔70〕 ラマルキズムはラマルク（Jean-Baptiste Pierre Antoine de Monet, Chevalier de Lamarck 一七四四－一八二九）の唱えた進化論のこと。「用不要説」と「獲得形質の遺伝」を特徴とする。なお、ユンガーは一九六九年の著作『完全なる被造物』（*Die Vollkommene Schöpfung*）において、ラマルキズムからダーウィン説を経てメンデルの遺伝学、さらに分子生物学に至るまでの進化論の諸説を批判的観点から詳細に検討している。

二一

〔71〕 生気論者〔Vitalist〕とは、生命体を生命体でないものから分かつのは魂など固有の生命力〔vis vitalis〕であるとする生気論〔Vitalismus〕の信奉者のこと。アリストテレスのエンテレケイア（完全現実態）もこれに含まれる。なお、訳註〔50〕で述べたハンス・ドリーシュは、アリストテレスの思想を発展的に受け継いだ「新生気

論」を唱えたとされる。

二二

〔72〕 プラトンの対話篇『ゴルギアス』では、理論的な知識の裏付けを持ち、対象の本質や最善性への洞察を伴う技術（テクネー）が、それらを欠いた単なる経験知（エンペイリア）から区別されている。プラトンにおいては技術（テクネー）と学問（エピステーメー）の一体性が強調される傾向があり、ユンガーの指摘する学問と技術の明確な区別は、プラトンではなくアリストテレスの『ニコマコス倫理学』が最初である。

二三

〔73〕 カシアヌス（Ioannes Eremita Cassianus 三六〇‐四三五）はコンスタンチノープル、ローマ、マルセイユで活躍した修道士、神学者。東方の修道生活を西方に伝え、西方の修道会則の基礎を提供した。

二四

〔74〕『自然科学の形而上学的基礎』（一七八六年）序論の文。

二五

〔75〕 国家権力に基づく制定法と、民衆の生活に根差す慣習法との間には対立があるが、技術者はこの対立を民衆の立場に立っているという見せかけのもとで利用し、制定法の形式主義を骨抜きにする。さらに技術者は、自然法の合理主義の立場から慣習法をも解体し、最終的には、法全般を技術的指示、技術的規範に置き換えようとする。その結果、所有権が無力化し、戦時におけるような財産の徴用がより容易となるのである。

〔76〕 衡平法（エクイティー）は、イギリスの大法官裁判所で発達した法原則ならびに法救済。厳格法に対し、これを是正する道義的衡平を意味する。

二六

〔77〕 リヒャルト・クーン（Richard Kuhn 一九〇〇 - 一九六七）はオーストリア、ドイツの生化学者。フリッツ・ケーグル（Fritz Kögl 一八九七 - 一九五九）はドイツの化学者。エミール・フィッシャー（Emil Fischer 一八五二 - 一九一九）はドイツの化学者。マックス・ハルトマン（Max Hartmann 一八七六 - 一九六二）はドイツの動物学者、自然哲学者。

〔78〕 ルドルフ・ウィルヒョー（Rudolf Ludwig Karl *Virchow* 一八二一 - 一九〇二）は白血病の発見者として知られるドイツの医師、病理学者。

〔79〕 ロベルト・コッホ（Heinrich Hermann Robert Koch 一八四三 - 一九一〇）は炭疽菌、結核菌、コレラ菌の発見者として知られるドイツの医師、細菌学者。

〔80〕 パウル・エールリヒ（Paul Ehrlich 一八五四 - 一九一五）はドイツの細菌学者、化学者。

二七

〔81〕 『機械と財産』のこと。訳注12を参照。

二八

〔82〕 ディドロ（Denis Diderot 一七一三 - 一七八四）はフランスの啓蒙思想家、作家。ダランベールとともに『百科全書』編集、刊行。

〔83〕 ダランベール（Jean Le Rond d'Alembert 一七一七 - 一七八三）はフランスの物理学者・数学者・思想家。ダランベールの原理を樹立。

〔84〕 ラ・メトリ（Julien Offray de La Mettrie 一七〇九 - 一七五一）はフランスの哲学者・医師。デカルトの動物機械説を人間にも適用した主著『人間機械論』が有名。

〔85〕 ヒューム（David Hume 一七一一 - 一七七六）はイギリスの哲学者・歴史家。イギリス古典経験論の代表者の

一人。懐疑主義者。

〔86〕ジョイス（James Augustine Aloysius Joyce 一八八二－一九四一）はアイルランドの小説家。言語の前衛的実験によって二十世紀の文学に多大の影響を与えた。

二九

〔87〕ケルスス（Aulus Cornelius Celsus）は一世紀のローマの著述家。『大百科全書』を著し、そのうちの『医学について』だけが現存している。これはルネサンス期にヨーロッパで最もよく読まれた医学書の一つ。

三一

〔88〕カント『プロレゴメナ』第四節。

三二

〔89〕パルメニデス（Parmenides）はギリシアの哲学者。エレア派の開祖。紀元前四五〇年頃に弟子ゼノンとともにアテネを訪れた。彼の著作では、「あるもの（存在）のみあり、あらぬもの（非存在）はあらず思惟されず」とする「真理の道」と、あらぬものをありとする「臆断の道」が説かれている。アリストテレス『形而上学』出隆訳、岩波文庫、三二六頁参照。

〔90〕ニールス・ボーア（Niels Bohr 一八八五－一九六二）はデンマークの理論物理学者。量子論の確立に貢献した。なお、ユンガーがここで引用した文章は以下の論文の一節と思われる。Niels Bohr: Kausalität und Komplementarität, in: Rudolf Carnap / Hans Reichenbach (hrsg), Erkenntnis 6/1936, Amsterdam 1967. ただし、ユンガーが引用した文はボーア自身の表現とは異なるところがある。原文では次のようになっている。「通常機械が死んだものであると表現されるとすれば、人がその表現のもとでさしあたり理解しているのはおそらく、機械の機能にとって本質的な状況は、古典物理学の概念形成を手段として充分に記述することができる、という

ことに他ならないであろう。」

三三

〔91〕キュクロープスはギリシア神話に登場する一つ目の巨人。優れた鍛冶技術によって知られる。

〔92〕リスボン地震は、一七五五年一一月一日にリスボン沖の大西洋を震源地として発生した大地震で、マグニチュードは八・五から九と推定されている。リスボン市内の建物の八五パーセントが崩壊、死者は数万人に上り、リスボンの町は文字通り壊滅した。万聖節の祝日である一一月一日に厳格なカトリック教国であったポルトガルが未曾有の災いと苦難に見舞われたという事実は、当時ヨーロッパ中を衝撃に陥れ、多くの知識人の思想や活動にも多大な影響を与えた。啓蒙思想家ヴォルテールも哲学的小説『カンディード』を著してライプニッツの最善説を批判した。

〔93〕カンナエの戦いは第二次ポエニ戦争における会戦の一つ。ローマ軍とカルタゴ軍の間で紀元前二一六年に戦われた。

三五

〔94〕「大衆」と訳したMasseというドイツ語には「大衆」の他に「質量」の意味もある。

〔95〕コンゴ民主共和国東部のシャバ州の旧称。

三六

〔96〕真空嫌忌〔Horror vacui〕はアリストテレスにさかのぼる理論で、それによると、自然界に真空というものはなく、空間はすべて何らかのものに満たされているとする。美術史においては、特に原始、オリエントなどの抽象芸術に関して、作品中に空いたスペースを残さず、隅々まで文様や装飾で埋められていること、またそうしようとする傾向を指す。

三七

〔97〕キュレネ派はギリシアの哲学派の一つ。アリスティポスによって、その生地キュレネ（北アフリカ）に創立された。

三九

〔98〕テオドーア・モムゼン（Theodor Mommsen 一八一七‐一九〇三）はドイツの歴史家。キール大学で法学と文献学を学ぶ。一八四八年の三月革命に自ら関与するなど、同時代の政治の動向への関心も高く、政治的には反保守的でリベラルな立場をとった。一八五四年から八五年にかけて刊行された数巻本の『ローマ史』が高い評価を受け、一九〇二年、ドイツ人として初となるノーベル文学賞を受賞した。

〔99〕ルキウス・セルギウス・カティリナ（Lucius Sergius Catilina 前一〇八頃‐前六二）はローマの名門貴族出身の政治家。数度にわたる執政官への立候補の試みがことごとく失敗したのち、武力での権力掌握を図ったが、前六三年、当時の執政官であったマルクス・トゥッリウス・キケロ（Marcus Tullius Cicero 前一〇六‐前四三）によって摘発される。北方のエトルリア地方に逃れるも、翌年、征討軍に敗れて戦死した。

〔100〕ラツィウムは古代イタリアの地方名。イタリア半島中部、ほぼ現在のラツィオ州にあたる地域を指す。もともとは、ラテン人の居住地を意味する名称だった。

四三

〔101〕豊饒の角。ギリシア神話に、雌山羊アマルティアの角から花や果物が無限に湧き出てくるという話がある。

〔102〕「あの思想」という言葉で著者が念頭においているのは、兄エルンスト・ユンガーがエッセイ『総動員』（*Die totale Mobilmachung* 一九三〇）や『労働者』（*Der Arbeiter* 一九三二）の中で展開した戦争論・文明論のこと。

〔103〕カール・フォン・クラウゼヴィッツ（Carl Philipp Gottlieb von Clausewitz 一七八〇‐一八三一）はプロイセンの軍人、軍事理論家。主著に『戦争論』。

〔104〕死手とは、譲渡・相続のできない財産を所有する団体、特に教会・宗教法人等のこと。

四四

〔105〕サトゥルヌスはローマ神話の農耕の神。ギリシア神話のクロノスと同一視される。クロノスはティタン神族の一人で世界を支配していたが、ゼウスによって滅ぼされた。

四五

〔106〕ヴォルフ（Christian Wolff 一六七九－一七五四）はドイツの哲学者。ライプニッツの哲学を発展させて包括的な体系を樹立した。

〔107〕フィヒテ（Johann Gottlieb Fichte 一七六二－一八一四）はドイツの哲学者で、ドイツ観念論の代表者の一人。自我を絶対的な原理とする知識学を提唱。ナポレオン支配下のベルリンで「ドイツ国民に告ぐ」を講演し、ドイツ国民の愛国心を鼓舞したことでも有名。

〔108〕ヘーゲル（Georg Wilhelm Friedrich Hegel 一七七〇－一八三一）『精神現象学』末尾の表現を踏まえている。

〔109〕ヘーゲル『歴史哲学講義』第三篇（「ペルシャ」）の末尾「ギリシャ世界への移行」からの引用。

〔110〕ヘーゲル『小論理学』二三四章補遺。

四六

〔111〕ニーチェ（Friedrich Wilhelm Nietzsche 一八四四－一九〇〇）『道徳の系譜』第一論文第八節を参照。

〔112〕以下、女性についての記述には偏見があるが、すべて原文どおり訳出した。

〔113〕青踏会〔Blue Stockings Society〕は、十八世紀中葉にロンドンで組織された女性を中心とする社会運動。そこに出入りする女性を揶揄して用いられた「ブルーストッキング」という言葉は、のちに教養ある女性一般を指す蔑称として、広く用いられるようになった。

〔114〕『コリントの信徒への手紙二』、第十四章第三十四節。
〔115〕D・H・ローレンス（David Herbert Richards Lawrence 一八八五 - 一九三〇）の小説『恋する女たち』（*Women in Love* 一九二〇）を示唆していると思われるが、該当箇所は不明。
〔116〕ゴーレムはユダヤ教の伝承において、ラビ（宗教的指導者）の祈禱によって命を吹き込まれたとされる土の人形。ゴーレム伝説にはいくつかのヴァリエーションがあり、伝承の起源は中世とされるが、確かなことは分かっていない。
〔117〕ホムンクルスは中世後期の錬金術によって生成が試みられた人造人間。
〔118〕フランスの詩人シャルル・ボードレール（Charles-Pierre Baudelaire 一八二一 - 一八六七）の『悪の華』所収の詩「人殺しのワイン」（Le vin de l'assassin）からの一節。
〔119〕ヘパイストスは火と鍛冶を司るギリシア神話の神。
〔120〕叙事詩『仕事と日』からの一節（一七六行以下）。
〔121〕ヴィーラントはゲルマンの英雄伝説に登場する鍛冶屋。

〔補遺〕
〔122〕原文は was hinten in der Türkei だが、ゲーテの『ファウスト』第八六二〜八六三行目の詩句 Wenn hinten, weit, in der Türkei / Die Völker aufeinander schlagen. からの不正確な引用と思われる。『ファウスト』第一部「市門の前」のこの箇所は、様々な身分の男女が行楽気分で世間話をしている場面で、市民の一人が「日曜や祝日には、戦争や戦場の鬨の声についておしゃべりするほどいいことはありませんね。はるか遠いトルコあたりで国民同士が戦っているときなんかは」、と述べている。
〔123〕マールバラ公とはイギリス軍司令官ジョン・チャーチル（John Churchill 一六五〇 - 一七二二）のこと。一代で爵位マールバラ公爵（Duke of Marlborough）を授与された。
〔124〕オイゲン公（Eugen Franz von Savoyen-Carignan 一六六三 - 一七三六）はオーストリアの軍人。

〔125〕テュレンヌ（Henri de la Tour d'Auvergne, Vicomte de Turenne 一六一一－一六七五）はブルボン朝フランスの軍人。

〔126〕モルトケ（Helmuth Karl Bernhard Graf von Moltke 一八〇〇－一八九一）はプロイセンの軍人。普墺戦争のプロイセン軍参謀総長。

〔127〕「ハデス」はギリシア神話で冥府の王の名前であり、さらに彼の支配する国である冥府を意味する。動植物の生命が年ごとに生まれ出るのは、ハデス（冥府）ではなく地上であるが、ここではユンガーはハデスの妻、ペルセフォネの神話を想起していると思われる。ペルセフォネは一年のうちに冥府と地上を行き来し、母である大地の女神デメテルのもとに彼女がいるあいだだけ、生命が生まれ育つと言われている。

〔128〕テュルタイオスは前七世紀中葉のギリシアの詩人。第二次メッセニア戦争において、軍歌によってスパルタの兵士たちを励ました。

〔129〕鍛冶神ヘパイストスが妻の美神アフロディーテが戦神アレスと浮気をしているところを網にかけて捉えたギリシア神話の話。

〔130〕プラトンの『ピレボス』の中の言葉で、「うまく静まっている災をわざわざつついて起してはならぬ」の意。

著者略歴

フリードリヒ・ゲオルク・ユンガー
（Friedrich Georg Jünger）

1898-1977年。ドイツの詩人、小説家、思想家。同じく作家・思想家であったエルンスト・ユンガーの三歳下の弟。第一次世界大戦に志願兵として出征、西部戦線で負傷したあと、大学で法律を修めたが、文筆活動に入る。文学作品に『罌粟』（詩）『ダルマツィアの夜』（短編集）『第一行程』（長編）『二人の姉妹』（長編）『ハインリヒ・マルヒ』（長編）、回想記として『緑の枝々』『年の鏡』、批評に『ナショナリズムの行進』『ギリシアのミュートス』『ニーチェ』『言語と思考』などがある。本書が初めての邦訳である。詳しくは訳者解説を参照。

JIMBUN SHOIN　Ptinted in Japan
ISBN978-4-409-03101-8 C3010

技術の完成

二〇一八年　一〇月一〇日　初版第一刷印刷
二〇一八年　一〇月二〇日　初版第一刷発行

著　者　F・G・ユンガー
監訳者　今井敦・桐原隆弘・中島邦雄
訳　者　F・G・ユンガー研究会
発行者　渡辺博史
発行所　人文書院
〒六一二-八四四七
京都市伏見区竹田西内畑町九
電話　〇七五(六〇三)一三四四
振替　〇一〇〇〇-八-一一〇三

印刷　創栄図書印刷株式会社
装丁　間村俊一

カンタン・メイヤスー著／千葉雅也、大橋完太郎、星野太訳

有限性の後で

偶然性の必然性についての試論

二二〇〇円

この世界は、まったくの偶然で、別様の世界に変化しうる。
人文学を揺るがす思弁的実在論、その最重要作、待望の邦訳。

カンタン・メイヤスーの最初の一冊にして代表作である本書は、さほど長いものではないが、濃密に書かれた書物だ。アラン・バディウが序文で述べるように、これは一種の「証明」の試みに他ならない。何を証明するのか。ひとことで言えば、事物それ自体を思考する可能性があるということの証明である。カントの用語を使うならば、本書は、私たちを「物自体」へ向けて改めて旅立たせるものである、と紹介することもできるだろう。（訳者解説より）